PETITE PHILOSOPHIE
DE L'AMOUR

ALAIN DE BOTTON

PETITE PHILOSOPHIE DE L'AMOUR

DENOËL

Titre original :
Essays in Love

Traduit de l'anglais par
Raymond Las Vergnas

© by Alain de Botton, 1993
© by Éditions Denoël, 1994 pour la traduction française
ISBN 2-266-07166-1

CHAPITRE UN

Du fatalisme romantique

1. L'espérance d'un destin n'est jamais aussi forte que dans notre vie sentimentale. Trop souvent contraints de partager notre lit avec des êtres incapables de sonder notre âme, ne méritons-nous pas d'être excusés si nous croyons (contrairement à toutes les règles de notre époque des lumières) avoir été programmés pour rencontrer un jour l'homme, ou la femme, de nos rêves? Ne peut-on pas nous pardonner d'entretenir une certaine foi superstitieuse en une créature faite pour apporter la solution de nos implacables désirs? Et, bien que nos prières puissent ne jamais trouver de réponses, bien qu'on ne voie pas de terme au lugubre cycle de nos mutuelles incompréhensions, ne se peut-il, pour peu que les cieux prennent pitié de nous, que nous soyons à même d'attribuer la rencontre avec le prince charmant (ou la princesse) à autre chose qu'une simple coïncidence? Ne pouvons-nous pas, pour une fois, échapper à la censure de la raison et ne l'interpréter que comme une phase inévitable de notre romantique destinée?

2. Un matin de décembre, et bien loin de toute pensée d'aventure amoureuse, je me trouvais assis en classe économique d'un avion de la British Airways assurant la liaison entre Paris et Londres. Nous venions de survoler la côte normande et un matelas de nuées hivernales avait cédé la place à un paysage ininterrompu de scintillantes lames bleues. Quelque peu blasé et incapable de me concentrer, j'étais en train de feuilleter le magazine du bord, assimilant avec passivité les informations relatives aux hôtels de tourisme et aux services offerts dans les aéroports. Il y avait quelque chose de réconfortant dans ce vol, dans le monotone fond sonore de la palpitation des réacteurs, dans le décor gris et capitonné de silence, dans les sourires sucrés des hôtesses et des stewards. Un chariot transportant un assortiment de boissons et de sandwiches descendait le couloir et, bien que je n'eusse alors ni faim ni soif, sa vue me combla de cette espèce d'anticipation confuse que suscitent les repas pris dans les airs.

3. Avec peut-être un rien de morbidité, la passagère assise à côté de moi avait retiré ses écouteurs pour s'absorber dans la lecture de la notice sur les consignes de sécurité déposée dans le filet devant elle. On y décrivait le crash idéal, les passagers s'employant à atterrir (ou amerrir) doucement et calmement, les dames enlevant leurs souliers à hauts talons, les enfants gonflant leur gilet de sauvetage avec dextérité, le fuselage encore intact, le kérosène miraculeusement ininflammable.

4. « Nous mourrons tous si cet engin s'écrase! Alors, à quoi bon toutes ces bêtises?... » demanda ma voisine, ne s'adressant à personne en particulier.

« J'imagine que ça rassure les gens », répliquai-je, car j'étais le seul à l'avoir entendue.

« Remarquez que ce n'est pas une si mauvaise façon d'en finir. C'est rapide, surtout si on percute le sol et qu'on se trouve à l'avant. J'ai un oncle qui est mort comme ça. Et vous, connaissez-vous quelqu'un à qui c'est arrivé ? »

Je n'en connaissais pas mais je n'eus pas le temps de répondre car une hôtesse se pointait à notre hauteur, laquelle (ignorant les suspicions éthiques émises, l'instant d'avant, au sujet de ses employeurs) nous invita à nous restaurer. J'allais décliner une assiette de sandwiches pâlots quand ma voisine me chuchota : « Prenez-les. Je mangerai les vôtres. J'ai une faim de loup ! »

5. Elle avait des cheveux châtains, coupés court de sorte que sa nuque s'offrait aux regards, et de grands yeux verts limpides qui s'obstinaient à se croiser avec les miens. Elle portait un chemisier bleu, et un cardigan gris reposait sur ses genoux. Ses épaules étaient minces, pour ne pas dire fragiles, et la rugosité de ses ongles donnait à penser qu'elle les rongeait souvent.

« Vous êtes sûr que je ne vous en prive pas ?

— Absolument pas.

— Excusez-moi, je ne me suis pas présentée. Je m'appelle Chloé », déclara-t-elle, me tendant la main par-dessus l'accoudoir avec une solennité quelque peu émouvante.

Un échange de biographies s'ensuivit. Chloé m'expliqua qu'elle était venue à Paris pour participer à une foire commerciale. Depuis un an elle travaillait comme styliste dans un journal de mode de Soho. Elle avait fait ses études au Royal College of Arts, était née à York mais avait, au cours de son enfance, émigré vers le Wiltshire et habitait seule, actuellement (à l'âge de vingt-trois ans), dans un appartement à Islington.

6. « J'espère qu'ils n'auront pas égaré mes bagages », dit Chloé tandis que l'avion amorçait sa descente. « Est-ce que ça vous arrive, à vous aussi, d'avoir ce genre de peur?

— Je me refuse à l'envisager mais ça m'est quand même arrivé deux fois, une à New York et l'autre à Francfort.

— Dieu sait combien j'ai horreur des voyages! soupira-t-elle tout en mordillant le bout de son index. Je déteste encore plus les arrivées. En fait je souffre d'une véritable angoisse des arrivées. Quand je rentre chez moi après un certain temps je me dis toujours que quelque chose d'horrible s'est produit pendant mon absence, qu'une conduite d'eau a éclaté ou, je ne sais pas, moi, que j'ai perdu mon job, ou que mes cactus ont crevé!

— Vous avez des cactus?

— Oui, plusieurs. C'est phallique, je sais, mais, voyez-vous, j'ai séjourné un hiver en Arizona et ils exercent une espèce de fascination sur mon esprit. Et vous, est-ce que vous avez des petits animaux?

— Oui, j'en ai eu autrefois. Des poissons.

— Qu'est-ce qui leur est arrivé?

— J'habitais avec une amie, voici quelques années, et j'ai l'impression qu'elle est devenue jalouse d'eux, ou quelque chose dans ce goût-là car un beau jour, elle a éteint le truc qui ventilait l'aquarium et ils ont tous claqué. »

7. La conversation se perdit en méandres, nous offrant à elle comme à moi un aperçu de nos deux personnalités, un peu comme ces fugitifs points de vue qu'on entrevoit

sur une tortueuse route de montagne — cela avant que le train d'atterrissage ne soit entré en contact avec le tarmac, que le pilote n'ait inversé les réacteurs et que l'avion ne se soit acheminé au ralenti vers le terminal où il déversa son chargement dans le hall bondé. Le temps que je récupère mes affaires et que je m'acquitte des formalités de douane, j'étais tombé amoureux de Chloé.

8. Avant d'être effectivement mort (et dans ce cas, la chose devient impossible), il est difficile de considérer qui que ce soit comme le grand amour de sa vie. Et pourtant, à peine l'avais-je rencontrée qu'il m'apparut comme certain que c'était bien de cela qu'il s'agissait avec Chloé. Je ne saurais dire avec certitude pourquoi — entre toutes les émotions possibles et tous leurs registres disponibles — c'est de l'amour que, sur-le-champ, j'ai conçu pour elle. Pas plus que je ne puis prétendre connaître la dynamique afférente à un tel processus ni valider mes assertions par autre chose que l'autorité d'une expérience vécue. Je puis seulement certifier que, quelques jours après mon retour à Londres, Chloé et moi avons passé ensemble un après-midi. Puis que, quelques semaines avant Noël, nous avons dîné dans un restaurant du West End et qu'ensuite, comme si c'était la chose à la fois la plus insolite et la plus naturelle du monde, nous avons terminé la journée en faisant l'amour dans son appartement. Elle alla passer Noël en famille, je me rendis en Écosse avec des amis, mais nous ne cessâmes pas de nous appeler au téléphone tous les jours, jusqu'à cinq fois par jour, non pour nous annoncer quelque chose de particulier mais simplement parce qu'elle comme moi avions le sentiment de ne nous être jamais entretenus de cette manière avec qui que ce fût, que tout le reste n'avait été que compromis et trompe-

l'œil, que nous venions seulement d'atteindre le moment où il nous devenait possible de comprendre et d'être compris, que l'ère de l'attente (par nature messianique) était enfin révolue. Je reconnaissais en elle la femme que, maladroitement, je cherchais depuis le début des âges, une créature dont j'avais pressenti les qualités au cours de mes rêves, un être dont le sourire et les yeux, le sens de l'humour et les lectures favorites, les angoisses et l'intelligence se mariaient à la perfection avec mon idéal.

9. Et c'est précisément parce que j'en étais venu à penser que nous étions si étroitement faits l'un pour l'autre (elle ne se contentait pas de finir mes phrases, elle parachevait mon existence) qu'il m'était impossible de considérer que notre rencontre ait pu être le résultat d'une pure coïncidence. J'avais perdu toute aptitude à envisager le problème de la prédestination sous l'angle de l'inexorable scepticisme qui, si l'on en croit certains, est de règle en la matière. Peu enclins d'habitude à la superstition, Chloé et moi en étions arrivés à nous précipiter sur le moindre détail — fût-il trivial — susceptible de nous confirmer ce que nous ressentions intuitivement : à savoir que *nous étions prédestinés l'un à l'autre*. Nous apprîmes ainsi qu'elle et moi étions nés aux alentours de minuit (elle à 23 h 45, moi à 1 h 15) le même mois d'une année paire. Elle et moi avions joué de la clarinette et tenu un rôle dans une production scolaire du *Songe d'une nuit d'été* (elle dans le rôle d'Helena, moi dans celui du serviteur de Thésée). Elle et moi avions deux grandes taches de rousseur sur un doigt du pied gauche ainsi qu'une carie dans la même grosse molaire. Elle et moi avions coutume d'éternuer en plein soleil et de piocher dans la bouteille de Ketchup à l'aide d'un couteau. Nous

possédions sur les rayonnages de notre bibliothèque le même exemplaire d'*Anna Karenine* (la vieille édition d'Oxford) – des détails minimes, si l'on veut, mais n'étaient-ils pas de nature à permettre à des croyants de fonder une religion nouvelle?

10. Dans notre effort pour sublimer notre existence en message signifiant nous finissions par attribuer au temps une portée narrative qu'il ne possédait pas par nature. Chloé et moi en venions, en effet, dans une espèce de perspective mythologique, à considérer notre rencontre en avion comme la facette d'un dessein d'Aphrodite : la scène 1 de l'acte 1 de l'aventure éminemment classique et mythique connue sous le nom d'« histoire d'amour ». Il nous semblait que, depuis l'époque de nos deux naissances, le cerveau géant qui règne dans les cieux s'était ingénié à orienter subtilement nos deux orbites de telle façon qu'un jour donné, nous puissions nous trouver côte à côte dans la navette aérienne Paris-Londres. Le simple fait que l'aventure se fût, en ce qui nous concernait, terminée sur un succès nous permettait de ne pas tenir compte des innombrables autres histoires qui, elles, se soldaient par un échec, des aventures romanesques qui ne seraient jamais transcrites parce que quelqu'un aurait raté l'avion ou perdu un numéro de téléphone. Semblables en cela aux historiens, nous nous rangions, de toute évidence, du côté de ce qui s'était réalisé, oubliant le caractère hasardeux de chaque entreprise humaine et nous rendant coupables de forger de grands récits – tels les Hegel et les Spengler – de notre propre existence. Nous projetant dans le rôle du narrateur (celui qui apparaît après l'événement), nous avions, par une opération d'alchimie, transmué notre rencontre dans les airs en un événement chargé de sens,

attribuant par là même à nos deux vies un degré impro-
bable de causalité. En conséquence de quoi, nous nous
étions rendus coupables d'une démarche superlativement
mystique ou (plus aimablement) littéraire.

11. Nous aurions dû, c'est certain, nous montrer plus
rationnels. Ni Chloé ni moi n'avions l'habitude de voler
régulièrement entre les deux capitales, pas plus que nous
n'avions projeté depuis un bon bout de temps d'effectuer
ce voyage-là. Elle avait été, à la toute dernière minute,
expédiée en France par son magazine, le rédacteur en chef
étant tombé malade. Quant à moi, je n'étais là que parce
qu'un rendez-vous d'affaires à Bordeaux s'était terminé
assez tôt pour me permettre de passer quelques jours à
Paris avec ma sœur. Les deux compagnies aériennes natio-
nales assurant la liaison entre Charles-de-Gaulle et Heathrow offraient, le jour où nous comptions rentrer, un
éventail de six vols à partir de 9 heures du matin jusqu'à
l'heure du déjeuner. Étant donné que nous souhaitions,
tous deux, être de retour à Londres au début de l'après-
midi du 6 décembre mais n'avions pas fixé notre choix
sur l'avion que nous prendrions, la probabilité mathématique, à l'aube de ladite journée, de notre présence
dans le même appareil (pour ne rien dire des deux sièges
contigus) était de l'ordre de 1 sur 36.

12. Chloé m'expliqua par la suite qu'elle avait eu
l'intention de prendre le vol d'Air France de 10 h 30 mais
qu'un flacon de shampooing qu'elle avait mis dans son
sac avait commencé à fuir au moment où elle sortait de
sa chambre, ce qui l'avait obligée à refaire ses paquets et
à perdre dix précieuses minutes. Le temps que l'hôtel
établisse sa note, se paie au moyen de sa carte de crédit

et lui appelle un taxi, il était déjà presque 9 h 15 et ses chances d'attraper le vol d'Air France s'étaient considérablement amenuisées. En arrivant à l'aéroport, après avoir été prise dans un embouteillage près de la porte de la Villette, elle avait constaté que l'embarquement était terminé et comme elle n'était pas d'humeur à attendre le prochain vol d'Air France, elle s'était rendue au comptoir de la British Airways où elle avait tenté sa chance sur l'avion de 10 h 45 à bord duquel (pour des raisons qui m'étaient personnelles) je me trouvais avoir également retenu une place.

13. A partir de là l'ordinateur avait jonglé de telle manière que Chloé s'était vu attribuer une place du côté « aile » au numéro 15 A, et moi une autre, juste contre la sienne, au numéro 15 B (voir la figure 1.1). Ce que nous ignorions, lorsque nous avions commencé de commenter ensemble les consignes de sécurité était l'infinitésimale probabilité dont tout avait finalement dépendu. Étant donné que ni elle ni moi n'étions enclins à voyager en classe affaire, que la classe économique comptait cent quatre-vingt-dix sièges et que Chloé ayant hérité de la place 15 A, je m'étais vu, moi et tout à fait par hasard, assigner le siège 15 B, l'éventualité théorique que Chloé et moi serions assis l'un à côté de l'autre (bien que le fait

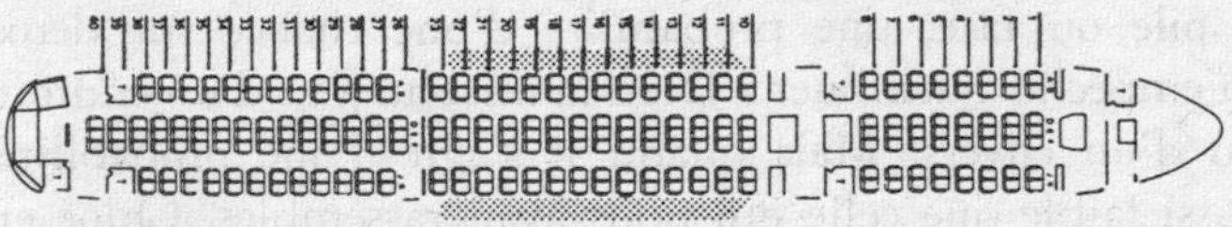

Figure 1.1 Boeing 767 de British Airways

que nous nous adresserions la parole n'ait pas pu, lui, être calculé) était de l'ordre de 110 sur 17 847 — chiffre réductible à une probabilité de 1 sur 162, 245.

14. Mais ce n'était là, bien entendu, la probabilité de notre juxtaposition que s'il n'y avait eu qu'*un seul* vol Paris-Londres. Or il y en avait six et comme nous avions, Chloé et moi, hésité entre les six pour finalement choisir celui-là, la probabilité en question devait être multipliée par une autre, de 1 sur 36 — ce qui, finalement, attribuait à notre rencontre un matin de décembre au-dessus de la Manche dans un Boeing de la British Airways 1 chance sur 5 840,82

$$P_{vol} = \frac{1}{36}$$

$$P_{siège} = \frac{110}{17\ 847} = \frac{1}{162,245}$$

$$P_{vol} \times P_{siège} = \frac{1}{36} \times \frac{1}{162,245} = \frac{1}{5\ 840,82}$$

15. Et, malgré tout, c'était arrivé. Un tel calcul, loin de nous convaincre de la rationalité de la chose, nous confortait dans l'interprétation mystique de notre plongeon dans l'amour. Si les chances qu'un événement se produise sont fantastiquement faibles et si, cependant, celui-ci se produit bel et bien, n'est-il pas permis d'invoquer une explication tenant au poids de la fatalité? Quand je joue à pile ou face, une probabilité d'une chance sur deux m'empêche d'attribuer à Dieu la mise au jour d'un endroit ou d'un envers. Mais quand il s'agit d'une probabilité aussi faible que celle qui nous avait rassemblés, Chloé et moi — une probabilité, je le répète, de 1 sur 5840,82 — il paraît impossible (du point de vue de l'amour en tout

cas) de l'imputer à autre chose que le destin. Il aurait fallu avoir un esprit singulièrement rassis pour envisager sans risque de superstition l'énorme improbabilité d'une rencontre qui allait chambarder nos deux existences. Quelqu'un (à une altitude de trente mille pieds) avait sûrement dû tirer les ficelles là-haut dans les cieux!

16. Il y a deux manières possibles de rendre compte d'événements dépendant du royaume de la chance. L'approche philosophique se limite aux raisons primaires, se pliant en cela à la règle du rasoir d'Ockham selon laquelle les origines des événements doivent être minimisées de manière à ne pas s'amplifier au-delà d'une stricte nécessité causale. Ce qui implique la recherche de raisons susceptibles de déterminer au plus près la source des faits — en l'occurrence la probabilité que Chloé et moi serions placés l'un à côté de l'autre, et non point la position de Mars par rapport au Soleil ou l'intrigue bien structurée d'un destin romantique. Mais l'approche mystique ne peut, elle, résister à la tentation de s'accommoder de plus vastes théories de l'univers. Un miroir tombe d'une cloison et se brise en mille morceaux... pourquoi? Quelle peut être la signification de ce phénomène? Pour le philosophe il ne s'agit de rien de plus que de la constatation qu'un miroir est tombé à terre; qu'un léger séisme et certaines forces obéissant aux lois de la physique ont fait alliance (conformément à une calculable probabilité) pour provoquer la chute du miroir à cet instant précis. Mais pour le mystique, le miroir brisé regorge de significations. Il est l'annonce funeste d'au moins sept ans de malheur, la condamnation divine d'un millier de péchés et le héraut d'un millier de châtiments.

17. Dans un monde où Dieu est mort il y a un siècle et où l'avenir n'est plus prédit par des oracles mais par des ordinateurs, le fatalisme romantique incline dangereusement au mysticisme. Le fait de m'être accroché à l'idée que nous étions tous deux prédestinés à nous rejoindre dans un avion pour ensuite y tomber amoureux l'un de l'autre impliquait l'adhésion à un système primitif de croyance — du niveau de la lecture dans le marc de café ou dans une boule de cristal. Si Dieu ne jetait pas les dés, Lui (ou Elle) ne devait quand même pas gérer une agence de petites annonces pour âmes esseulées.

18. Quoi qu'il en soit, cernés que nous sommes par le chaos, il est compréhensible que nous soyons tentés de modérer l'horreur des contingences en nous berçant du rêve que telles ou telles choses nous arrivent parce qu'il ne peut en être autrement, donnant ainsi au gâchis de l'existence une finalité et une orientation réconfortantes. Bien que les dés soient susceptibles de rouler ici ou là, nous n'en continuons pas moins farouchement à construire des réseaux de nécessités, et ceci plus encore lorsqu'il s'agit de l'inéluctabilité de notre insertion dans l'amour. Nous sommes contraints d'admettre que cette rencontre avec notre rédempteur — objectivement hasardeuse et par suite peu probable — a été préécrite sur un rouleau de parchemin languissamment déployé dans le ciel et que le cours du temps finira nécessairement (quelque réticent qu'il ait pu se montrer au début) par nous révéler l'image de l'être élu. Que se dissimule-t-il derrière cette propension à voir dans les événements un fragment de destinée? Peut-être tout simplement son contraire, je veux dire : l'angoisse de la contingence, la crainte que le peu de sens commun qui trouve place dans notre vie ne soit qu'une création sub-

jective, qu'il n'y ait point de rouleau de parchemin dans les cieux (et, en conséquence, aucun visage préinstallé dans l'expectative) et que ce qui peut, ou non, nous arriver (la personne, par exemple, que nous devons, allons ou n'allons pas, rencontrer dans un avion) n'a d'autre signification que celle que nous avons choisi de lui attribuer – en bref l'angoisse de penser qu'il n'y a pas de Dieu pour raconter notre histoire et, en conséquence, assurer nos amours.

19. Le fatalisme romantique était, sans aucun doute, un mythe et une illusion mais ce n'était pas une raison pour l'écarter en tant qu'ineptie. Les mythes peuvent revêtir une importance qui dépasse leur message primitif et il n'est pas indispensable de croire aux dieux grecs pour estimer qu'ils nous révèlent quelque chose de vital pour le cerveau humain. Il eût été absurde d'imaginer que Chloé et moi étions prédestinés à nous rencontrer mais nous étions sans doute excusables si l'idée nous en avait effleurés. Dans notre croyance naïve nous avions seulement tenté de nous défendre contre la pensée que nous aurions aussi bien pu nous éprendre de quelqu'un d'autre, pour peu que l'ordinateur de la compagnie aérienne ait jonglé différemment avec les données – pensée proprement inconcevable alors que l'amour se fonde si étroitement sur l'unicité de l'élu. Comment aurais-je pu imaginer que le rôle qu'allait jouer Chloé dans ma vie aurait pu être tenu par quelqu'un de différent alors que c'étaient ses yeux à elle qui m'avaient ensorcelé, comme sa manière d'allumer une cigarette, d'offrir un baiser, de répondre au téléphone ou de se peigner?

20. C'est par la grâce du fatalisme romantique que nous échappons à l'impensable pensée que le besoin de

l'amour est antérieur à notre passion pour telle personne
en particulier. Le choix du (de la) partenaire s'effectue
nécessairement dans les limites de la singularité de l'expérience. Dans d'autres limites, dans d'autres vols, dans
d'autres périodes historiques et au cours d'autres événements il aurait très bien pu se faire que ce ne fût pas
Chloé qui m'inspirât de l'amour – hypothèse qu'il m'était
impossible d'admettre à présent que j'avais, effectivement,
commencé à l'aimer. Mon erreur avait été de confondre
une prédestination à l'amour avec une prédestination à
l'amour pour une personne donnée. L'erreur de croire que
Chloé, plutôt que l'amour, était inéluctable.

21. Mais mon interprétation fataliste du début de notre
aventure était au moins la preuve d'une chose, à savoir
que j'aimais Chloé. L'instant où j'estimerais que notre
rencontre (ou non-rencontre) n'était qu'un accident, une
simple probabilité de 1 sur 5 840,82, serait également
l'instant où j'aurais cessé de ressentir l'absolue nécessité
de vivre ma vie avec elle – et, par là même, cessé de
l'aimer.

CHAPITRE DEUX

De l'idéalisation

1. « Il est si facile de percer à jour nos semblables et, pourtant, ça ne mène nulle part », remarquait Elias Canetti, soulignant par là l'aisance et cependant l'inutilité de notre découverte des erreurs d'autrui. Ne serait-il donc pas possible que nous tombions amoureux par suite d'une perte temporaire de notre volonté de percer à jour nos semblables, fût-ce au prix, ce faisant, de nous aveugler quelque peu sur nous-mêmes? Si le cynisme et l'amour se situent aux extrémités opposées d'un spectre, n'est-il point concevable que nous tombions amoureux afin de nous soustraire au cynisme débilitant qui nous est coutumier? N'y a-t-il pas dans tout *coup de foudre* * [1] une certaine exagération délibérée des qualités de l'être aimé – exagération qui nous arrache à la désillusion en concentrant notre énergie sur un visage donné en lequel il nous est permis, brièvement et miraculeusement, d'avoir foi?

1. Les mots en italiques suivis d'un astérisque sont en français dans le texte. (N. D. T.)

2. Je perdis Chloé dans la foule lors du contrôle des passeports mais je la retrouvai dans la zone de récupération des bagages. Elle s'échinait à pousser un chariot obstinément enclin à tourner à droite alors que le tapis roulant amenant les valises en provenance de Paris se trouvait à l'extrémité gauche du hall. Comme mon chariot à moi ne manifestait pas de caprice, je la rejoignis et le lui offris mais elle refusa en m'expliquant qu'il convenait de rester fidèle à ses possessions quelque entêtées qu'elles fussent, et qu'un exercice physique opiniâtre n'était pas sans avantages après un voyage en avion. Par des voies détournées (en l'occurrence le couloir d'arrivée d'un appareil en provenance de Karachi) nous finîmes par atteindre le tapis roulant de Paris autour duquel se pressaient des visages qui m'étaient, involontairement, devenus familiers depuis l'embarquement à Charles-de-Gaulle. Les premiers bagages avaient commencé à dégringoler sur la bande de caoutchouc et des faciès anxieux se penchaient à la recherche de leurs biens.

3. « Vous a-t-on jamais arrêté à la douane? me demanda Chloé.

— Pas encore. Et vous?

— Pas vraiment. Une fois, pourtant, j'ai eu envie de me confesser. Cette espèce de nazi m'ayant demandé si j'avais quelque chose à déclarer, je lui ai dit que oui alors que je ne transportais rien d'illégal.

— Alors, pourquoi lui avoir dit le contraire?

— Je ne sais pas. Je faisais sans doute un complexe de culpabilité. J'ai, voyez-vous, une tendance affreuse à m'accuser de fautes que je n'ai pas commises. J'ai toujours eu envie de me livrer à la police en avouant des crimes dont j'étais innocente. »

4. « A propos, n'allez pas me juger sur mon barda »,
me dit Chloé tandis que nous nous morfondions à attendre
alors que d'autres en avaient déjà terminé. « J'ai acheté
cette affaire-là, à la dernière minute, dans une horrible
boutique de la rue de Rennes. C'est vraiment hideux!

— Attendez d'avoir vu mon fourbi! Avec ceci en plus
que, moi, je n'ai pas d'excuse. Voilà plus de cinq ans
que je me balade partout avec.

— Puis-je vous demander une faveur? Auriez-vous la
gentillesse de vous occuper de mon chariot pendant que
je fais un saut jusqu'aux toilettes? J'en ai pour une minute.
Au fait, si vous apercevez un grand sac de voyage rose
avec une poignée vert fluo, ce sera mon truc. »

5. Un peu plus tard j'observai Chloé en train de tra-
verser le hall dans ma direction. Elle avait une expression
tendue et presque anxieuse dont je devais apprendre, par
la suite, qu'elle lui était familière. Elle avait un visage
qui semblait perpétuellement au bord des larmes et ses
yeux trahissaient les craintes de quelqu'un qui s'attend à
ce qu'on lui annonce une nouvelle consternante. Quelque
chose en elle poussait à la réconforter, à lui prodiguer des
consolations (ou simplement à lui prendre la main).

« Toujours rien pour moi? me demanda-t-elle.

— Non. Ni pour moi d'ailleurs. Mais il y a encore un
tas de gens à attendre. Nous avons au moins cinq minutes
devant nous avant de sombrer légitimement dans la paranoïa.

— Flûte alors! » dit Chloé avec un sourire avant de fixer
ses regards sur ses pieds.

6. L'amour est une sensation que j'éprouvai brusquement peu après que Chloé se fut lancée dans ce qui

promettait d'être un très long et très assommant récit
(indirectement provoqué par l'arrivée des bagages de l'avion
d'Athènes sur le tapis roulant contigu au nôtre) d'une
période de vacances qu'elle avait passée, un certain été,
avec son frère à Rhodes. Pendant qu'elle me parlait,
j'observais ses mains en train de virevolter sur la ceinture
de son manteau beige (deux taches de rousseur s'agglu-
tinaient sous l'index) et me rendais compte (comme si
ç'avait été la plus flagrante des vérités) que je l'aimais.
Je ne pouvais échapper à la conclusion que, quelque
bizarre que pût être sa fréquente inaptitude à finir ses
phrases, sa nervosité et de surcroît un soupçon de mauvais
goût dans le choix de ses boucles d'oreilles, *elle était
adorable.* C'était pour moi un moment de totale idéalisation, attribuable à mon inexcusable immaturité émotionnelle mais aussi, et tout autant, à l'élégance de son
manteau, à l'étourdissement que me laissait mon voyage
en avion, à ce que j'avais ingurgité au petit déjeuner et
au décor déprimant du terminal 4 sur lequel sa beauté se
détachait avec tant d'éclat.

7. *L'île était pleine à craquer de touristes mais on avait
loué des motos, si bien que...* Le récit des vacances de Chloé
était languissant mais ce détail ne constituait plus un
critère de jugement. J'avais cessé de la considérer en
fonction de la logique séculière des conversations tout-
venant. Je ne me souciais plus de déceler dans sa syntaxe
la part de la pénétration intellectuelle ou de la vérité
poétique. Ce qui importait n'était pas tellement *ce* qu'elle
disait que le fait qu'*elle* le disait, et qu'au surplus j'avais
décidé de considérer comme parfait tout ce qu'il lui
plairait de prononcer. Je me sentais prêt à la suivre dans
les moindres détails de chaque anecdote *(il y avait aussi*

cette boutique où on vendait des olives fraîches...), à me délecter de toutes celles de ses plaisanteries qui avaient plus ou moins raté leur effet comme de toutes les remarques où elle avait perdu le fil. Je me sentais prêt à abandonner mon égoïsme au profit d'une souveraine empathie, d'accompagner Chloé à l'intérieur de chacun de ses ego, à cataloguer le moindre de ses souvenirs, à devenir l'historien de son enfance, à tout apprendre de ses amours, de ses craintes et de ses haines — tout ce qui avait pu folâtrer dans son esprit et dans son corps ayant, d'un seul coup, acquis sur moi un pouvoir de fascination.

8. Les bagages arrivèrent sur ces entrefaites, son grand sac un peu après le mien. On chargea le tout sur les chariots et on partit par la sortie « rien à déclarer ».

9. Ce qui est le plus terrifiant, c'est à quel point on peut idéaliser l'être aimé quand on a tant de mal à se tolérer soi-même — *car* c'est la vérité qu'on a du mal à le faire... Il me fallait bien admettre que Chloé n'était rien d'autre qu'une créature humaine (avec tous les sous-entendus impliqués dans cette appellation) mais n'étais-je pas excusable, étant donné la fatigue du voyage et le stress de l'existence en général, si je m'efforçais de suspendre un tel jugement ? Toute initiation à l'amour sous-entend, pour reprendre l'expression d'Oscar Wilde, le triomphe de l'espoir sur la connaissance de soi. Nous nous éprenons de quelqu'un dans l'espoir que nous ne découvrirons pas chez lui ce que nous savons être en nous — toute cette lâcheté, cette faiblesse, cette paresse, cette malhonnêteté, cette tendance aux compromis, cette bêtise brute. Nous enveloppons l'être élu d'un cordon d'amour et décrétons que tout ce qui se trouve à l'intérieur du

cercle sera désormais à l'abri de nos fautes et donc digne d'être aimé. Nous investissons une personne étrangère d'une perfection dont nous sommes dépourvus et en nous unissant à elle, nous espérons plus ou moins sauvegarder (en dépit de tous les témoignages de la connaissance de soi) une foi précaire en l'espèce humaine.

10. Pourquoi le fait de savoir tout cela ne m'a-t-il pas empêché de tomber amoureux? Parce que l'illogisme et la puérilité de mon désir n'avaient pas affaibli mon besoin de croire. Je mesurais le vide que l'illusion romantique était en mesure de combler, je savais la joie que peut prodiguer la certitude que quelqu'un, quel qu'il soit, mérite notre admiration. Bien longtemps avant d'avoir posé mon regard sur Chloé, j'avais dû éprouver le désir de découvrir sur le visage de quelqu'un d'autre une perfection que, jamais encore, je n'avais aperçue en moi-même.

11. « Puis-je vérifier vos bagages, monsieur? me demanda le type de la douane. Avez-vous quelque chose à déclarer? De l'alcool, des armes à feu? »

Tel le génie et Oscar Wilde, j'eus envie de lui dire : « *seulement mon amour* », mais mon amour n'était pas un crime, du moins pas encore.

« Je vous attends? demanda Chloé.

— Madame est avec vous? » s'enquit le préposé.

Craignant de m'aventurer dans la présomption, je répondis « non » mais je demandai à Chloé si elle ne pourrait pas m'attendre à la sortie.

12. L'amour réinvente nos besoins avec une célérité et une spécificité proprement uniques. Mon impatience devant

les formalités de la douane montrait assez que Chloé dont, quelques heures auparavant, j'ignorais jusqu'à l'existence, s'était déjà haussée au rang d'objet ardemment désiré. Ce n'était pas, à vrai dire, comparable à une faim car, dans ce cas, les symptômes ne se manifestent que graduellement : on est pris dans une chronologie très perceptible conduisant à l'appétit et qui se reproduit cycliquement à l'heure des repas. Alors qu'ici j'avais la conviction que si je perdais Chloé à l'autre bout du hall, je mourrais – oui, je mourrais à cause de quelqu'un qui venait seulement d'entrer dans ma vie à 11 h 30 ce matin-là.

13. La rapidité avec laquelle on tombe amoureux est peut-être due à ce que le désir d'aimer a précédé l'être aimé : le besoin a créé sa propre solution. L'apparition de l'élu n'est que le second stade d'un besoin antérieur (mais largement inconscient) d'aimer *quelqu'un* – notre appétit d'amour façonnant les traits de l'autre, notre désir se cristallisant autour de lui. Mais le côté honnête de notre nature ne pourra jamais se contenter d'un leurre. Il y aura toujours un moment où nous nous demanderons si l'être aimé existe dans la réalité tel que nous nous le représentons dans notre esprit, ou s'il n'est pas simplement une hallucination que nous avons inventée pour échapper à l'inéluctable effondrement de ceux qui sont sans amour.

14. Chloé m'avait attendu mais nous ne passâmes qu'un bref instant ensemble avant de nous séparer de nouveau. Elle avait laissé sa voiture dans le parking et il me fallait, moi, prendre un taxi pour aller récupérer quelques dossiers à mon bureau – c'était, en fait, l'un de ces moments embarrassants où deux personnes hésitent quant à la suite (ou la cessation) de leur aventure.

« Je vous appellerai un de ces jours, dis-je sans avoir l'air d'y toucher. Nous pourrions aller acheter des bagages ensemble...

— Excellente idée, dit Chloé. Vous avez mon numéro?

— Je crains, en effet, de l'avoir déjà enregistré. Il était sur l'étiquette de votre sac de voyage.

— Vous feriez un excellent détective! J'espère que votre mémoire est à la hauteur! Eh bien, vraiment, ç'a été un plaisir de faire votre connaissance, dit Chloé, me tendant la main.

— Bonne chance aux cactus! » lui criai-je tandis qu'elle se hâtait vers les ascenseurs, son chariot s'obstinant à obliquer démentiellement à droite.

15. Dans le taxi qui me ramenait en ville j'éprouvai une curieuse sensation de perte, de tristesse. Pouvait-il s'agir véritablement d'amour? Parler d'amour alors que nous n'avions passé qu'une matinée ensemble revenait à prendre le risque d'être accusé de duperie romantique et de sémantique imprécision. C'est pourtant une vérité de base que la nécessité où nous sommes de nous éprendre de quelqu'un dont nous ne savons rien. *Le mouvement initial est obligatoirement fondé sur l'ignorance.* Si donc je parlais d'amour, en dépit de tant de doutes d'ordre à la fois psychologique et épistémologique, c'était peut-être à cause de ma certitude que ce terme ne pouvait jamais être employé de manière *précise.* L'amour n'étant ni un endroit, ni une couleur, ni un produit chimique, mais les trois à la fois et davantage encore ou alors bien que n'étant aucun de ces éléments et moins encore, ne pouvait-on concevoir que chaque être, lorsqu'il abordait ce sujet, pût s'exprimer à son idée et se déterminer à son gré? Une telle affaire ne se situait-elle pas au-delà du royaume

académique du vrai et du faux? S'agissait-il d'amour ou d'une simple obsession? Qui, sinon le temps (se mentant d'ailleurs à lui-même), eût été légitimement en mesure de répondre?

CHAPITRE TROIS

Du substrat de la séduction

1. Pour les amoureux de la certitude, la séduction n'est pas un territoire où s'égarer. Chaque sourire et chaque mot apparaissent comme une avenue menant à une douzaine — sinon à douze milliers — de possibilités. Les gestes et les remarques qui, dans une vie normale (entendez par là : *une vie sans amour*), se lisent à livre ouvert, épuisent maintenant les dictionnaires à force d'éventuelles définitions. Et, pour le séducteur au moins, les doutes se réduisent à une seule question, centrale et trépidante, lancinante, telle qu'en pourrait connaître un criminel attendant la sentence : *Me désire-t-elle ou pas?*

2. Échappant à toute emprise, la pensée de Chloé ne cessa de me hanter au cours des journées qui suivirent. J'étais incapable d'analyser mon désir — la seule explication satisfaisante aurait consisté en une désignation tacite de la personne désirée (je me serais par là même fait l'écho de la formule de Montaigne à propos de son

amitié pour La Boétie : *parce que c'était elle, parce que c'était moi*). Bien que mon esprit se trouvât absorbé par l'étude urgente d'un plan de bureaux du côté de King's Cross, il dérivait vers elle de manière irresponsable mais irrésistible. J'avais un besoin permanent de rôder autour de l'objet de mon adoration, il persistait à envahir ma conscience avec toute l'insistance d'un problème qui, bien qu'il n'eût nullement à dépendre de mon agenda, ne pouvait souffrir aucun retard. C'était une affaire qui, d'un point de vue objectif, était désespérément inintéressante car elle n'impliquait ni développement ni pertinence. Elle ne relevait en fait que d'un simple désir. Certaines des pensées que m'inspirait Chloé étaient du type : « *Ah, qu'elle est merveilleuse ! Comme ce serait délicieux si seulement... !* »

D'autres se réduisaient à des images statiques :

[i]   Chloé encadrée par le hublot de l'avion
[ii]   Ses yeux verts limpides
[iii] Ses dents mordant légèrement sa lèvre inférieure
[iv]   Son accent quand elle avait dit « *Comme c'est étrange...* »
[v]   L'inclinaison de son cou quand elle bâillait
[vi]   L'interstice entre ses deux dents de devant
[vii] Sa poignée de main.

3. Si seulement ma mémoire avait su montrer autant de diligence pour se souvenir de son numéro de téléphone ! Car, hélas, la malheureuse liste de chiffres s'était évaporée de mon cerveau (un cerveau qui avait cru mieux employer son temps en repassant des images de la lèvre inférieure de Chloé). Était-ce (071)

607 9187
609 7187
601 7987
690 7187
610 7987
670 0817
687 7187?

4. Mon premier appel ne fut pas à la hauteur de mes vœux. Le manque de communication étant le péril inhérent à toute séduction. 609 7187 n'était pas la demeure de la bien-aimée mais le numéro d'une entreprise de pompes funèbres du côté de Upper Street. Ledit établissement ne consentit d'ailleurs à décliner son identité qu'après une conversation fumeuse au cours de laquelle j'appris que « Les lendemains de la vie » avaient une employée du nom de Chloé, laquelle fut convoquée au téléphone et monopolisa d'exaspérantes minutes à essayer de comprendre qui je pouvais bien être pour finalement imaginer me reconnaître sous les traits d'un client qui avait cherché à se renseigner sur les urnes funéraires. Quand, enfin, la confusion des noms se fut éclaircie de part et d'autre et que je pus raccrocher, j'étais littéralement cramoisi, trempé de sueur, plus proche de la mort que de la vie.

5. Je parvins, le lendemain, à joindre ma Chloé à moi. Elle était en plein travail et me donna l'impression de m'avoir, elle aussi, relégué aux lendemains de la vie (et pourtant qu'y avait-il à reléguer sinon l'exubérance de mon imagination?).

« Il y a un bordel terrible en ce moment! Pouvez-vous

attendre une minute? » me dit-elle du ton de la parfaite secrétaire.

Offensé, je m'exécutai. Quel que fût le degré d'intimité que je m'étais forgé dans mon esprit, revenus sur notre lieu de travail, nous étions des étrangers, mon désir avait brutalement été remis à sa place et je devenais moi-même un intrus, éminemment importun, dans les occupations diurnes de Chloé.

« Écoutez, dit-elle, réapparaissant au bout du fil, je suis vraiment désolée mais il m'est impossible de vous parler en ce moment. Nous préparons un supplément qu'il faut imprimer demain. Je peux vous rappeler? J'essaierai de vous joindre soit de chez moi, soit de mon bureau, quand les choses se seront un peu tassées. O.K.? »

6. Le téléphone, livré aux mains démoniaques de la bien-aimée qui n'appelle pas, devient un instrument de torture. La suite du récit dépend de la composition d'un numéro d'appel; celui qui est à l'autre bout du fil perd tout contrôle sur l'avenir du scénario. Il ne peut que se plier au déroulement des épisodes, répondre quand on l'y invite. Le téléphone me cantonnait dans un rôle passif. Dans le cadre de la sexualité traditionnelle des échanges par fil, je n'étais plus que le partenaire féminin de l'appel masculin de Chloé. J'étais obligé de répondre à tout instant, mes moindres mouvements étaient soumis à une oppressante téléologie. Les surfaces en plastique moulé de l'engin à touche bis ergonomique, le coloris de son dispositif, rien de tout cet ensemble ne permettait de pressentir la cruauté dissimulée dans son mystère, l'absence totale d'indications sur l'instant où il retrouverait (et donc moi) un semblant de vie.

7. J'aurais, de beaucoup, préféré une lettre. Quand Chloé m'appela, la semaine suivante, j'avais tellement repassé mon petit discours dans ma tête que je ne parvins pas à le ressortir. Je fus totalement pris au dépourvu, arpentant tout nu la salle de bains, en train de me nettoyer les oreilles avec un coton-tige, les yeux rivés sur l'écoulement de la baignoire. Je me précipitai dans la chambre et m'emparai de l'appareil. La voix humaine n'est jamais qu'une esquisse, à moins qu'on ne la travaille et que, donc, on la joue. La mienne était chargée d'une tension, d'une surexcitation et d'un courroux que j'aurais plus aisément gommés sur une feuille de papier. Mais le téléphone n'est pas un traitement de texte. Il ne donne au locuteur qu'une seule chance.

« Quelle joie de vous entendre, dis-je stupidement. Ne pourrions-nous pas déjeuner ou dîner ou n'importe quoi d'autre ? » – le timbre de ma voix se fêlant légèrement sur le second « ou ». De quelle invulnérabilité se serait, par comparaison, révélé le mot écrit ! L'auteur aurait pu se rendre inexpugnable, dur, grammaticalement puissant (ceux qui ne parviennent pas à parler se rabattent sur la plume). Mais à la place de l'*auteur* il n'y avait plus que ce *locuteur,* trébuchant, éperdu, misérable, craquant de toutes parts.

8. « Non, je ne peux vraiment pas déjeuner cette semaine.

— Alors, un dîner ?

— Un dîner ? Attendez, voyons voir, hem... » (ici une pause). « Je suis en train de jeter un coup d'œil à mon agenda et, voyez-vous, ça ne me paraît pas très facile non plus.

« — A vous entendre, l'emploi du temps du premier ministre est moins chargé que le vôtre!

— Je suis désolée. On est vraiment dans une passe diabolique en ce moment! Je peux quand même vous faire une proposition. Disposez-vous de votre après-midi? Oui, *cet* après-midi... Si oui, nous pourrions nous retrouver à mon bureau et, de là, aller faire un petit tour à la National Gallery ou n'importe quoi, une balade dans le parc, ou je ne sais pas, moi... »

9. Des interrogations me poursuivirent tout au long de la période de séduction, des interrogations portant sur le substrat tabou de chaque mot et de chaque action. Quelles pouvaient être les pensées de Chloé tandis qu'au sortir de son bureau de Bedford Street nous nous acheminions vers Trafalgar Square? Les signes extérieurs étaient d'une ambiguïté qui me mettait au supplice. Il était clair, d'une part, que Chloé avait été heureuse de prendre son après-midi pour aller faire un tour dans un musée en compagnie d'un homme qu'elle avait tout juste rencontré dans un avion la semaine précédente mais, d'un autre côté, rien dans son attitude ne permettait de penser qu'il s'agissait là d'autre chose que d'une simple occasion de s'entretenir intelligemment de questions d'art et d'architecture. Peut-être n'y avait-il là qu'une manifestation d'amitié; l'attachement, maternel et asexué, d'une femme pour un homme? A mi-chemin entre la candeur et la collusion, le moindre geste de Chloé était empreint d'une affolante signification. Savait-elle que je la désirais? Me désirait-elle? Avais-je raison de subodorer des émanations de flirt à la fin de ses phrases et aux détours de ses sourires? Ou n'était-ce là qu'un vœu subjectif projeté sur la face de l'innocence?

10. Le musée, à cette époque de l'année, était comble, de telle sorte qu'il nous fallut attendre un bon bout de temps avant de déposer nos manteaux au vestiaire et de gravir l'escalier. Nous commençâmes par les primitifs italiens, bien que mes pensées (j'avais perdu toute perspective et il leur fallait encore trouver la leur) ne leur fussent point acquises. Devant *La Vierge et l'Enfant* Chloé se tourna vers moi pour me dire qu'elle avait toujours eu un faible pour Signorelli et, parce que ça me parut indiqué, je m'inventai une passion pour la *Crucifixion* d'Antonello. Elle semblait passive, immergée dans les toiles, insensible au bruit et aux allées et venues. Je me tenais à quelques pas derrière elle, essayant de me concentrer sur les tableaux mais incapable de percer à jour la troisième dimension, me cantonnant seulement dans le contexte de Chloé en train de les regarder — l'art à travers la vie.

11. A un moment, dans la seconde salle des Italiens (1500-1600) où il y avait tellement de monde que nous étions tout près l'un de l'autre, ma main en vint à toucher la sienne. Chloé ne la retira pas (ni moi la mienne) si bien que, l'espace d'un instant (nos yeux continuant de dévorer la toile devant nous), je me pénétrai de la sensation de la peau de Chloé envahissant mon corps, l'esprit traversé par une vague de plaisir illicite, par un frisson de voyeurisme dû au fait que j'en bénéficiais sans permission — le regard de ma compagne étant dirigé ailleurs bien que, peut-être, elle en eût vaguement conscience. La toile devant nous était l'*Allégorie avec Vénus et Cupidon* de Bronzino, Cupidon donnant un baiser à sa mère Vénus cependant que celle-ci, sans avoir l'air d'y toucher, lui enlève l'une de ses flèches : la beauté aveuglant l'amour,

retirant symboliquement au jouvenceau son pouvoir magique.

12. Chloé, alors, retira sa main, se tourna vers moi et me dit : « J'adore ces petits personnages à l'arrière-plan, ces petites nymphes, ces dieux courroucés et tout le reste. Est-ce que vous en saisissez tout le symbolisme?
— Non, pas vraiment. Sauf qu'il s'agit de Vénus et de Cupidon.
— Je n'avais même pas compris ça, donc vous me damez le pion. Je regrette de ne pas être plus calée en mythologie, poursuivit-elle. Je passe mon temps à me dire que je vais potasser la question et puis je n'y pense plus. Mais, à vrai dire, ça ne me déplaît pas de regarder des trucs sans trop savoir ce qu'ils signifient. »
Elle se retourna vers le tableau, sa main de nouveau venant effleurer la mienne.

13. Son geste aurait pu en dire beaucoup ou peu. C'était un espace vide où l'on pouvait situer n'importe quoi, ou presque, allant du désir à l'innocence. Était-ce une manifestation de symbolisme subtil (bien plus subtil que le tableau de Bronzino quoique moins documenté) lequel me permettrait, un jour (tel le Cupidon accroché au mur), de me pencher pour lui donner un baiser, ou tout simplement le spasme candide et inconscient d'un muscle du bras quelque peu lassé?

14. Dès que l'on commence à chercher des signes d'attraction mutuelle, la moindre des choses que dit l'être aimé peut être interprétée pratiquement à volonté. Et plus je cherchais des signes, plus j'en apercevais. Dans chaque mouvement du corps de Chloé il me semblait découvrir

un témoignage potentiel de désir – la façon dont elle avait ajusté sa jupe (tandis que nous nous dirigions vers les primitifs flamands) ou toussé près du *Portrait des époux Arnolfini* de Van Eyck ou m'avait confié le catalogue afin de pouvoir reposer son front dans sa main. Et lorsque j'écoutais ses propos avec une attention particulière ils se révélaient, eux aussi, sous l'aspect d'un champ de mines de suggestions. Avais-je tort de déceler un brin de flirt dans son aveu de fatigue ou dans sa proposition d'aller nous asseoir sur un banc?

15. Nous nous assîmes effectivement et Chloé étendit ses jambes moulées dans des bas noirs, qui s'amincissaient avec élégance pour disparaître dans une paire de mocassins. Il m'était impossible de localiser ses gestes dans un cadre lexical de quelque exactitude. Si une femme s'était permis de me frôler de cette manière dans le métro, je m'en serais soucié comme d'une guigne. C'était là la difficulté d'essayer d'interpréter un geste qui, en soi, n'était pas d'une clarté aveuglante et qui ne pouvait s'élucider qu'en fonction du contexte, de son déchiffreur (et, en l'occurrence, de quel parti pris mon déchiffrement n'était-il pas entaché!). En face de nous se trouvait le *Cupidon se plaignant à Vénus* de Cranach. Cette Vénus septentrionale nous toisait d'un regard énigmatique, oubliant le pauvre Cupidon qui, piqué par des abeilles dont il avait tenté de dérober le miel, était comme un messager de l'amour se brûlant les doigts. Autant de symboles...

16. C'était le désir qui m'avait transmué en détective, en impénitent chasseur d'indices dont je n'aurais tenu aucun compte si seulement j'avais été moins affligé. C'était le désir qui avait fait de moi un paranoïaque romantique

trouvant un sens à n'importe quoi. Le désir m'avait changé en un décodeur de symboles, un interprète de l'environnement (et donc la victime désignée d'un paralogisme). Quelle que fût, pourtant, mon impatience, ces problèmes n'étaient pas dénués de l'ardente puissance inhérente aux énigmes. Leur ambiguïté ne promettait pas plus le salut que la damnation, mais elle exigeait une vie entière avant de se clarifier. Et plus durait mon espérance, plus la personne que je désirais gagnait en exaltation, en rareté, en vertu miraculeuse, en perfection, en justification de mon attente. Le délai lui-même accroissait l'attrait de l'objet désiré – accroissement qu'une satisfaction immédiate n'aurait jamais pu créer comme telle. Si Chloé avait abattu ses cartes, la partie aurait perdu tout son charme. Quelque dépit que j'en pusse concevoir, force m'était de reconnaître qu'il était bon que certaines choses ne fussent point dites. Les femmes les plus attirantes ne sont pas celles qui nous permettent de leur donner un baiser sur-le-champ (nous devenons vite ingrats), pas plus que celles qui nous l'interdisent indéfiniment (nous ne tardons pas à les oublier), mais celles qui, en douce, nous maintiennent dans l'expectative.

17. Vénus finissait par nous donner soif, de telle sorte qu'Elle et Cupidon partirent en direction de l'escalier. Une fois dans la cafétéria, Chloé s'empara de l'un des plateaux et le fit coulisser sur la barre d'acier.

« Voulez-vous du thé? me demanda-t-elle.

– Oui, mais je m'en occupe.

– Ne dites pas de bêtises, c'est moi qui m'en occupe.

– Je vous en prie, permettez-moi...

– Allons, allons, merci beaucoup mais je n'en suis quand même pas à quatre-vingts pence près! »

Nous nous assîmes à une table d'où on avait vue sur Trafalgar Square. Les lumières du sapin de Noël prêtaient une atmosphère de fête incongrue au paysage urbain. On commença à parler d'art puis, de là, on en vint aux artistes, et de là on en vint à se lever pour aller chercher une deuxième tasse de thé et un gâteau. Après quoi on discuta de la beauté et de la beauté on passa à l'amour et, arrivés là, on fit halte.

« Je ne vous suis pas, dit Chloé. Pensez-vous, oui ou non, qu'il puisse exister une forme d'amour réelle et durable?

— Ce que j'essaye de vous dire est que c'est un problème éminemment subjectif. Il serait stupide d'aller s'imaginer qu'il existe " un amour véritable " objectivement vérifiable. C'est on ne peut plus aléatoire de distinguer entre la passion et l'amour, entre l'engouement et l'amour ou quoi que ce soit de ce genre, parce que tout dépend du point de vue où on se place.

— Vous avez raison. (Ici une pause.) Vous ne trouvez pas que ce gâteau est infect? On n'aurait jamais dû en prendre!

— C'est vous qui avez insisté!

— Je sais, mais (Chloé se passa la main dans les cheveux) comprenez-moi — et je parle sérieusement — pour en revenir à ce que vous m'avez demandé il y a un instant, à savoir si le romantisme est anachronique ou non, eh bien, voyez-vous, la plupart des gens, si on leur posait la question à brûle-pourpoint, répondraient certainement que oui. Mais ce ne serait pas nécessairement vrai. Ce serait simplement parce qu'ils se défendraient contre quelque chose qu'en fait ils désirent sincèrement. Ils y croient confusément mais ils prétendent le contraire jusqu'au moment où ça leur arrive — obligatoirement ou fortuitement. Je pense que la plupart d'entre eux jetteraient leur cynisme aux orties s'ils en avaient l'occasion, mais que l'occasion ne se présente qu'à une infime minorité. »

18. Il m'était impossible de prendre ce qu'elle me disait pour argent comptant. Je me cramponnais, au contraire, aux plus intimes sous-entendus de ses paroles, convaincu que c'était là que se trouvait la vérité bien plutôt qu'à la surface des choses. J'interprétais au lieu d'écouter. Nous parlions d'amour, ma Vénus remuant paresseusement sa cuiller dans sa tasse de thé maintenant froid, mais à quoi *nous* menait cet entretien? Qui étaient ces « gens » (la plupart, avait-elle dit)? Étais-je, *moi*, l'individu qui ferait table rase de son cynisme? Que nous apprenaient ces propos sur l'amour quant aux relations entre les deux interlocuteurs? Là encore, pas d'indices. Le langage, prudemment, se maintenait en deçà des références personnelles. Nous parlions de l'amour abstraitement, nous refusant à admettre que l'objet de la discussion n'était point la nature de l'amour *per se* mais la brûlante question : qu'étions-nous (et serions-nous) l'un pour l'autre?

19. Ou n'était-ce là qu'une absurde supposition? N'y avait-il rien d'autre sur la table qu'un gâteau aux carottes à demi consommé et deux tasses de thé? Chloé se maintenait, elle, à un niveau d'abstraction conforme à ce qu'elle souhaitait en attribuant à ses paroles très exactement leur sens — ce qui eût été aux antipodes de la première règle du flirt, à savoir que *ce que l'on dit n'est jamais l'expression de ce que l'on veut dire?* Comme c'était difficile de garder la tête froide alors que Cupidon était un interprète à ce point gauchi, en dépit de la clarté avec laquelle il voyait, lui, ce qu'il eût souhaité être vrai! Attribuait-il à Chloé

un émoi qu'il était seul à ressentir? Se rendait-il coupable
de l'erreur, vieille comme le monde, en vertu de laquelle
la formule *Je vous désire* se change à tort en l'équivalent
de la formule réciproque, *Me désirez-vous?*

20. Pour mieux définir nos positions nous en vînmes
à faire appel à autrui. Chloé avait une amie, une collègue
de bureau, qui ne cessait de tomber amoureuse de types
d'hommes inadéquats – un agent de voyages, pour l'instant, assumait le rôle du tyranneau.

« Vraiment, comment peut-elle consacrer une seule
minute de son temps à quelqu'un cent mille fois plus
stupide qu'elle, qui n'a même pas la décence de la traiter
correctement, et qui, au fond – et ça, je le lui ai dit –,
ne l'apprécie que sur le plan sexuel! Et ce serait compréhensible si elle aussi ne se servait de lui que pour ça,
mais pas du tout! Elle se laisse rouler sur tous les tableaux!
– C'est horrible.
– Eh oui, c'est franchement triste! On ne peut avoir
des relations correctes avec quelqu'un que si l'on est à
égalité avec lui et qu'on joue franc jeu de part et d'autre
– que s'il n'y a pas, d'un côté, un partenaire qui ne pense
qu'à s'envoyer en l'air et, de l'autre, quelqu'un qui a
besoin d'amour véritable. Et je pense que tout le mal
vient de là, de ce qu'il y a un décalage parce que les gens
ne sont pas assez sûrs d'eux-mêmes pas plus que de ce
qu'ils attendent en fait de la vie et du reste! »

21. Timidement nous continuions à ourdir nos orien-
tations et nos définitions. Et cela, de la manière la plus
tortueuse. Nous nous demandions : « Qu'attend-*on* de
l'amour? » – ce « on » impliquant une subtile abdication
linguistique de toute participation personnelle. Mais, bien

qu'il eût été possible de qualifier des rites de ce genre de simples amusettes, ils étaient tout ensemble très sérieux et très utiles. Ces doutes, cette absence de résolutions (Oui / Non?) avaient une certaine logique. En admettant même que Chloé en vînt un jour à dire « oui », le cheminement protocolaire de A à B via Z comportait plus d'avantages qu'une communication directe. Il minimisait le risque d'offenser un partenaire récalcitrant et ralentissait quelque peu l'admission d'un candidat empressé dans le domaine des désirs réciproques. La menace du grandiose « Oui, vous me plaisez » se voyait ainsi tempérer par un « mais pas au point de vous le faire savoir sur-le-champ ».

22. Nous nous adonnions à un jeu qui nous permettait de démentir aussi longtemps que possible toute implication dans son déroulement, un jeu dont la règle fondamentale exigeait que l'on y prît part sans apparemment y prendre part, les deux parties se comportant comme si elles ignoraient jusqu'à son existence. Nous nous exprimions dans un langage à base de mots ordinaires mais en leur donnant des significations nouvelles – ceci en exploitant la tension qui sépare un code de l'usage ordinaire.

Code		Message
« Les gens devraient être moins cyniques lorsqu'il s'agit d'amour »	=	« Renoncez à votre cynisme par amour de moi »

On eût dit un langage codé du temps de guerre permettant de parler le plus longtemps possible sans courir le risque de voir le désir de l'un ou de l'autre humilié par un défaut de réciprocité. Si des chefs nazis avaient fait irruption dans la pièce, les agents alliés auraient pu aisément se targuer du fait qu'ils étaient en train de retransmettre à la radio des passages de Shakespeare et non point des documents particulièrement sensibles (*Je vous désire*) — car il n'y avait effectivement rien dans les propos effectifs, tant de Chloé que de moi-même, qui fût de nature à nous englober directement. Si les signes apparents de séduction sont assez ténus pour qu'on puisse les réfuter (une main qui vous frôle, un regard qui s'attarde une seconde de trop), qui, dans ces conditions, oserait prétendre qu'il s'agit même de séduction?

23. Il ne pouvait en fait y avoir de meilleur moyen de réduire l'énorme danger qui menace lorsque deux bouches entreprennent le long et périlleux voyage qui va les acheminer l'une vers l'autre — danger qui se ramène à un risque fondamental : *confesser son désir et le voir rejeté.*

24. Parce qu'il était plus de 17 heures et que son bureau serait à présent fermé, je demandai à Chloé s'il ne serait pas possible qu'elle vînt dîner avec moi ce soir-là. Ma suggestion la fit sourire puis elle jeta un rapide coup d'œil par la fenêtre en direction d'un autobus en train de dépasser St. Martin in the Fields et finalement, reportant ses regards sur le cendrier avec une grande attention, elle me dit : « *Non, merci, mais ça m'est vraiment tout à fait impossible.* » Et puis, juste à l'instant où je commençais à désespérer, elle se mit à rougir.

25. C'est parce que la timidité est la réponse parfaite aux doutes fondamentaux provoqués par la séduction qu'elle est si fréquemment invoquée pour justifier la rareté des témoignages patents du désir. Face aux signaux ambigus que l'on reçoit de l'être aimé, la meilleure interpré-

tation ne serait-elle pas d'attribuer ce manque d'engagement à la timidité? *L'être aimé est en proie au désir mais sa timidité l'empêche de le déclarer.* Une invocation de ce genre trahit tous les symptômes d'un esprit hallucinatoire, car n'existe-t-il pas toujours des preuves de timidité dans la conduite d'autrui? Il suffit d'une joue rougissante, d'un silence ou d'un rire nerveux pour légitimer sa présence, à telle enseigne que le séducteur qui souhaite en taxer sa victime n'est pratiquement jamais déçu. C'est une méthode à toute épreuve pour transformer l'absence d'indice en une présence, un négatif en positif. Cela suppose même que la personne timide éprouve davantage de désir que celle qui est pleine d'assurance et que l'intensité de ce désir est attestée précisément par sa difficulté à s'exprimer.

26. « Seigneur, j'ai oublié quelque chose de terrible! » s'écria Chloé, m'offrant une explication de rechange pour son rougissement. « Je devais appeler l'imprimeur cet après-midi. Merde alors! Comment ai-je pu oublier? Il faut croire que je perds la tête! »

L'amoureux offrit sa sympathie.

« Ah, écoutez, pour ce qui est du dîner, il faudra attendre un peu. J'en serais ravie, si, si, c'est vrai. Simplement, ça m'est difficile en ce moment mais je vais regarder mon agenda et je vous appellerai demain sans faute. Et j'espère qu'on arrivera à convenir d'un jour avant la fin de la semaine. »

CHAPITRE QUATRE

De l'authenticité

1. C'est là une des ironies de l'amour qu'il soit infiniment plus facile de séduire en toute sécurité ceux qui nous attirent le moins – le sérieux du désir ne faisant qu'entraver les nécessaires ébats de l'insouciance, l'attraction ne pouvant que créer un sentiment d'infériorité par rapport à la perfection que nous attribuons à l'objet de notre passion. Mon amour pour Chloé signifiait que j'avais perdu toute croyance en ma propre valeur. Qui pouvais-je être, *moi*, à côté d'*elle* ? N'était-ce pas grandement à son honneur d'avoir consenti à ce dîner, de s'être habillée avec tant d'élégance (« *Ça va ?* m'avait-elle demandé dans la voiture, *j'espère que oui car je n'ai pas l'intention de me changer une sixième fois !* »), pour ne rien dire de l'éventualité de la voir répondre favorablement à certaines propositions qui pourraient (si jamais je retrouvais ma langue) tomber de mes lèvres indignes ?

2. On était un vendredi soir et Chloé et moi étions attablés dans un coin des *Liaisons dangereuses* *, un res-

taurant français qui venait d'ouvrir à l'extrémité de Fulham Road. On n'aurait pas pu trouver de cadre mieux assorti à la beauté de Chloé avec ces lustres projetant de suaves ombres sur son visage, ces murs pers se mariant à ses yeux pers. Et cependant, comme si l'ange qui me faisait face m'avait pétrifié, je me rendais compte (après plusieurs minutes de conversation très animée) que j'avais perdu toute capacité de penser ou de parler et que je n'étais désormais plus apte qu'à tracer d'invisibles dessins sur la nappe blanche amidonnée et à siroter des gorgées superflues d'eau gazeuse dans un grand verre.

3. Émergeant de la perception de cette infériorité, le besoin s'imposa à moi de revêtir une personnalité différente de la mienne, un ego séducteur qui repérerait cet être éminent et répondrait à ses exigences. L'amour me condamnait-il à ne plus être moi-même? Peut-être pas pour toujours mais, s'il me fallait le prendre au sérieux, le moment en était venu à cette phase du processus de séduction car ma position de séducteur était telle qu'elle m'amenait à me demander : *« Qu'est-ce qui pourrait lui plaire? »* au lieu de *« Qu'est-ce qui me plaît à moi? »* Je me posais la question : *« Que pense-t-elle de ma cravate? »* au lieu de *« Quelle opinion en ai-je, moi? »* L'amour me contraignait à me regarder avec les yeux — imaginés — de l'être aimé. *Non point : Qui suis-je?* mais *Qui suis-je à ses yeux?* Et, par voie de conséquence, ma conscience claire ne pouvait que se teinter, d'une certaine mesure, de mauvaise foi et d'inauthenticité.

4. Cette inauthenticité ne se manifestait pas nécessairement par des outrances ou des mensonges flagrants. Elle provoquait simplement une tendance à anticiper sur tout

ce que pourrait désirer Chloé, de manière que j'en vinsse
à me conformer au rôle qui s'imposait.

« Un peu de vin? lui demandai-je.

— Je ne sais pas trop. Vous en voulez, vous?

— A vrai dire, ça m'est égal. Mais, vous, est-ce que ça
vous ferait plaisir?

— Je m'en rapporte à vous, quoi que vous décidiez.

— J'incline dans les deux sens.

— Entièrement d'accord.

— Finalement, on en prend ou pas?

— Eh bien, ma foi, je pense que, *moi,* je n'y tiens pas,
se risqua à dire Chloé.

— Parfait. Je n'y tiens pas non plus, avançai-je.

— Dans ce cas, pas de vin, conclut-elle.

— Bravo, on va s'en tenir à l'eau. »

5. Bien qu'un quant-à-soi authentique ait pour condition préalable l'aptitude à se créer une identité stable
indépendante d'autrui, la soirée s'était acheminée vers un
essai, inauthentique, de ma part pour me repérer et me
façonner conformément aux vœux de Chloé. Qu'attendait-
elle d'un homme? Quels étaient les goûts et les orienta-
tions en fonction desquels il me fallait ajuster mon
comportement? Si la fidélité à soi-même passe pour un
critère essentiel du quant-à-soi moral, alors je dois avouer
que le vœu de séduction m'avait amené à bafouer réso-
lument le test éthique. Pourquoi avais-je menti en niant
ma propension à choisir l'un des vins prometteurs de
délices dont la liste figurait en bonne place sur un tableau
noir surplombant la tête de Chloé? Tout simplement parce
que ma préférence m'avait soudain semblé inadéquate et
peu civilisée au regard de la soif d'eau minérale de Chloé.

La séduction m'avait scindé en deux : un ego (authentique) alcoolique et un faux ego (celui-là aquatique).

6. Le premier plat arriva, servi sur des assiettes avec la parfaite symétrie d'un jardin à la française.

« C'est trop beau pour qu'on y touche! dit Chloé (et comme je comprenais sa réaction!). Je n'ai encore jamais vu de thon grillé comparable à celui-ci. »

Nous commençâmes à manger, mais le seul son audible était celui de la coutellerie heurtant la porcelaine. Apparemment nous ne trouvions rien à nous dire. Chloé était, depuis trop longtemps, mon unique pensée mais, à cet instant, elle était devenue la seule pensée qu'il me fût impossible de partager. Le silence était comme une inculpation démoniaque. Rester muet devant une personne peu séduisante implique que c'est elle qui est assommante. Mais, devant quelqu'un de suprêmement attirant, cela signifie à coup sûr que c'est *vous* qui manquez totalement de charme.

7. Le silence et la gaucherie pouvaient peut-être être excusés en tant que pitoyables preuves du désir. Si l'on admet qu'il est relativement aisé de séduire quelqu'un qui vous indiffère, cela revient à dire que les séducteurs les moins habiles peuvent, non sans générosité, être considérés comme les plus authentiques. Ne pas trouver les mots idoines peut, ironiquement, passer pour la preuve que l'on a dans l'esprit les mots qui conviendraient si seulement on était à même de les prononcer. Quand, dans cet autre spécimen de *Liaisons* * la marquise de Merteuil écrit au vicomte de Valmont, elle lui reproche de lui adresser des lettres d'amour trop parfaites, trop logiques pour être l'expression d'un amant sincère dont les pensées

ne pourraient être que disjointes et à qui échapperaient nécessairement les belles tournures de phrases. Le langage trébuche sur l'amour, le désir manque d'articulation (mais de quel cœur n'aurais-je point, à cet instant, troqué mon blocage contre le vocabulaire du vicomte!).

8. Étant donné mon vœu de séduire Chloé, il m'était indispensable d'en savoir davantage sur elle. Comment aurais-je pu renoncer à mon ego véritable en ne connaissant pas le faux ego qu'il me fallait adopter? Mais ce n'était pas là chose facile. Cela me rappelait que, pour comprendre quelqu'un d'autre, il faut y consacrer des heures entières d'attention et d'interprétation vigilantes afin d'extraire de milliers de mots et d'actes un caractère cohérent. Malheureusement la patience et l'intelligence requises dépassaient de loin les capacités de mon esprit anxieux et éperdument enamouré. Je me comportais comme un psychosociologue enclin aux schématisations et donc impatient de réduire un individu à de simples formules, au mépris des soins empressés d'un romancier désireux de faire sienne la polyvalence de la nature humaine. Avant qu'on en eût fini avec le premier plat je commençai à patauger dans des questions lourdaudes comme on en pose dans les interviews : quelles sont vos lectures préférées? (*« Joyce, Henry James,* Cosmo *quand j'en ai le temps. »*) Aimez-vous votre job? (*« Tous les jobs sont plutôt tartes, vous ne trouvez pas? »*) Dans quel pays aimeriez-vous vivre si on vous donnait le choix? (*« Je suis bien ici mais je me plairais n'importe où, à condition de ne pas avoir à changer la prise de mon séchoir à cheveux. »*) Qu'est-ce qui vous tente lors des week-ends? (*« Aller au cinéma le samedi et, le dimanche, me bourrer de chocolat pour le coup de cafard du soir. »*)

9. Derrière des questions aussi maladroites (après chacune d'elles j'avais l'impression de la connaître encore moins) se dissimulait une impatiente tentative pour arriver à l'interrogation vraiment décisive : *Qui êtes-vous?* (et, donc, *Qui devrais-je être?*) Mais une approche aussi directe ne pouvait se solder que par un échec et, plus je persistais lourdement en ce sens, plus Chloé s'échappait de la nasse, se contentant de m'informer du journal qu'elle lisait, de la musique qu'elle préférait, mais sans m'éclairer pour autant sur « qui » elle était, me rappelant par là, s'il en avait été besoin, de l'aptitude du « Je » à s'esquiver lui-même.

10. Chloé détestait parler d'elle. Peut-être son trait de caractère le plus saillant consistait-il en une certaine modestie, voire en une tendance à l'autodénigrement. Chaque fois qu'elle abordait ce sujet, elle ne mâchait pas ses mots. Elle ne se contentait pas de dire « Je » ou « Chloé » mais « une pauvre gourde comme moi » ou encore « la gagnante du prix Ophélie d'apathie ». Son autodénigrement n'en était que plus sympathique car il apparaissait comme dégagé des appels au secours voilés de ceux qui s'apitoient sur eux-mêmes ou de l'autocritique à double entente du genre : « *Ah, je suis tellement stupide / Mais non, voyons, quelle idée !* »

11. Son enfance n'avait pas été des plus agréables mais elle témoignait, à ce propos, d'un franc stoïcisme (« *Je hais les dramatisations de cette nature. Pour un peu elles nous feraient croire que Job s'en est tiré à bon compte* »). Elle avait vu le jour dans un foyer financièrement à l'aise. Son père (« *Tous ses problèmes ont commencé quand ses parents l'ont appelé Barry* ») était un universitaire (il enseignait le

droit). Sa mère « Claire » avait été, un bout de temps, à la tête d'une boutique de fleurs. Chloé, numéro deux de la progéniture, s'était trouvée coincée en sandwich entre deux garçons impeccables et nettement favoris. Quand l'aîné était mort de leucémie peu après son huitième anniversaire, la douleur de ses parents s'était manifestée sous la forme d'un ressentiment à l'encontre de leur fille qui, peu douée pour l'école et maussade à la maison, s'était obstinément cramponnée à l'existence à l'inverse de leur fils bien-aimé. Elle avait grandi dans une atmosphère de culpabilité comme si on la blâmait pour ce qui s'était produit — autant de causes de remords auxquelles sa mère se souciait peu d'apporter un soulagement. Elle se plaisait, en effet, à revenir sans arrêt sur les défauts d'autrui de telle sorte que la pauvre Chloé était constamment en butte à des sarcasmes quant à ses piètres résultats scolaires comparés à ceux de son frère disparu ou de sa gaucherie ou de la mauvaise réputation de ses amis (critiques qui n'étaient pas particulièrement fondées mais qui le devenaient à force d'être ressassées). Chloé s'était tournée vers son père dans l'espoir de trouver auprès de lui un peu de réconfort, mais le bonhomme était peu doué pour l'affection alors qu'il débordait d'enthousiasme pour ses connaissances en matière de droit qu'avec pédanterie il s'efforçait de lui inculquer en guise de succédané. Cela jusqu'au jour où la frustration de Chloé s'était muée en emportement et où elle l'avait bravé, lui et tout ce qu'il représentait (quelle chance j'avais de ne pas m'être orientée vers une profession juridique!).

12. Peu d'allusions aux petits amis du passé se firent jour pendant le repas. L'un d'eux, un mécanicien spécialisé dans les motos qui avait travaillé en Italie, s'était conduit

avec elle comme un goujat. Un autre, qu'elle avait materné, avait fini en prison pour usage de drogues; un autre encore avait enseigné la philosophie analytique à l'université de Londres (« Il n'est pas nécessaire d'être Freud pour comprendre qu'il était le papa avec lequel je n'avais jamais pu coucher »); un autre enfin était pilote d'essai chez Rover (« Je ne parviens pas encore à m'expliquer celui-là. Je finis par croire que j'aimais son accent de Birmingham »). Mais il ne se dégageait de ses remarques aucun portrait précis, de telle sorte que l'image de « son » homme idéal en train de se former dans mon esprit nécessitait de perpétuels réajustements. Il y avait des choses qu'elle louait et condamnait d'une seule traite, me contraignant à une délirante reconstruction de l'ego que je m'échinais à mettre en place. A un moment elle semblait hisser sur le pavois la vulnérabilité émotionnelle pour, l'instant d'après, la condamner au nom de l'indépendance. A peine venait-elle de proclamer la valeur suprême de l'honnêteté qu'elle justifiait l'adultère par la souveraine hypocrisie du mariage.

13. La complexité de ses jugements provoquait chez moi une espèce de schizophrénie. Quels aspects de moi-même devais-je mettre en avant? Comment éviter de m'aliéner sa sympathie sans paraître outrageusement conciliant? Tandis que se déroulait le rituel des plats (pas de plat pour le jeune Valmont mais une course d'obstacles!) je me rendais compte que je n'avançais une opinion que pour la modifier subtilement, la minute d'après, afin de m'aligner sur Chloé. Chacune des questions qu'elle me posait m'emplissait de terreur car elle pouvait, à son insu même, impliquer quelque chose qui l'offenserait irrévocablement. Le plat de résistance (canard pour moi, saumon pour elle) était un marécage truffé de mines : était-ce mon

sentiment que deux êtres se devaient de vivre uniquement l'un pour l'autre? Avais-je eu une enfance difficile? Avais-je vraiment connu une fois le grand amour? A quoi cela ressemblait-il? Étais-je quelqu'un d'émotif ou de cérébral? Pour qui avais-je voté aux dernières élections? Quelle était ma couleur préférée? Étais-je d'avis que les femmes sont plus instables que les hommes?

14. Parce que l'originalité court le risque de vous aliéner ceux qui ne sont pas d'accord avec vous, elle était au-delà de mes forces. Je me contentais d'ajuster mon point de vue à ce que j'estimais être celui de Chloé. Si elle aimait les durs, fort bien j'en serais un! Si elle aimait la planche à voile, bon je me ferais véliplanchiste. Si elle avait horreur des parties d'échecs, j'en aurais horreur aussi. Mon idée de ce qu'elle recherchait chez un amant pouvait se comparer à un costume quelque peu étriqué et mon ego profond à un bonhomme trop gros, si bien que la soirée s'écoula comme si le bonhomme trop gros avait essayé de rentrer dans un costume trop juste pour lui. Je me perdais en tentatives désespérées pour gommer les boursouflures qui juraient avec la coupe du tissu, de m'aplatir le ventre et de retenir ma respiration pour empêcher l'étoffe de craquer. Rien d'étonnant, dans ces conditions, si ma posture n'était pas aussi spontanée que je l'eusse souhaité. Comment, je vous le demande un peu, un bonhomme trop gras serré dans un costume trop juste pourrait-il avoir de la spontanéité? Il a tellement peur que tout craque, qu'il lui faut rester totalement immobile, retenant son souffle et priant pour que la soirée s'achève sans catastrophe. L'amour m'avait rendu infirme.

15. Chloé était en proie à un dilemme d'un autre ordre car l'heure des desserts avait sonné et, bien qu'elle dût se limiter à un seul choix, elle avait plus d'un désir.

« Qu'en pensez-vous? Le chocolat ou le caramel? me demanda-t-elle (des traces de culpabilité apparaissant sur son front), peut-être pourriez-vous en prendre un et moi l'autre, et ensuite on partagerait? »

Je n'avais envie ni de l'un ni de l'autre car je digérais plutôt mal, mais là n'était pas le problème.

« J'adore le chocolat, pas vous? poursuivit Chloé. Je n'arrive pas à comprendre les gens qui n'aiment pas le chocolat. Je sortais dans le temps avec un type, ce Robert dont je vous ai parlé. Je ne me sentais pas tellement à l'aise avec lui mais je n'arrivais pas à trouver pourquoi. Et puis un jour j'ai compris : il n'aimait pas le chocolat. Je veux dire : non seulement il ne l'aimait pas, mais il le détestait. Vous auriez pu lui en mettre une barre sous le nez, il ne l'aurait pas touchée! C'est une façon de réagir qui m'est totalement étrangère, vous comprenez. Après ça, vous imaginez bien qu'il n'y avait plus qu'à séparer!

— Dans ce cas, nous devrions commander les deux desserts et les goûter réciproquement. Mais lequel préférez-vous?

— Ça m'est égal, dit Chloé, mentant de toute évidence.

— Vraiment? Alors, si vous n'y voyez pas d'inconvénient, je prendrai le chocolat. J'en raffole. Au fait, vous voyez ce fondant au chocolat, là en bas de la carte. C'est ce que je vais commander. Ça doit être plus chocolaté.

— Vous n'avez peur de rien! » dit Chloé, se mordant la lèvre inférieure en un mélange d'anticipation et de honte, « mais après tout pourquoi pas? La vie est courte, hein, pas vrai? »

16. Eh oui, j'avais encore menti (il me semblait déjà entendre le chant du coq dans la cuisine) car j'étais depuis toujours plus ou moins allergique au chocolat mais comment aurais-je pu avouer mes goûts véritables alors que l'amour du chocolat s'était vu si clairement identifier comme l'un des critères essentiels de la compatibilité avec Chloé ?

17. Mon mensonge n'en restait pas moins pervers en ce qu'il laissait entendre que mes goûts et mes habitudes comptaient nécessairement moins que ceux de Chloé et qu'elle se sentirait irrémédiablement offensée par tout écart entre nos opinions. J'aurais pu, bien entendu, monter une fable pathétique au sujet de mes rapports avec le chocolat (« *J'y tenais plus qu'à quoi que ce fût au monde, mais un ensemble de consultations médicales m'avait appris que je mourrais si je persistais à en manger. J'ai dû subir un traitement pendant trois ans* »), ce qui n'eût pas manqué de me valoir une sympathie considérable de la part de Chloé. Mais le risque était trop grand.

18. Mon mensonge, aussi honteux qu'inévitable, allait m'éveiller à la notion qu'il existe deux façons de mentir – *mentir pour se tirer d'affaire* et *mentir pour être aimé.* Les mensonges de la séduction n'ont que peu de points communs avec les autres. Si je mens à la police au sujet de la vitesse à laquelle je conduisais, c'est pour une raison relativement franche, à savoir que je ne tiens pas à payer une amende ou à aller en prison. Mais mentir par amour implique l'idée, plus perverse, que *si je ne mens pas, je ne serai pas aimé.* Cela revient à considérer la tentative de séduction comme une entreprise de destruction de toutes les caractéristiques personnelles (et, partant, susceptibles

de divergences) – l'ego véritable ayant été jugé, de manière irréparable, en conflit avec les perfections de l'être aimé (et donc indigne de les mériter).

19. J'avais menti mais m'étais-je pour autant assuré les faveurs de Chloé? Tendait-elle la main par-dessus la table pour s'emparer de la mienne, ou proposait-elle que nous laissions tomber le dessert (bien que c'eût été là, sans doute, trop demander) pour rentrer dare-dare à la maison? Assurément pas. Elle se bornait, en fait, à exprimer une certaine déception, vu le goût médiocre du caramel, à constater que j'avais tellement insisté pour me réserver le chocolat, ajoutant sans avoir l'air d'y toucher qu'un chocophile était susceptible de créer autant de problèmes qu'un chocophobe.

20. La séduction tient de l'art du théâtre, c'est une modification de l'attitude spontanée au bénéfice d'une attitude imposée par l'auditoire. Mais, de même que l'acteur doit se forger une conception de l'attente de l'auditoire, de même le séducteur doit se faire une idée de ce que souhaite entendre l'être aimé – à telle enseigne que, si l'on veut trouver un bon argument contre la légitimité du mensonge au service de l'amour, c'est que l'acteur ne peut avoir aucune idée de ce que souhaite entendre son auditoire. La seule justification de l'interprétation du comédien aurait été la supériorité de son impact sur celui de la spontanéité mais, compte tenu de la complexité du caractère et des doutes de Chloé quant aux attraits d'une attitude mimétique, mes chances de la séduire n'auraient pas été affaiblies de manière sensible par un comportement honnête ou spontané. L'inauthen-

ticité ne semblait avoir d'autre résultat que de m'imposer de bouffonnes cabrioles et de caractère et de jugement.

21. Il arrive très fréquemment que l'on atteigne son but plus par coïncidence que par dessein – constatation décevante pour le séducteur, imbu, lui, de positivisme et de rationalisme et qui s'imagine qu'avec suffisamment d'application et de recherches quasiment scientifiques il parviendra à découvrir des lois nouvelles pour l'admission à l'amour. Les séducteurs se mettent à la tâche dans l'espoir de trouver des *hameçons d'amour* avec lesquels ils seront à même de ferrer l'être aimé : un certain sourire, une certaine manière de tenir sa fourchette... Mais, malheureusement, c'est un fait que, si chacun de nous est capable de fabriquer des hameçons d'amour et d'y parvenir en cours de séduction, ce sera plus par chance que par calcul. Après tout, qu'avait donc fait Chloé pour que je devinsse amoureux d'elle? Ma passion était autant due à l'adorable façon dont elle avait demandé un peu de beurre au garçon qu'à sa déclaration de partager mon opinion sur *L'Être et le Temps* de Heidegger.

22. Les hameçons d'amour témoignent d'une extrême idiosyncrasie qui défie, semble-t-il, toutes les lois de la logique causale. Les initiatives positives que j'avais pu parfois observer chez des femmes désireuses de me séduire avaient rarement eu pour résultat de me faire succomber à leurs charmes. J'étais plutôt enclin à succomber aux attrapes tendues par des hameçons tangentiels ou fortuits du genre de ceux dont le manipulateur n'a pas eu suffisamment conscience pour les pousser en avant en tant que valeurs sûres. Il m'était ainsi arrivé de tomber amoureux d'une femme dotée d'un soupçon de duvet sur la lèvre

supérieure. Normalement très pointilleux sur ce genre de chose, je m'étais laissé mystérieusement envoûter cette fois-là, mon désir s'étant obstinément fixé sur ce détail et non pas sur son caractère, son sourire chaleureux, sa longue chevelure blonde et ses propos pleins d'intelligence. Quand je discutais de mon engouement avec des amis, je m'efforçais de les convaincre qu'il était dû à la présence chez elle d'une aura indéfinissable alors que je ne pouvais ignorer que j'étais tout bonnement tombé amoureux d'une lèvre supérieure poilue. Lorsque je revis la personne en question, quelqu'un avait dû lui recommander une électrolyse car le duvet avait disparu et (en dépit des très nombreux mérites de cette dame) mon désir ne tarda pas à en faire autant.

23. Euston Road était encore embouteillée quand nous quittâmes le restaurant en direction d'Islington. Bien avant que de telles éventualités aient pu trouver une solution il avait été décidé que je déposerais Chloé chez elle mais le dilemme du séducteur (*Embrasser ou ne pas embrasser*) pesait de tout son poids dans la voiture. A un moment de la séduction, l'acteur doit prendre le risque de perdre son auditoire. L'ego séducteur peut essayer de plaire en adoptant une attitude mimétique, mais les règles du jeu obligeront finalement l'un ou l'autre des partenaires à clarifier la situation, fût-ce au risque de s'aliéner l'être aimé dans le processus. Un baiser ne manquerait pas de tout changer, le contact de nos deux épidermes modifierait à tout jamais nos rapports en mettant un terme au langage codé et en entérinant le substrat. Arrivé, cependant, devant le seuil du 23 A Liverpool Street et intimidé par le piège de signes mal interprétés, je conclus que le moment de

suggérer une métaphorique tasse de café n'était pas encore venu.

24. Mais, après un dîner aussi tendu et hyperchocolaté, mon estomac s'était laissé envahir par de tout autres priorités et je me vis forcé de demander l'autorisation de monter à l'étage. Je suivis Chloé dans l'escalier, entrai dans le salon et, de là, fus conduit dans la salle de bains. De retour quelques minutes plus tard mais toujours aussi ferme dans ma résolution, je m'emparai de mon manteau et déclarai à l'objet de mon amour (avec toute l'autorité réfléchie d'un homme qui a décidé que la réserve était la meilleure solution et que les mirages conçus au cours des semaines précédentes devaient en rester là) que j'avais passé une soirée délicieuse, que j'espérais la revoir très bientôt et que je lui téléphonerais après les congés de Noël. Enchanté de cet au revoir tellement plein de maturité, je l'embrassai sur les deux joues, lui souhaitai une bonne nuit et me préparai à quitter les lieux.

25. Étant donné les circonstances, ce fut une chance que Chloé ne partageât pas ma façon de voir et qu'elle stoppât ma fuite en tirant sur les pans de mon écharpe. Elle me ramena dans l'appartement, mit ses deux bras autour de mon cou et, me regardant dans le blanc des yeux avec un sourire qu'elle avait précédemment réservé à la pensée du chocolat : « Vous savez, murmura-t-elle, nous ne sommes plus des enfants ! »

26. Et, ayant dit ces mots, elle posa ses lèvres sur les miennes et c'est ainsi que commença le plus beau, le plus merveilleux baiser qu'ait jamais connu la race humaine.

CHAPITRE CINQ

L'esprit et le corps

1. Peu de choses peuvent être aussi antithétiques du sexe que la pensée. Le sexe est le produit du corps. Il est irréfléchi, dionysiaque et immédiat, il libère de l'asservissement rationnel en offrant une solution extatique au désir physique. Par comparaison la pensée se présente comme quasiment proche de la maladie : c'est une incitation pathologique à l'imposition d'un ordre, un symbole de la mélancolique inaptitude de l'esprit à s'abandonner aux pulsions. Selon moi, penser pendant l'acte sexuel eût été une transgression de la loi fondamentale des étreintes charnelles : oui, c'eût été me rendre coupable d'une luciférienne incapacité à préserver jusqu'en ce domaine une absence de cogitation préliminaire à la chute.

2. C'était vraiment le plus doux des baisers, le parangon de ce que l'on s'imagine devoir être un baiser. C'était comme si nous nous étions aventurés dans une timide, tendre, effleurante incursion qui eût sécrété l'arôme unique de nos épidermes puis que, leur pression s'accentuant, nos

lèvres se fussent séparées pour mieux se rejoindre, nos souffles sans trêve articulant le désir, ma bouche s'écartant un moment de celle de Chloé pour aller courir sur ses joues, ses tempes, ses oreilles. Elle se serra plus étroitement encore contre moi, nos jambes s'enlacèrent, étourdis nous nous effondrâmes sur le divan, riant et nous accrochant l'un à l'autre.

3. Et pourtant, s'il y avait un frein à cet Éden, c'était l'esprit ou plus exactement la pensée – la pensée de l'étrangeté de ma position allongée dans le salon de Chloé, de mes lèvres baisant les siennes, de mes mains courant sur son corps, de la façon dont je me pénétrais de sa chaleur. Après toute l'ambiguïté du début, le baiser avait surgi de manière si surprenante que mon cerveau se refusait à céder au corps le contrôle de l'événement. C'était la pensée du baiser, plus que le baiser lui-même, qui menaçait d'accaparer mon attention.

4. Je ne pouvais m'empêcher de réfléchir au fait qu'une femme dont le corps, quelques heures plus tôt, était une zone totalement secrète (à peine suggérée par les contours de son chemisier et les pourtours de sa jupe) se préparait à présent à me révéler ses parties les plus intimes et cela (en raison de l'époque où nous vivions) bien avant qu'elle ne m'ait ouvert les recoins les plus intimes de son âme. Bien que nous eussions conversé longuement, j'avais conscience d'une disproportion entre ma connaissance diurne et ma connaissance nocturne de Chloé, entre l'intimité du contact avec ses organes sexuels et les dimensions, largement inconnues, du reste de son existence. Mais la présence de telles pensées, jaillissant de concert avec notre essoufflement physique, m'apparaissait comme contraire aux lois

du désir; elles me semblaient introduire un élément déplaisant d'objectivité, comme si une troisième personne s'était jointe à nous pour nous observer, peut-être même nous juger.

5. « Attends », dit Chloé, comme je déboutonnais son chemisier, « je vais tirer les rideaux. Je ne tiens pas à ce que toute la rue nous voie. Mais, au fait, pourquoi ne pas aller dans la chambre? On aura plus de place... »

On s'extirpa du divan tout froissé et, traversant l'appartement ténébreux, on se rendit dans la chambre de Chloé. Un grand lit tout blanc en occupait le centre, agrémenté d'une pile de coussins, de journaux, de livres et d'un téléphone.

« Excuse le désordre, dit Chloé, le reste de l'appartement est pour le tape-à-l'œil. C'est ici que je vis vraiment. »

Un animal trônait tout en haut des coussins.

« Je te présente Guppy, dit Chloé — mon premier amour. » Sur quoi elle me tendit un éléphant en peluche grise dont l'expression ne portait aucune trace de jalousie.

6. Une curieuse impression de gêne nous envahit tandis que Chloé dégageait le dessus du lit. L'ardeur de nos corps, si pressante une minute auparavant, avait fait place à un pesant silence indiquant assez combien la proximité de nos nudités nous causait de l'embarras.

7. C'est pourquoi, quand Chloé et moi eûmes fini de nous aider mutuellement à nous déshabiller sur le grand lit blanc et qu'à la lueur d'une petite lampe de chevet nous fûmes à même de voir nos deux corps dénudés pour la première fois, nous essayâmes de ne pas plus en tenir compte qu'Adam et Ève avant la chute. Je glissai ma

main sous la jupe de Chloé tandis qu'elle déboutonnait mon pantalon avec un air de désinvolte normalité comme si nous n'avions éprouvé aucun étonnement à parcourir des yeux la fascinante singularité de nos organes sexuels. Nous étions entrés dans la phase où l'esprit doit s'effacer devant le corps, où il doit se laver de toute pensée hormis celle de la passion en laquelle il ne saurait y avoir de place pour le jugement mais seulement pour le désir.

8. Mais s'il y avait une chose capable de faire échec à notre passion-sans-pensée, c'était notre omniprésente gaucherie. Une gaucherie qui nous rappelait ce qu'il y a d'humoristique et de bizarre à se trouver couchés dans le même lit, moi m'efforçant avec maladresse de dégager Chloé de ses sous-vêtements (une partie s'était coincée à hauteur des genoux), elle se battant avec les boutons de ma chemise – et tous deux, cependant, nous efforçant de rester impassibles, n'osant même pas faire de commentaires, ni même sourire, continuant au contraire à nous regarder avec un air de désir passionné comme si nous n'avions pas remarqué le comique latent de la scène : cette semi-nudité sur le bord du lit, ces visages empourprés comme ceux de deux écoliers coupables...

9. Vue en rétrospective, la gaucherie au lit ne peut apparaître que comme comique, voire bouffonne. Mais, prise sur le vif, c'est une petite tragédie, une interruption malvenue du flot tendre et direct d'ardents embrassements. Le mythe de l'acte d'amour passionné sous-entend qu'il échappe à de menus impedimenta tels que des bracelets coincés ou des crampes dans une jambe ou le mal qu'on fait à l'autre en essayant de porter son plaisir à son comble. La peine que l'on se donne pour démêler des cheveux ou

des membres contraint à une embarrassante dose de rationalité là où devrait, seul, triompher l'appétit.

10. Si l'esprit, traditionnellement, s'est vu condamner, c'est à cause de son refus de s'effacer devant des causalités apparemment situées au-delà de l'analyse. Le philosophe en chambre est aussi ridicule qu'il le serait dans un night-club. Dans un cas comme dans l'autre le corps est à la fois prédominant et vulnérable, de telle sorte que l'esprit se mue en l'instrument d'un jugement tacite et non engagé. L'infidélité de la pensée tient à son intimité. « *S'il y a quelque chose que tu ne puisses me confier*, dit l'amant, *quelque chose que tu doives penser en dehors de moi, alors ai-je vraiment une place dans ton cœur?* » C'est ce ressentiment face à l'éloignement et à la supériorité de la pensée qui ternit l'intellectuel, l'ennemi non pas seulement de l'amant mais de la nation, de la cause, et de la lutte des classes.

11. Dans le dualisme traditionnel, le penseur et l'amant se situent aux deux extrémités opposées du spectre. Le penseur *pense* à l'amour, l'amant se contente d'aimer. Je ne pensais à rien de cruel tandis que je parcourais le corps de Chloé de mes mains et de mes lèvres; il se trouvait simplement que celle-ci aurait sans doute été perturbée par la révélation de mes cogitations. Parce que la pensée implique un jugement (et parce que nous sommes tous assez paranoïaques pour considérer le jugement comme négateur) elle est toujours suspecte dans une chambre à coucher, là où la nudité s'expose à toutes les vulnérabilités. L'étendue des complexes centrés sur les dimensions, les couleurs, les odeurs et le comportement des organes sexuels implique que toute trace de jugement évaluateur doit être

bannie. D'où les soupirs qui noient le son des pensées des amants, ces soupirs qui confirment le message : *Je suis trop passionné pour pouvoir penser.* Je donne un baiser et, donc, je ne pense pas. Tel est le mythe officiel qui codifie l'acte d'amour, qui fait de la chambre à coucher le seul endroit où les partenaires soient tacitement convenus de ne pas attirer l'attention de l'autre sur la terrifiante merveille de leur nudité.

12. Les êtres humains ont une aptitude spécifique à dissocier les composantes et, tout ensemble, à agir et à se regarder agir et c'est de cette dualité que naît la faculté de réfléchir. Mais le malaise dû à une excessive conscience de soi-même tient à une incapacité de fondre en un tout les identités distinctes du regardant et du regardé, l'incapacité de s'engager dans une activité tout en oubliant que, précisément, on s'y engage. Cela fait penser à ce personnage caricatural qui, sans coup férir, se lance du haut d'une falaise et ne tombe qu'au moment où il prend conscience d'être dans les airs et où, bien entendu, il s'écrase à terre. Quelle chance, vraiment, a le personnage spontané, à côté du personnage réfléchi, car ils échappent tous deux au dilemme sujet/objet et à cette sensation persistante qu'un miroir ou un troisième œil perpétuellement aux aguets évalue ou simplement observe ce que fait l'ego central (en train de couvrir de baisers le lobe de l'oreille de Chloé).

13. Peut-être connaissez-vous l'histoire de cette jeune et pieuse vierge du XIXᵉ siècle qui, le jour de ses noces, est avertie par sa mère : « *Cette nuit, tu auras l'impression que ton mari est devenu fou, mais tu constateras demain matin qu'il a recouvré ses esprits.* » L'esprit, précisément,

ne manque-t-il pas d'agressivité parce qu'il se refuse symboliquement à cette indispensable insanité : garder son
sang-froid alors que d'autres sont en train de perdre la
tête.

14. Au cours de ce que Masters et Johnson qualifient
de phase de récupération, Chloé leva les yeux vers moi
et me demanda :

« A quoi penses-tu, Socrate?

— A rien, répondis-je.

— Tu parles! Je le vois dans tes yeux. Qu'est-ce qui te
fait sourire?

— Mais rien, je te le répète. Ou tout et le reste, si tu
préfères. Mille choses, notre soirée, comment on est arrivés
ici, comme c'est étrange et pourtant comme on est bien!

— Étrange?

— Comment te dire, oui étrange. Je suppose que j'ai
des réactions puérilement égocentriques. »

Chloé eut un sourire.

« Qu'est-ce que j'ai dit de si drôle?

— Tourne-toi une seconde.

— Pourquoi ça?

— Allons, voyons, retourne-toi. »

Dans un coin de la pièce, posé sur une commode et
incliné de telle sorte qu'il se trouvât dans le champ de
vision de Chloé, il y avait un grand miroir dans lequel
se reflétaient nos deux corps allongés l'un contre l'autre
et emmêlés dans les draps. Chloé avait-elle, pendant tout
ce temps, observé le spectacle?

« Je te demande pardon. J'aurais dû te prévenir. C'est
simplement que je ne voulais pas t'en parler, enfin pas le
premier soir. Ç'aurait pu te choquer. Mais jette donc un
coup d'œil, c'est deux fois plus excitant. »

15. Chloé m'attira vers elle, écarta les jambes et nous reprîmes nos mouvements de bascule. Je tournai mes regards vers le coin de la pièce et aperçus dans le miroir deux personnes enfouies dans les draps, enlacées l'une dans l'autre, en train de faire l'amour sur un lit. Il me fallut un moment avant de reconnaître dans l'image réfléchie Chloé et moi-même. Il y avait un désaccord initial entre le miroir et la réalité de nos gestes, entre le voyeur et le visé, mais c'était là une différence agréable, non pas du tout le dilemme déformant sujet/objet que la conscience claire a parfois tendance à suggérer. Le miroir s'employait à mettre en relief ce que Chloé et moi nous ingéniions à réaliser et, ce faisant, me prodiguait le frisson dû à l'impression d'être à la fois acteur et spectateur de notre étreinte. L'esprit collaborait avec le corps, stimulé par la composition de l'image érotique d'un homme (dont les jambes de la partenaire encerclaient maintenant les épaules) en train de faire l'amour à une femme.

16. L'esprit est dans l'incapacité foncière de s'évader du corps, et prétendre le contraire relève de la naïveté. Car le fait de penser n'implique pas nécessairement que l'on se contente de juger (en l'absence de sensation). C'est également sortir de sa sphère propre, *penser à un autre*, empathiser, se placer là où n'est pas son corps à soi, devenir le corps de l'autre, éprouver son plaisir, répondre à ses pulsions et culminer dans une totale unicité. Sans l'esprit le corps en est réduit à ne penser qu'à son propre plaisir. Il ne peut y avoir de synchronisme pas plus que d'exploration des sentiers érogènes de l'autre. Ce que l'on ne ressent pas soi-même doit être pensé. C'est l'esprit qui introduit la congruité et règle les élans. Si l'on permettait

au corps de suivre son chemin, on ne trouverait, d'un
côté, que folie et, de l'autre, qu'une pieuse vierge éplorée.

17. Alors qu'apparemment tout se passait comme si
Chloé et moi nous bornions à céder à notre désir, un
processus complexe de régulation et d'ajustement était en
plein essor. Le divorce entre les efforts physiques et les
déploiements rationnels pour atteindre la simultanéité et
l'abandon physique implicites dans l'orgasme aurait pu
paraître entaché d'ironie, mais uniquement en se situant
dans la perspective moderne selon laquelle l'acte d'amour
dépend uniquement du corps — et, conséquemment, de
la nature.

18. Mais une contradiction fausse le concept de nature
car le mythe en question (telle la chouette de Minerve de
Hegel) n'a pris naissance que longtemps après avoir cessé
d'exister, incarnant en fait une nostalgie du primitivisme
et le deuil sublimé d'une énergie perdue. Dans un monde
dénué de spontanéité mais obsédé par elle, le sexologue
se fonde en vain sur l'orgasme pour réaffirmer les liens
de l'humanité avec une vie sauvage aujourd'hui désodo-
risée, mais il n'y parvient qu'au prix d'une syntaxe bureau-
cratique et frustrée. (Les *Joies du sexe* [1], un document
durable sur le fascisme du plaisir, avise ses lecteurs, sobre-
ment et non sans un certain brio grammatical, que :

« pour ce qui est des préliminaires et aussi de l'orgasme
lui-même, la meilleure méthode consiste probablement à
placer le plat de la main sur la vulve avec le médius entre
les lèvres et d'en agiter l'extrémité en un aller et retour

1. Alex Comfort, *Les Joies du sexe*, Arthaud, 1992.

dans le vagin, cependant que le creux de la paume exerce une forte pression juste au-dessus du pubis. »)

19. Le mouvement rythmique sur lequel Chloé et moi nous étions embarqués allait bientôt atteindre les cimes. Une généreuse lubrification humidifia nos reins, nos cheveux se trempèrent de sueur, nous nous regardâmes avec abandon, le corps et l'esprit unis à cet instant comme ils le seraient dans cette autre mort (où les prudes d'une espèce différente ont longtemps cherché un divorce). Ce serait alors un espace au-delà de tous les temps connus, comprimé et pourtant expansif, kaléidoscopique, polymorphe, souverainement létal, la désintégration de toute syntaxe et de toute loi, le corset du langage se volatilisant en cris insensés bien au-delà de la politique, bien au-delà des tabous, pour aller se perdre dans le royaume de la fluidité de l'oubli.

CHAPITRE SIX

Du marxisme

1. Lorsqu'on observe quelqu'un (un ange) du point de vue de celui qui aime sans être aimé et qu'on imagine les délices qu'un partage du ciel avec lui pourrait nous apporter, on est enclin à ne pas tenir compte d'un grave danger, à savoir que son attrait est à même de pâlir pour peu qu'il commence à nous aimer à son tour. On devient amoureux parce qu'on brûle de l'envie de s'échapper de soi-même en compagnie d'un être aussi beau, aussi intelligent et aussi spirituel que nous sommes, nous, laid, stupide et balourd. Mais que se passerait-il si une créature aussi parfaite changeait, un jour, d'avis et décidait de nous rendre notre amour? On ne pourrait certainement qu'en éprouver un choc. Comment cette créature pourrait-elle être aussi merveilleuse que nous l'imaginions alors qu'elle a le mauvais goût de se satisfaire de quelqu'un comme nous? Si, pour nous permettre d'aimer, il nous faut croire que l'élu de notre cœur nous dépasse, n'est-ce pas un cruel paradoxe de constater qu'il nous rend notre amour? Ne sommes-nous pas conduit à nous interroger?

Si lui (ou elle) est à ce point merveilleux, comment se peut-il qu'il (ou elle) s'éprenne de quelqu'un comme moi ?

2. Il n'y a pas de domaine plus enrichissant pour un observateur de la psychologie des êtres humains que celui du lendemain matin. Mais Chloé, en s'extrayant péniblement du sommeil, avait d'autres priorités. Elle était allée se laver les cheveux dans la salle de bains et je m'éveillai pour entendre le bruit de l'eau cascadant sur la céramique. Je restai couché, me pelotonnant dans les contours et l'odeur de son corps qui s'attardaient entre les draps. On était le samedi matin et les premiers rayons d'un soleil de décembre commençaient à percer les rideaux. Je passai en revue la chambre, tout à ma privauté d'amant voyeur, d'amant anthropologue de l'élue, enchanté de chacune de ses démonstrations culturelles. Quel privilège d'être lové dans son saint des saints, dans son lit, dans ses draps, de contempler les objets qui escortaient sa vie quotidienne, les murs qui s'offraient à ses yeux à chaque aurore, son réveille-matin, un tube d'aspirine, sa montre et ses boucles d'oreilles sur la table de chevet ! Mon amour se manifestait sous la forme d'intérêt, de fascination devant tout ce que possédait Chloé, devant les signes matériels d'un mode de vie qu'il me restait encore à découvrir mais qui m'apparaissait déjà comme infiniment riche, plein à craquer des miracles dont l'ordinaire se pare au contact de l'extra-ordinaire. Il y avait un poste de radio jaune vif dans un coin, une gravure de Matisse était appuyée contre une chaise, les vêtements que portait Chloé la veille étaient pendus dans un cagibi près du miroir. Une pile de livres de poche s'entassait sur la commode, avec un sac à main, des clefs, une bouteille d'eau minérale, et Guppy, l'éléphant. Par une opération de transfert je me sentais amou-

reux de tout ce que Chloé possédait. Tout me semblait si parfait, si délicat, tellement différent de ce que j'avais l'habitude d'acheter dans les boutiques (bien que j'eusse récemment remarqué le même poste de radio dans Oxford Street). Les objets devenaient à mes yeux des fétiches, des symboles transférés, des substituts érotiques de ma voisine, la sirène en train de se laver les cheveux.

3. « As-tu essayé mes sous-vêtements? » me demanda Chloé, émergeant un instant plus tard de la salle de bains, enveloppée dans un peignoir blanc vaporeux, une serviette sur la tête. « Je me demandais ce que tu pouvais bien fabriquer? Lève-toi maintenant parce qu'il faut que je fasse le lit! »

Je m'agitai vaguement, poussai un soupir et bredouillai de mon mieux.

« Pendant que je prépare le petit déjeuner, que dirais-tu d'aller prendre ta douche? Il y a des serviettes propres dans le cagibi. Et que dirais-tu aussi d'un petit baiser? »

4. La salle de bains était un second temple des merveilles. Pleine de flacons, de lotions, de potions, de parfums. Elle était le sanctuaire de son corps, et ma visite un pèlerinage mouillé. Je me lavai les cheveux, chantai comme une hyène sous l'averse, me séchai et fis usage d'une brosse à dents toute neuve que m'avait donnée Chloé. Quand je revins dans la chambre, un quart d'heure plus tard, elle était partie, le lit était fait, la pièce remise en ordre et les rideaux ouverts.

5. Chloé ne s'était pas contentée d'aller faire griller deux ou trois toasts, elle avait préparé un petit déjeuner tout simplement somptueux. Une corbeille de croissants,

du jus d'orange, un pot de café frais, des œufs, avec en plus un grand vase de fleurs jaunes et rouges au beau milieu de la table.

6. « C'est fantastique, lui dis-je, tu as préparé tout ça, le temps que je prenne ma douche et que je m'habille!

— C'est parce que je ne suis pas paresseuse comme toi! Allez, viens manger pendant que c'est chaud!

— C'est si gentil de t'être donné tant de mal!

— Oh, je t'en prie!

— Si, si, c'est vrai. Ce n'est pas tous les jours qu'on me sert un petit déjeuner pareil. » Sur quoi je lui enlaçai la taille.

Elle ne se tourna pas pour me regarder mais elle prit ma main dans la sienne et la serra avec force un bon moment.

« Ne te fais pas d'illusions. Ce n'est pas pour toi que je me suis donné tant de mal. Je mange comme ça tous les week-ends. »

Je savais qu'elle mentait. Elle tirait un certain orgueil de son hostilité ironique à l'égard du romantisme, de son attitude peu émotionnelle, terre à terre, stoïque mais, en réalité, elle était tout le contraire. Idéaliste, rêveuse, généreuse et profondément attachée à tout ce qu'elle se plaisait à traiter verbalement de « gnan-gnan ».

7. Au cours de ce fantastique petit déjeuner « gnan-gnan » donc, je découvris quelque chose qui aurait sans doute pu m'apparaître comme étant l'évidence même mais qui me frappa comme à la fois inattendu et infiniment complexe, à savoir que Chloé avait commencé à éprouver pour moi un peu de l'amour que je lui prodiguais depuis longtemps. Objectivement ce n'était pas une pensée sur-

prenante mais, en m'éprenant d'elle, j'avais complètement omis la possibilité qu'elle me payât de retour. Ce n'était pas nécessairement désagréable, simplement je n'y avais pas pensé. J'avais davantage compté sur l'amour que je lui portais que sur l'amour qu'elle pourrait avoir pour moi. Et si je m'étais intensément concentré sur la première éventualité, c'était peut-être parce qu'elle était la plus complexe : il est plus facile de décocher les flèches de Cupidon que de les recevoir, de donner que d'accepter.

8. C'est l'idée de cette difficulté à recevoir qui me frappa pendant que se déroulait ce petit déjeuner car, bien que les croissants eussent pu avoir un rien de plus français et le café un rien de plus d'arôme, il y avait quelque chose qui me lancinait : Chloé, la nuit précédente, m'avait ouvert son corps ; ce matin, elle m'avait ouvert sa cuisine mais je ne pouvais, à présent, me défendre d'un sentiment de gêne (pour ne pas dire de quasi-irritation) à la pensée qui me hantait en sourdine : « *Qu'ai-je donc fait pour mériter tout cela ?* »

9. Peu de choses peuvent à la fois être aussi réconfortantes et terrifiantes que la constatation de l'amour qu'on inspire à quelqu'un d'autre car, à partir du moment où l'on n'est pas soi-même totalement convaincu de son aptitude à être aimé, les marques d'affection vous donnent à penser que l'on vous fait un grand honneur sans que l'on discerne très bien pourquoi. Quelque pût être l'amour que je portais à Chloé, ses prévenances me mettaient les nerfs à l'épreuve. Il y a des gens pour qui de telles démonstrations ne font que confirmer ce qu'ils pressentaient depuis toujours, en d'autres termes : leur faculté innée de susciter l'amour. Mais il y en a d'autres qui,

moins certains d'en bénéficier, ne se laissent pas si aisément convaincre. Les amants assez infortunés pour préparer un petit déjeuner à l'intention de quelqu'un de cet ordre doivent rassembler toute leur énergie pour être à même de faire face aux récriminations que provoquent les flatteurs peu sincères.

10. Le motif pour lequel se produisent les disputes n'est jamais aussi grave que le malaise qui en découle. Le nôtre résulta d'une histoire de confiture de fraises.

« As-tu de la confiture de fraises? demandai-je à Chloé, laissant errer mes regards sur la table surchargée.

— Non, mais j'ai de la confiture de framboises, ça te va?

— A vrai dire, non, pas tellement.

— Dans ce cas il y a aussi de la confiture de mûres.

— Ah, ça non! J'ai horreur des mûres. Pas toi?

— Et pourquoi, je te le demande!

— C'est infect! Alors, si je comprends bien, tu n'as pas de confitures convenables?

— Tu as vraiment une curieuse façon de présenter les choses. Il y a cinq pots de confitures sur la table, il se trouve simplement qu'il n'y a pas de confiture de fraises.

— C'est ce que je vois.

— Pourquoi en fais-tu tout un plat?

— Parce que je déteste prendre mon petit déjeuner sans confitures convenables.

— Mais il y a plein de confitures convenables, sauf précisément celle que tu préfères.

— Y a-t-il un marchand pas trop loin?

— Pourquoi ça?

— Parce que je vais aller en chercher.

– Pour l'amour du ciel, on vient seulement de s'asseoir. Tout va être froid si tu pars maintenant.

– Eh bien, je pars.

– Enfin, bon sang, pourquoi? Tout va être froid avant que tu reviennes.

– Parce que, je te le répète, je veux ma confiture.

– Mais qu'est-ce qui te prend?

– Rien de spécial. Qu'est-ce que tu veux dire?

– Tu es en train de te rendre ridicule!

– Non, pas du tout.

– Oh si!

– Je veux simplement ma confiture.

– Pourquoi tiens-tu à te rendre insupportable? Je t'ai préparé un énorme petit déjeuner et tu trouves intéressant de faire toute une histoire à propos d'un malheureux pot de confitures! Si réellement tu ne peux pas te passer de tes fraises, fous-moi le camp et va les bouffer avec quelqu'un d'autre! »

11. Il y eut un silence. Les yeux de Chloé étincelaient. Et puis, tout d'un coup, elle se leva et disparut dans la chambre, claquant la porte derrière elle. Je restai assis devant la table, prêtant l'oreille à ce qui me sembla être une crise de larmes, confondu par l'ineptie avec laquelle je venais d'offenser la femme que je prétendais aimer.

12. L'amour non payé de retour est sans doute pénible mais il échappe à tout danger car il n'inflige de peine qu'à l'amant lui-même – une peine privée qui est aussi douce-amère qu'auto-induite. Mais, dès que l'amour est réciproque, il convient de se préparer à l'abandon de la passivité et d'envisager le risque coupable de blesser à son tour.

13. Mais un tel risque peut se révéler comme étant le fardeau le plus lourd de tous. La répugnance que m'inspirait la manière dont j'avais fait de la peine à Chloé se retournait momentanément contre elle. Je lui tenais rigueur de tout le mal qu'elle s'était donné pour moi, de la faiblesse qu'elle avait montrée en croyant en moi, du mauvais goût dont elle avait fait preuve en me permettant de l'offenser. Le fait qu'elle m'ait donné une brosse à dents, qu'elle ait préparé un festin à mon intention et qu'elle ait fondu en larmes comme une gamine dans sa chambre m'apparaissait soudain somme entaché d'une sensiblerie indue et presque pathétique. Je haïssais la faiblesse dont elle avait fait preuve à propos d'un de mes caprices et je me laissais emporter par un besoin de la punir en raison même de son manque de fermeté.

14. Quel aiguillon avait bien pu me transmuer en un tel monstre sinon mon penchant de toujours vers le marxisme?

15. Chacun connaît la bonne vieille plaisanterie de Marx — le rigolo — ironisant sur le fait qu'il aurait refusé d'appartenir à un club qui eût accepté sa candidature : une vérité de fait aussi appropriée à l'amour qu'à une élection mondaine. Or, si nous nous moquons de la position marxiste, c'est à cause de son absurde contradiction.

Comment serait-il possible de souhaiter appartenir à un club et d'y renoncer dès que la chose est acquise?

Comment aurais-je pu souhaiter être aimé de Chloé et m'irriter de ce qu'elle y ait consenti?

16. Eh bien, peut-être parce que les origines d'une certaine forme d'amour se trouvent provenir d'un vœu impulsif de nous évader de nous-même et de nos faiblesses en concluant une alliance amoureuse avec la sublimation de la beauté et de la puissance : Dieu, le club, Elle / Lui. Mais si l'être aimé nous rend notre amour (si Dieu entend nos prières, si le club nous accepte), nous voici contraint de retomber sur nous-même et de nous souvenir des raisons qui, initialement, nous avaient poussé à aimer. Peut-être, après tout, n'était-ce pas de l'amour dont nous avions besoin, peut-être était-ce seulement de quelqu'un en qui nous pourrions projeter notre foi. Mais comment pourrions-nous continuer à croire en l'être aimé à présent qu'il croit en nous ?

17. Je me demandai comment Chloé pouvait se justifier en pensant qu'il lui était possible de concentrer sa vie émotionnelle sur un gredin de mon acabit? Si elle me semblait être quelque peu amoureuse, n'était-ce pas simplement parce qu'elle s'était méprise sur mon compte? On retombait là sur la pensée classique du marxisme selon laquelle l'amour est souhaité mais impossible à accepter par crainte de la déception qui s'ensuivra quand le véritable ego se sera révélé – une déception qui s'est déjà manifestée (peut-être à cause de votre père ou de votre mère) mais qui se trouve désormais projetée vers l'avenir. Les marxistes se rendent compte que leur ego profond est à ce point inacceptable que l'intimité révélera leur charlatanisme. Pourquoi, dans ces conditions, accepter l'offrande de l'amour alors qu'on est certain qu'elle vous sera incessamment retirée? *Si tu m'aimes maintenant*, pense le marxiste, *c'est uniquement parce que tu n'as pas conscience de la totalité de mon moi. Et, si tu n'en as pas conscience,*

ce serait de la folie de m'habituer à ton amour jusqu'à ce que tu me découvres.

18. Une alliance marxiste orthodoxe ne peut, pour les raisons exposées ci-dessus, se fonder que sur l'inégalité de l'échange d'affections dont elle dépend. Bien que, sur le plan d'un amour non payé de retour, ils brûlent du désir de voir partager leur passion, les marxistes tendent inconsciemment à souhaiter que leurs rêves ne sortent point du royaume de l'imaginaire. Ils préféreraient que leur amour fût, au mieux, toléré; que leur partenaire ne les appelât pas trop souvent ou qu'il (elle) eût la décence de se montrer, le plus souvent possible, émotionnellement inaccessible – position qui, reconnaissons-le, a le mérite de s'accorder avec leur appréciation de leurs propres valeurs : *pourquoi autrui aurait-il une plus haute opinion d'eux qu'ils n'en ont eux-mêmes?* Si l'être aimé, par suite d'un accident, en vient à concevoir une grande estime pour eux (au point de coucher avec eux, de leur adresser des sourires et de leur préparer un fastueux petit déjeuner), les marxistes, alors, auront pour premier objet de rompre l'idylle, *non pas parce qu'elle leur est désagréable mais parce qu'elle leur semble imméritée.* C'est seulement aussi longtemps que l'être aimé considère que le marxiste compte pour du beurre que ce dernier peut continuer à croire que son idole représente quasiment tout pour lui. Si l'être aimé commençait à aimer à son tour, ce ne pourrait que ternir sa perfection par le simple fait de sa malheureuse association avec un gredin. Si Chloé avait baissé dans mon estime en couchant avec moi et en se montrant gentille à mon égard, n'était-ce point, qui sait? parce qu'en se laissant contaminer par la périlleuse proximité d'un marxiste, elle avait attrapé la maladie du *Je*?

19. J'avais souvent pu observer les effets du marxisme sur autrui. A l'âge de seize ans j'étais temporairement tombé amoureux d'une fille, ma cadette d'un an, qui était à la fois capitaine de l'équipe de volley-ball de son école, très belle et marxiste convaincue.

« Si un type me dit qu'il me téléphonera à neuf heures », m'avait-elle confié un jour en sirotant un verre de jus d'orange que je lui avais offert à la cafétéria de la boîte, « et qu'il m'appelle effectivement à l'heure pile, je me refuse à décrocher l'appareil. Après tout, qu'est-ce qu'il a à se démener de la sorte? Le seul qui a chance de me plaire est celui qui me fait poireauter. A partir de neuf heures trente, je ferais n'importe quoi pour lui. »

Je devais, à cet âge, avoir déjà eu une notion intuitive du marxisme de la donzelle car je me rappelle avoir fait des efforts considérables pour lui donner l'impression que rien de ce qu'elle disait ou faisait ne m'intéressait en quoi que ce fût. Ma récompense était venue sous la forme d'un baiser quelques semaines plus tard mais, bien qu'elle fût indiscutablement belle et aussi douée pour les arts de l'amour que pour le volley-ball, nos rapports furent de courte durée. Je me fatiguai très vite de devoir toujours l'appeler après l'heure.

20. Quelques années plus tard je fréquentai une autre fille qui (en bonne marxiste) considérait que les hommes devaient, en quelque manière, la mettre au défi pour obtenir son amour. Un matin, avant d'aller faire un tour dans le parc avec elle, j'avais enfilé un vieux pull-over bleu électrique particulièrement rébarbatif.

« Ce qu'il y a de sûr », s'était écriée Sophie en me regardant descendre l'escalier, « c'est que je ne sortirai pas avec un bonhomme accoutré de la sorte! Tu dois avoir perdu la boussole si tu t'imagines que je vais me montrer avec un zèbre qui met des tricots pareils!

— Mais, Sophie, quelle importance! Nous allons seulement nous promener dans le parc », répliquai-je, quelque peu inquiet à l'idée qu'elle pût penser sérieusement ce qu'elle disait.

« Peu importe où on va, je te le répète. Je ne sortirai pas avec toi si tu ne te changes pas! »

Mais l'entêtement s'empara de moi et je refusai de me plier aux injonctions de Sophie, plaidant avec une telle force la cause du pull-over bleu électrique que quelques instants plus tard nous faisions route vers les jardins du Royal Hospital avec l'horrible chose toujours en place. Et, comme nous arrivions devant les grilles du parc, Sophie qui, jusque-là, avait plus ou moins boudé, rompit soudain le silence, me prit par le bras, m'embrassa et me dit, en des termes qui, sans doute, nous révèlent l'essence même du marxisme : « Ne t'inquiète pas. Je ne t'en veux pas. Je suis contente que tu aies gardé cette horreur. J'aurais trouvé que tu manquais de cran si tu m'avais écoutée. »

21. Le slogan du marxisme se ramène donc paradoxalement à ceci : *« Mets-moi au défi et je t'aimerai ; appelle-moi en retard et je t'embrasserai ; ne couche pas avec moi et je t'adorerai. »* Présenté en termes d'horticulture le marxisme est un complexe en vertu duquel on juge que l'herbe est encore plus verte à l'envers. Seul dans notre jardin, nous convoitons du regard le petit coin de verdure du voisin (ou les beaux yeux de Chloé ou la façon dont elle se peigne) mais, à la vérité, le coin de verdure du voisin n'est ni plus vert ni plus dru que le nôtre (de même que les yeux de Chloé ne sont pas nécessairement plus séduisants que ceux de telle ou telle autre enchanteresse et que

la brosse à cheveux provenant de la même boutique serait parfaitement capable d'opérer le même miracle sur une tête différente). Ce qui rend l'herbe plus verte et plus désirable est le fait qu'elle n'est pas à nous, qu'elle appartient au voisin, qu'elle n'a pas attrapé *la maladie du Je*.

22. Mais qu'arriverait-il si le voisin s'éprenait subitement de nous et demandait aux édiles l'autorisation d'abattre le mur mitoyen? Cette initiative ne menacerait-elle pas notre jalousie herbivore? Le petit coin de verdure du voisin ne perdrait-il pas, peu à peu, de sa séduction, de manière à devenir aussi fatigué et fané que notre propre pelouse? Peut-être l'objet de notre convoitise n'était-il pas nécessairement une herbe plus vivace mais une herbe que nous puissions admirer (quelle que fût sa condition) *parce qu'elle n'était pas à nous.*

23. Être aimé par quelqu'un d'autre entraîne la prise de conscience du caractère identique des besoins dont la satisfaction était à l'origine d'une attirance mutuelle. Nous n'aimerions pas s'il n'y avait en nous une sensation de manque mais, paradoxalement, nous nous irritons de constater le même manque chez l'autre. Nous espérons trouver la réponse mais nous ne trouvons que le duplicata de notre propre problème. Nous observons chez l'autre le même besoin de découvrir une idole; nous nous apercevons qu'il (elle) n'échappe pas plus que nous à un sentiment d'impuissance et nous sommes, à notre tour, conduit à renoncer à la passivité puérile d'une dissimulation derrière le culte et la vénération qu'on réserve à Dieu pour finalement endosser la responsabilité de, tout à la fois, assumer et être assumé.

24. Albert Camus a émis l'hypothèse que, si nous tombons amoureux, c'est parce que nous éprouvons « une nostalgie de la vie des autres. C'est que, vue de l'extérieur, elle forme un tout. Tandis que la nôtre, vue de l'intérieur, paraît dispersée. Nous courons encore après une illusion d'unité ». Dépourvus de cohérence dans notre développement, de stabilité dans notre être, de fixité dans notre direction, bref d'unité thématique, nous projetons de manière hallucinatoire ces qualités sur l'autre. N'était-ce pas ce qui s'était produit dans mes rapports avec Chloé, à savoir que, vue de l'extérieur (antérieurement à notre contact épidermique), elle m'était apparue comme merveilleusement maîtresse d'elle-même, dotée d'un caractère distinct et continu (voir la figure 6.1) alors que, postérieurement au coït, je l'avais trouvée vulnérable, prompte

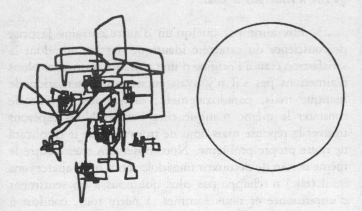

chaos subjectif   cohérence supposée
                                        de Chloé

Figure 6.1

à l'effondrement, dispersée et indigente. N'y avait-il pas là une manifestation de l'ego nietzschéen, simple somme de ses propres actes, attaché et sexuellement enclin à la théorie du moi « essentiel » de l'évêque Butler? D'où, après l'épanchement de larmes, un écho du célèbre *« Don't fall apart on me tonight »* de Bob Dylan.

25. La personne désirée se voit donc dans l'obligation de réaliser un équilibre correct aux yeux du marxiste et ce dans un domaine où le déséquilibre semble être la norme : l'hésitation entre l'excès de vulnérabilité et l'excès d'indépendance. Les larmes de Chloé m'avaient effrayé parce qu'elles avaient opéré à titre de rappel inconscient de mon émotivité à son égard. J'avais condamné chez elle une servitude que je redoutais en moi-même. Et pourtant, quels que fussent les problèmes de vulnérabilité, je savais que l'indépendance pouvait également en connaître car j'avais rencontré des femmes dont l'arrogante froideur aboutissait presque à la négation de leur désir d'avoir un amant. Chloé allait se voir confrontée à une lourde tâche. Elle devrait se garder d'être vulnérable au point de mettre en danger mon indépendance, mais se garder d'être indépendante au point de nier ma vulnérabilité.

26. Si l'on en croit une longue et ténébreuse tradition de la pensée occidentale, l'amour se ramène en dernier ressort à une simple expérience marxiste, admirative et non réciproque, du partage de l'amour où le désir prospère en raison de l'impossibilité de sa réciprocité. D'après cette manière de voir, l'amour n'est qu'une orientation, non pas un endroit donné, et il se consume en atteignant son but, à savoir la possession (au lit ou ailleurs) de l'être aimé. La poésie des troubadours provençaux du XIIᵉ siècle se

fondait tout entière sur le retardement du coït – le poète réitérant ses doléances à une femme qui, continûment, repoussait les avances de l'infortuné. Quatre siècles plus tard, Montaigne exprimait la même notion du progrès de l'amour lorsqu'il déclarait : « En l'amour, ce n'est qu'un désir forcené après ce qui nous fuit. » Stendhal pensait, lui, que l'amour ne pouvait exister qu'en raison de la crainte de perdre l'être aimé. Denis de Rougemont affirmait que « l'obstacle le plus grave, c'est celui que l'on préfère par-dessus tout, c'est le plus propre à grandir la passion ». Quant à Roland Barthes il limitait le désir à une aspiration à quelque chose qui, par définition, était inaccessible.

27. Si l'on accepte cette façon de voir, les amants se trouvent réduits à ne rien faire d'autre qu'osciller entre les deux pôles du *désir* et de la *discordance*. Il n'existe pas de terrain intermédiaire, l'amour est simplement une direction, son désir ne peut aller au-delà de la capture de sa proie. L'amour, en conséquence, doit se consumer en se consommant – la possession de l'être désiré éteignant le désir. Le danger était que Chloé et moi ne nous prenions au piège d'une semblable spirale marxiste, où précisément la passion croissante de l'un pour l'autre entraîne une décroissance de l'amour implanté en l'un et l'autre jusqu'à ce que celui-ci soit ventousé par l'oubli.

28. Finalement les choses évoluèrent mieux que prévu. Je rentrai chez moi après le petit déjeuner, culpabilisé, honteux, bourré d'excuses et prêt à faire n'importe quoi pour regagner les faveurs de Chloé. Ce ne fut pas chose facile (elle raccrocha le téléphone la première fois puis, par la suite, me demanda si c'était un point d'honneur

pour moi de me conduire avec les femmes avec qui j'avais couché comme un sale goujat). Mais, après bien des repentirs, des insultes, des larmes et des rires, Roméo et Juliette firent leur réapparition plus tard dans l'après-midi, s'étreignant tendrement les mains dans l'obscurité à la faveur du passage à l'écran, à 16 h 30, de *L'Amour et la Mort* au National Film Theatre. Heureuse fin – pour l'instant du moins.

29. La plupart des relations humaines comportent assez fréquemment un moment marxiste (le moment où il devient clair que l'amour est payé de retour) et la façon dont il se résout dépend de l'équilibre entre l'amour de soi et la haine de soi. Si la haine l'emporte, le bénéficiaire de l'amour déclarera que l'être aimé (pour une raison ou pour une autre) ne méritait pas de l'être (en raison, précisément, de son association avec un goujat). Mais si c'est l'amour de soi qui prend le dessus, les deux amants accepteront sans doute d'admettre que la réciprocité de leurs affections n'est en rien la preuve de la bassesse de l'autre, mais de la façon dont ils sont eux-mêmes devenus dignes d'être aimés.

CHAPITRE SEPT

Fausses notes

1. Bien avant d'avoir eu l'occasion de nous familiariser avec l'être aimé, il arrive que nous éprouvions la curieuse sensation de le connaître déjà. Tout se passe comme si nous l'avions rencontré quelque part, dans une vie antérieure peut-être ou bien, alors, dans nos rêves. Dans le *Banquet* de Platon, Aristophane explique ce sentiment de familiarité en suggérant que l'être aimé est l'« autre moitié », depuis longtemps perdue, du corps auquel, primitivement, nous étions attachés. Au début des âges tous les êtres humains étaient des hermaphrodites avec un dos et des flancs doubles, quatre mains et quatre jambes et, sur la même tête, deux visages tournés dans des directions opposées. Ces hermaphrodites étaient si puissants, et leur orgueil si outrancier, que Zeus s'était vu contraint de les couper en deux : une moitié mâle et une moitié femelle – de telle sorte que, depuis ce jour, chaque homme et chaque femme aspiraient à rejoindre la moitié dont ils avaient été séparés.

2. Chloé et moi passâmes les fêtes de Noël chacun de notre côté mais, quand je revins à Londres après l'an neuf, on commença à partager chaque minute disponible, la plupart du temps dans les bras l'un de l'autre ou, souvent même, dans son lit ou dans le mien. On vivait la romance classique de la vie urbaine de la fin du XXᵉ siècle, pressurés entre les heures d'activité professionnelle (le téléphone agissant à titre de cordon ombilical quand l'attente devenait insupportable), mus par des mouvements tels qu'une promenade dans le parc, un saut dans une boutique ou un repas au restaurant. Ces premières semaines équivalaient, en effet, à la redécouverte de la moitié perdue d'un corps primitivement hermaphrodite. Nous nous accordions sur tellement de points qu'il nous fallait bien conclure qu'en dépit de l'absence de traces d'une véritable séparation, nous avions dû jadis être les deux parts d'un unique corps.

3. Quand l'imagination des philosophes invente des sociétés utopiques, ils ne les envisagent que rarement sous l'aspect de creusets de différences. Ils ont plutôt tendance à les fonder sur une proximité ou une unité de pensée, sur la similitude et l'homogénéité, sur un ensemble de visées et de principes communs. C'était précisément cette congruité qui rendait la vie avec Chloé si agréable, le fait qu'après tant et tant de divergences irréconciliables dans le domaine du cœur, j'avais enfin trouvé quelqu'un dont je comprenais les plaisanteries sans avoir à consulter un dictionnaire, dont les jugements semblaient miraculeusement s'accorder à mes opinions, dont les affections et les haines roulaient, roue dans roue, avec les miennes, et avec qui je me répétais à haute voix : *« C'est extraordinaire.*

J'étais sur le point de penser, de faire, de te dire exactement la même chose. »

4. Les critiques de l'amour se sont toujours, et avec raison, montrés circonspects quant à la notion de fusion, et à l'idée qu'il est possible d'effacer les différences entre deux personnes de telle manière qu'elles n'en fassent plus qu'une. Une telle circonspection tient au fait qu'il est plus facile d'assumer la similitude que la différence (ce qui nous est familier ne nécessite point qu'on l'*invente*) et qu'en l'absence de témoignage du contraire nous inventerons toujours ce que nous savons de préférence à ce que nous ignorons et redoutons. Nous fondons notre abandon à l'amour sur des données matérielles insuffisantes et complétons notre ignorance à l'aide du désir. Mais, comme le soulignent les critiques, le passage du temps est là pour nous apprendre que la peau qui sépare nos deux corps n'est pas seulement une frontière physique mais qu'elle représente des contradictions d'ordre psychologique, plus profondes, qu'il serait absurde de vouloir transcender.

5. C'est pourquoi une analyse quelque peu poussée de l'amour nous enseigne qu'il ne saurait y avoir de coup de foudre. On ne tombe amoureux que lorsqu'on a mesuré la profondeur des eaux dans lesquelles on va plonger. Ce n'est qu'après une longue exploration de leur passé, de leurs opinions sur la politique, sur l'art et sur la science, et de leurs préférences gastronomiques que deux personnes sont vraiment à même de décider si elles s'aimeront — décision qui ne saurait être prise que sur la base d'une compréhension mutuelle et d'affinités plus confirmées qu'imaginées. Car d'une analyse élaborée de l'amour il ressort que c'est seulement lorsqu'on connaît bien son

partenaire que la passion a une chance de se développer. Et pourtant, étant donné la réalité perverse de l'amour (un amour qui, précisément, a pris naissance *avant* que nous ne soyons pleinement informé), une connaissance plus approfondie de l'autre peut se révéler plus contraignante qu'encourageante car elle est de nature à plonger l'utopie dans un conflit périlleux avec la réalité.

6. Je suis en mesure de fixer la date de ma prise de conscience du fait qu'en dépit des charmantes similitudes que nous avions perçues entre nous deux, Chloé n'était peut-être pas la personne dont la main cruelle de Zeus m'avait séparé. De la fixer donc à un certain jour de la mi-mars où elle m'avait présenté une de ses paires de souliers. C'était peut-être un objet de discussion quelque peu pédant mais les souliers constituaient un important symbole de divergences esthétiques et, partant, psychologiques. J'avais souvent remarqué que certaines parties du corps et aussi de l'habillage en disaient davantage que certaines autres sur l'identité d'un individu. Les souliers étaient plus éloquents que les pulls, les pouces que les coudes, les sous-vêtements que les pardessus, les chevilles que les épaules.

7. Pourquoi les souliers de Chloé en étaient-ils venus à créer un problème? Objectivement, c'était incompréhensible (mais a-t-on jamais vu quelqu'un tomber amoureux *objectivement*?). Elle les avait achetés, un samedi matin, dans une boutique de King's Road en vue d'une réception à laquelle nous étions invités ce soir-là. Je n'étais pas insensible au mélange de styles (talons hauts-talons bas) que le concepteur avait voulu réaliser : la semelle plate classique se relevant allégrement pour former un

talon de la largeur d'une chaussure basse mais aussi haut qu'un stylet. Et puis il y avait cette empeigne d'une altitude quelque peu rococo, agrémentée d'un nœud, d'une gerbe d'étoiles et encadrée d'épais flonflons de rubans. Des souliers dernier cri, remarquablement fabriqués et tout à fait impeccables. Mais, voilà, très exactement le genre de souliers que je détestais!

8. « Ne les trouves-tu pas ravissants? m'avait demandé Chloé avec solennité, emportée par la fierté qu'implique l'achat d'une nouveauté. J'ai l'intention de les mettre tous les jours. Hein, qu'ils sont formidables! »

Mais, en dépit de mon amour pour Chloé, la baguette magique qui aurait dû les métamorphoser en objets de convoitise n'était pas parvenue à opérer son habituelle alchimie.

« Pour un peu, tu vois, j'aurais acheté toute la boutique. Elle regorgeait de trucs sensationnels. Si tu voyais les bottes qu'ils ont! »

J'étais littéralement offusqué à la pensée que Chloé, avec laquelle j'étais d'accord sur à peu près tous les points, pouvait s'enthousiasmer pour ce que je considérais comme étant, au mieux, une paire de souliers sans aucun intérêt. L'idée que je me faisais de Chloé, ma *certitude* aristophanienne de sa personnalité, n'incluaient en rien ce genre d'extase. Choqué à l'idée de ce qui avait bien pu lui passer par la tête quand elle les avait achetés, je me posai la question : Comment se peut-il qu'elle soit attirée *et* par des chaussures pareilles *et* par moi?

9. Le choix de Chloé en l'occurrence me rappela désagréablement qu'elle était, par-delà ses fantasmes associatifs, un être humain à part entière, que ses goûts n'étaient

pas nécessairement les miens et que, quelles que fussent nos concordances en divers domaines, il y avait une limite à nos compatibilités. Ce qui m'amena à penser que le processus de la découverte d'autrui n'est pas toujours aussi plaisant que se l'imagine le sens commun, car il est possible qu'il se heurte à de menaçantes dissemblances. Contemplant les souliers de Chloé, je me sentis traversé par un éphémère désir de *ne pas* tout connaître d'elle de peur que ne fût ternie l'adorable image que, depuis le premier instant où je l'avais vue, je m'étais formé d'elle.

10. Baudelaire est l'auteur d'un poème en prose où l'on voit un homme passer une journée à se promener à pied à travers Paris en compagnie d'une femme dont il commence à s'éprendre. Ayant constaté qu'ils concordent sur la plupart des points, il est certain quand vient le soir d'avoir trouvé la compagne idéale avec l'âme de laquelle son âme pourra s'unir. Altérés, ils entrent dans un splendide café flambant neuf au coin d'un boulevard, où l'homme remarque la présence d'une famille ouvrière visiblement dans la gêne, laquelle s'est arrêtée pour contempler à travers les épaisses vitres de la terrasse de l'établissement les hôtes élégants, les murs étincelants de blancheur et les dorures des décorations. Les yeux de ces pauvres gens s'écarquillent d'émerveillement à la vue de tant de richesses et de beautés, si bien que le narrateur est rempli de pitié et de honte à la pensée des privilèges dont il jouit. Il se tourne alors vers sa bien-aimée dans l'espoir de trouver dans ses yeux le reflet de son émotion mais la femme à laquelle il était prêt à vouer son âme se répand en commentaires acides sur cette bande de gueux aux yeux béants d'avidité dont le spectacle lui est insupportable et le prie de demander au propriétaire du café

de les chasser sans perdre un instant. Or n'y a-t-il point, dans toute histoire d'amour, des moments comparables? L'espoir de voir dans les yeux de l'être aimé le reflet de ses propres pensées et n'y trouver qu'une tragi-comique divergence — qu'il s'agisse d'inégalité sociale ou d'une paire de souliers?

11. Peut-être est-il exact que les personnes qui nous inspirent le plus facilement de l'amour sont celles qui se trahissent le moins, en dehors de ce que l'on peut déduire de leur visage ou de l'intonation de leur voix? Au royaume de l'imaginaire un être est, en permanence, *aime-ablement* malléable. Pour peu que l'on se sente enclin à la rêverie, il n'y a rien de plus romantique que les histoires d'amour qu'on écrit, pour soi-même, dans les longs voyages en chemin de fer tout en observant avec intérêt une jolie femme en train de regarder le paysage — idylle qui s'interrompt brutalement lorsque Troïlus (ou Cressida) se retourne vers l'intérieur du compartiment et entame une conversation banale avec son voisin ou se mouche de manière peu ragoûtante dans un mouchoir plus ou moins propre.

12. L'émoi que peut inspirer une connaissance plus approfondie de l'être aimé est, en un sens, comparable à la dissonance entre une merveilleuse symphonie que l'on écoute dans sa tête et l'audition, plus tard, de la même composition interprétée dans une salle de concert par un orchestre au grand complet. Quelque impressionnés que nous puissions être par la confirmation de tant de nos idées due à cette interprétation, nous ne pouvons pas ne pas remarquer deux ou trois détails troublants : l'un des violonistes n'a-t-il pas quelque peu détonné? La flûte n'a-

t-elle pas tardé un brin à intervenir? La percussion n'était-
elle pas un rien trop bruyante? Les êtres qui nous ont
asséné un coup de foudre égalent en splendeur une symphonie recomposée dans notre tête. Ils échappent aux
discordances du goût en matière de chaussures ou de
beaux-arts avec autant d'aisance que la symphonie encore
vierge de réitération reste à l'abri des violonistes à côté
de la note et des flûtes retardataires. Mais, dès que la
composition imaginaire est interprétée dans une salle de
concert, les séraphins qui voletaient dans notre conscience
retombent à terre et se dévoilent tels qu'ils sont : des
créatures matérielles accablées par leur propre (et souvent
maladroit) passé mental et physique. Nous apprenons
ainsi qu'elles préfèrent tel ou tel dentifrice, qu'elles coupent
leurs ongles des pieds de telle ou telle manière, qu'elles
aiment mieux Beethoven que Bach et les crayons que les
stylos.

13. Les souliers de Chloé ne furent que l'une des fausses
notes perceptibles au début de nos rapports en cette
période de transition (si l'on peut, non sans optimisme,
employer une telle expression) entre les secrets de l'imaginaire et la réalité intérieure. Vivre au jour le jour avec
elle me donnait l'impression de m'acclimater à un pays
étranger et, donc, d'être parfois vulnérable à une xéno-
phobie passagère devant la nécessité de me départir de
mes traditions et de mon passé. J'étais soumis à une
dislocation géographique et culturelle, contraint de tra-
verser une période aventureuse entre deux modes d'existence : vivre seul et vivre à deux — période au cours de
laquelle (pour prendre un exemple) l'enthousiasme éventuel de Chloé (et ce à une heure nettement tardive) pour
un night-club et le mien pour un film d'avant-garde

risquaient de contrecarrer, chez elle, les penchants nocturnes ou, chez moi, les habitudes en matière de septième art.

14. Ces dangereuses divergences ne se manifestaient pas à propos de points fondamentaux (nationalité, différences entre les sexes, situation sociale, profession) mais plutôt sur des détails de goûts et d'opinions. Pourquoi Chloé s'obstinait-elle à laisser bouillir les pâtes – ô désastre! – quelques minutes de trop? Pourquoi étais-je tellement attaché à ma paire de lunettes coutumières? Pourquoi lui fallait-il faire sa gymnastique quotidienne dans la chambre à coucher? Pourquoi avais-je régulièrement besoin de huit heures de sommeil? Pourquoi ne s'intéressait-elle pas davantage à l'opéra? Et moi à Joni Mitchell? Pourquoi avait-elle un tel dégoût des fruits de mer? Pourquoi n'avais-je qu'indifférence à l'égard des fleurs et du jardinage? Et elle aux promenades en mer? Pourquoi tenait-elle tant à ne pas se prononcer quant à l'existence de Dieu (« *du moins jusqu'à mon premier cancer* »)? Et moi pourquoi, sur le même sujet, restais-je fermé comme une huître?

15. Les anthropologues nous apprennent que le groupe passe toujours avant l'individu, que, pour comprendre celui-ci, il faut toujours passer par la collectivité, que ce soit sous la forme de la nation, de la tribu, du clan ou de la famille. Chloé n'avait pas beaucoup d'affection pour sa famille mais, quand ses parents nous invitèrent à passer le dimanche avec eux dans leur maison près de Marlborough, je la suppliai d'accepter. « Tu verras, me dit-elle. Ça te dégoûtera. Mais, si tu insistes, d'accord. Tu seras mieux à même, comme ça, de comprendre ce que j'ai cherché à fuir tout au long de mon existence. »

16. Mais en dépit de son vœu d'autonomie, ce que je vis de Chloé dans son environnement familial m'aida à apprécier certains aspects de sa personnalité et aussi à mieux évaluer l'origine de nos dissentiments. Tout ce que je pus observer dans le *Cottage du chêne noueux* ne put que me confirmer dans l'impression que Chloé était née dans un certain univers (une galaxie presque) et moi dans un autre. Le salon était meublé dans le style Chippendale en toc, le tapis était d'un brun rougeâtre maculé de taches, des rayonnages sur lesquels trônaient Trollope et des peintures désespérantes ornaient les murs, trois chiens, la gueule pleine de bave, faisaient au petit trot la navette entre le salon et le jardin, une plante corpulente s'affaissait dans un coin. La mère de Chloé portait un pull, épais et mité, de couleur pourpre, une ample jupe à fleurs, et de longs cheveux grisâtres lui retombaient, informes, sur les épaules. Pour un peu on se serait attendu à trouver des brins de paille sur son dos et elle avait comme une aura de nonchalance agreste que renforçaient ses oublis répétés de mon patronyme (et ses tentatives pour m'en forger un autre). J'en vins à attarder mes pensées sur le contraste entre la mère de Chloé et la mienne, sur la différence entre les initiations au train du monde que ces deux femmes nous avaient fournies. Chloé, sans doute, s'était enfuie bien loin de tout cela vers la grande ville, ses propres valeurs et ses amis, mais sa famille n'en continuait pas moins à incarner une tradition génétique et historique à laquelle elle appartenait encore. Je ne pus m'empêcher de remarquer un lien entre les générations dans leur manière identique de préparer les pommes de terre (comme Chloé, sa mère insérait un peu d'ail dans le beurre et moulait sur le tout du sel marin) ou de déborder d'enthousiasme pour la peinture et la presse du dimanche. Le

père était un marcheur assidu et Chloé, elle aussi, raffolait des longues promenades. Elle me traînait souvent, les week-ends, jusqu'à Hampstead Heath, me vantant les mérites de l'air pur, de la même façon, sans doute, que son père jadis.

17. Tout cela était si étrange et si nouveau! La maison où Chloé avait grandi évoquait tout un passé dont je ne savais rien et dont je devrais tenir compte si je voulais vraiment la comprendre. Le déjeuner se déroula dans une ambiance de volées de questions et de réponses entre Chloé et ses parents à propos de divers aspects du folklore familial. L'assurance avait-elle remboursé les frais du séjour de Grand-mère à l'hôpital? Avait-on réparé le réservoir d'eau? Carolyn avait-elle eu des nouvelles de l'agence immobilière? Était-ce vrai que Lucy allait faire ses études aux États-Unis? Quelqu'un avait-il lu le roman de tante Sarah? Henry allait-il vraiment épouser Jemima? (Ah, tous ces personnages qui faisaient partie de la vie de Chloé bien avant moi et qui, avec la ténacité inhérente à chaque famille, continueraient à y avoir leur place quand, moi, j'en serais parti!)

18. J'étais étonné de voir à quel point la perception parentale de Chloé différait de la mienne. Alors que j'appréciais, moi, son humeur accommodante et sa générosité, elle apparaissait aux yeux des siens comme un tyranneau domestique particulièrement exigeant. Gamine, elle était déjà une mini-autocrate que ses parents avaient baptisée « Mlle Pompadosso » — s'inspirant en cela du nom de l'héroïne d'un livre pour enfants. Alors que Chloé m'avait semblé particulièrement clairvoyante pour tout ce qui touchait à son argent et à sa carrière, son père avait

déclaré qu'elle ne « comprenait pas un traître mot aux réalités du monde moderne », cependant que sa mère se répandait en plaisanteries sur la façon dont « elle menait à la baguette tous ses soupirants » — ce qui m'obligeait maintenant à compléter l'image que je m'étais faite de Chloé par la révélation de toute une période antérieure à mon irruption dans sa vie. La vision que j'avais eue d'elle jusque-là ne cadrait pas avec celle imposée par le panorama familial des événements antérieurs.

19. Dans le courant de l'après-midi, Chloé me fit visiter la maison. Elle me montra, en haut des escaliers, la pièce qui la terrifiait dans son enfance, son oncle lui ayant dit qu'il y avait un fantôme dans le piano. On alla voir son ancienne chambre, que sa mère avait transformée en studio, et elle m'indiqua une espèce d'écoutille dont elle se servait pour monter au grenier et y oublier ses malheurs en compagnie de Guppy, son éléphant. On se promena dans le jardin, contournant un arbre au pied d'une pente, un arbre encore meurtri dans lequel la voiture familiale s'était emboutie, un jour où elle avait mis son frère au défi de desserrer le frein à main. Elle me montra la maison du voisin où elle allait barboter des mûres et dont le précédent propriétaire avait un fils qu'elle avait embrassé, une fois, en revenant de l'école.

20. Plus tard dans l'après-midi je fis un tour dans le jardin avec le père, un bonhomme un peu pédant à qui trente ans de mariage avaient inspiré une opinion bien arrêtée sur le sujet :

« Je sais que ma fille et vous avez de l'affection l'un pour l'autre. Je ne suis pas un expert en matière d'amour mais je vais vous dire une bonne chose. Je me suis aperçu que, finalement, peu importe qui vous épousez. Si elle vous plaît au début, il est probable qu'elle aura cessé de vous plaire à la fin. Et si vous avez commencé par la haïr il n'est pas exclu qu'un beau jour vous ne la trouviez pas si mal. »

21. Dans le train qui nous ramenait à Londres ce soir-là j'éprouvai une sensation d'épuisement, tellement le contraste entre le passé de Chloé et le mien m'avait mis les nerfs à vif. Une partie de son existence d'antan m'avait enchanté par son pittoresque mais elle s'était, par ailleurs, révélée étrange et terrifiante en me dévoilant toutes ces années et toutes ces habitudes d'avant moi, qui lui étaient aussi naturelles que la forme de son nez ou la couleur de ses yeux. Je sentais une espèce de primitive nostalgie d'un environnement connu, troublé que j'étais par la disjonction que provoque toute personne nouvelle qu'il convient de découvrir dans sa totalité, aux yeux de qui il faut se rendre crédible, à qui finalement il est indispensable de s'acclimater. Je traversais sans doute une période de crainte à la pensée de toutes les différences que je serais appelé à constater chaque fois que Chloé voudrait faire ceci et moi cela et que nos deux univers se révéleraient incapables de battre à l'unisson. Regardant défiler le paysage du Wiltshire, je fus pris d'une nostalgie d'enfant perdu, anxieux que j'étais de me fondre en quelqu'un qui me serait compréhensible dans sa totalité et dont j'aurais déjà dompté les excentricités – maison, parents et destinée.

CHAPITRE HUIT

Amour ou libéralisme

1. S'il m'est permis de revenir un moment sur les souliers de Chloé, je dirai que la découverte de leur achat ne connut pas de point final avec mon appréciation négative bien que formulée *in petto*. Je dois confesser qu'elle eut pour aboutissement la seconde — et la plus explosive — querelle de toute notre association avec accompagnement de larmes, d'insultes et de vociférations et, pour finir, la projection fracassante à travers le carreau de la fenêtre du soulier droit qui vint s'abîmer sur le trottoir de Denbigh Street. Mis à part l'intensité mélodramatique de l'événement en tant que tel, cet épisode ne manqua pas de présenter un intérêt philosophique en ce qu'il symbolisait un choix radical, aussi bien dans le domaine personnel que sur le plan de la politique : le choix entre l'*amour* et le *libéralisme*.

2. On a souvent manqué de faire un choix en établissant une équation optimiste des deux termes ci-dessus, l'un étant considéré comme l'épitomé de l'autre. Mais

lorsqu'on les a réunis, le mariage a toujours été peu plausible, pour la bonne raison qu'il paraît impossible de parler d'amour *et* de laisser-vivre, et si on nous laisse vivre, c'est que, le plus souvent, on ne nous aime pas. On peut à juste titre se demander pourquoi la cruauté constatée chez les amants ne pourrait pas être tolérée (voire considérée comme concevable) par-delà des frontières d'une hostilité déclarée. A présent, pour jeter un pont entre les souliers et les nations, il nous est loisible de poser deux questions connexes : pourquoi les pays qui ignorent les mots de communauté et de citoyenneté assurent-ils à leurs ressortissants, à défaut de solidarité, la sécurité? Et pourquoi les pays qui se gargarisent de communauté, d'amour et de fraternité en viennent-ils, comme par routine, à massacrer des pans entiers de leur population?

3. « Alors, ils ne te plaisent pas? me redemanda Chloé.

— Franchement non.

— Et pourquoi ça?

— Je n'aime pas ce genre de souliers, voilà tout. Ça me fait penser à un pélican.

— Ah oui? Enfin, voyons, ils sont élégants!

— Non, sûrement pas.

— Mais si! Regarde un peu le talon et ce nœud. C'est sensationnel!

— Tu auras du mal à trouver quelqu'un de ton avis.

— C'est parce que tu n'y connais rien en matière de mode.

— Peut-être mais, quand je vois quelque chose d'horrible, je m'en aperçois.

— Mais ce n'est pas *horrible*!

— Allons, Chloé, regarde la vérité en face. C'est affreux!

— Tu es jaloux parce que je me suis offert des chaussures neuves.

— Je cherche simplement à te dire ce que je ressens. Je suis sincèrement persuadé qu'ils ne conviennent absolument pas pour la réception de ce soir.

— Ça alors c'est le comble! Mais, bon dieu de bon dieu, je les ai précisément achetés pour ça!

— Bon, bon, mets-les.

— Comment ça serait-il possible à présent?

— Je ne vois pas le rapport.

— Enfin, bon sang, il n'y a pas une minute, tu m'as dit que j'avais l'air d'un pélican!

— C'est la vérité.

— Ainsi tu veux que j'aille à une réception en ressemblant à un pélican?

— Pas particulièrement. C'est pourquoi je me tue à te dire que tes souliers sont affreux.

— Tu ne pourrais pas garder tes opinions pour toi?

— Non, justement parce que je t'aime. *Quelqu'un* a le devoir de te dire que tu as acheté une paire de souliers révoltants mais, bien entendu, ce que je pense, moi, n'a aucune importance...

— Mais, moi, je tiens à ce qu'ils te plaisent. Je les ai achetés dans l'espoir qu'ils seraient à ton goût et voilà que tu me dis que je vais avoir l'air d'une dingue. Pourquoi faut-il que le moindre de mes gestes te paraisse idiot?

— Allons, ne dis pas des choses pareilles. Tu sais très bien que c'est faux.

— Non, c'est vrai. La preuve c'est que même mes souliers te dégoûtent.

— Oui mais j'adore presque tout le reste.

— Dans ce cas, pourquoi ne pas oublier les souliers?

— Parce que tu mérites mieux. »

4. Il est préférable d'épargner au lecteur le récit complet du mélodrame. Qu'il me suffise de dire que, quelques instants plus tard, avec la soudaineté imprévisible d'une tornade, la querelle prit un tour venimeux (Chloé retira l'un de ses regrettables souliers afin, soi-disant, de me permettre de l'examiner) et que je décidai de me soustraire au projectile qui m'arrivait droit dessus en le laissant (peut-être sottement) fracasser la vitre derrière moi et s'abattre dans la rue.

5. Notre prise de bec avait été assaisonnée de paradoxes propres à l'amour et au libéralisme. Quelle importance, vraiment, pouvait bien avoir l'aspect des souliers de Chloé? Elle avait tellement de bons côtés que n'était-ce pas fausser le jeu que de m'appesantir comme je l'avais fait sur un détail infime? Pourquoi ne lui avais-je pas menti poliment comme j'aurais pu le faire avec un ami? Ma seule excuse était l'amour que j'avais pour elle, le fait qu'elle était mon idéal (sauf pour les souliers) et que j'avais, en conséquence, considéré comme de mon devoir de souligner cette petite faiblesse — démarche que je n'aurais jamais tentée auprès d'un ami (dont les manquements à ma conception de l'idéal auraient, au surplus, été trop nombreux — l'amitié étant un domaine où la simple notion d'un tel idéal ne me serait même pas venue à l'esprit). *Parce que j'aimais Chloé je lui avais dit ma façon de voir* — c'était là ma seule justification.

6. Dans nos moments les plus empreints d'idéalisme nous plaçons volontiers l'amour sous le signe d'une émotivité universelle proche de l'amour chrétien et qui pro-

clame : *Je veux t'aimer pour tout ce que tu représentes,* un amour qui n'impose pas de conditions, qui ne dresse pas de frontières, qui adore jusqu'au dernier soulier, qui incarne la soumission. Mais les disputes qui assaillent les amants sont là pour nous rappeler que l'amour chrétien ne survit guère au passage dans la chambre à coucher. Son message semble mieux adapté à l'universel qu'au particulier, à l'amour de tous les hommes pour toutes les femmes qu'à celui de deux voisins de lit qui se refusent à entendre leurs ronflements.

7. L'amour romantique ne saurait être virginal : il parle le langage d'un corps spécifique; il se réfère à l'unicité, non point à la généralité. Il conserve l'amour voué au voisin A parce qu'il (ou elle) a un sourire ou une tache de rousseur ou un rire ou des opinions ou des chevilles que le voisin B n'a pas. Jésus avait éludé cette épineuse situation en refusant de cataloguer l'amour sur le registre des critères, échappant ainsi à de nombreux aspects de la cruauté de celui-ci. Car c'est en raison des critères que l'amour se charge de douleur; c'est quand nous essayons de changer le voisin A en un voisin B ou de transmuer le voisin B en un voisin B idéalisé tel que nous nous l'étions imaginé avant le mariage que les souliers volent dans les airs et que s'entament les procédures de divorce. C'est dans cette fissure entre l'idéal auquel nous avions cru et la réalité qui s'est fait jour avec le passage du temps que prennent naissance l'impatience, le perfectionnisme et, finalement, l'intolérance.

8. Bien que ce ne fût pas toujours une vérité qui allait de soi, le manque de libéralisme n'était jamais unilatéral. Il y avait un millier de comportements chez moi qui

exaspéraient Chloé : pourquoi étais-je si souvent de mauvaise humeur? Pourquoi mettais-je un point d'honneur à me vêtir de manière si démodée? Pourquoi balançais-je l'édredon par terre nuit après nuit dans mon sommeil? Pourquoi pensais-je que Saul Bellow était un si grand écrivain? Pourquoi n'avais-je pas encore appris à garer ma voiture sans laisser la plus grande partie de la roue perchée sur le trottoir? Pourquoi posais-je constamment mes pieds sur le lit? Tout cela était très éloigné de l'amour évoqué par le Nouveau Testament, le genre d'amour qui ne se répandrait jamais en commentaires sur des souliers plutôt moches, des bribes de feuilles de salade accrochées entre les dents ou une opinion, entêtée bien qu'erronée, sur l'identité de l'auteur de *The Rape of the Lock* [1]. Et pourtant c'est de ce genre de choses qu'était fait le goulag domestique, l'effort quotidien pour amener l'autre à se rapprocher d'un concept préfabriqué des rapports internes du couple. Si l'on veut bien se représenter l'idéal et la réalité comme deux cercles se recouvrant partiellement, c'était alors le croissant des différences qu'en vertu de nos arguments nous nous efforcions d'éliminer en ramenant les deux cercles à un seul.

Figure 8.1

---

1. *La Boucle dérobée* (1712), poème satirique de l'écrivain anglais Alexander Pope. *(N. d. T.)*

9. Et quelle excuse avions-nous? Aucune si ce n'est l'antique concept que tous les parents, les officiers généraux, les économistes de l'école de Chicago et les communistes sont unanimes à utiliser afin de perturber le reste du monde. *Je t'aime, donc je te tourmenterai. Je te fais l'honneur de t'indiquer comment tu devrais te comporter, donc je te blesserai.*

10. Chloé et moi ne nous serions jamais permis d'admettre au sein de notre amitié une intensité comparable de confrontations. Une gaine protectrice sépare les amis, une gaine établie conformément à un code de convenances et de civilité fait de biologie particulariste, ce qui lui assure une défense contre les coups bas de l'inimitié. Mais Chloé et moi avions dépassé le stade de la sécurité dans les rapports sexuels. Quelque chose dans le fait de coucher ensemble, de partager notre douche, de nous regarder nous brosser les dents ou de pleurnicher de concert devant un film « gnangnan » avait fendu la gaine protectrice, nous imprégnant non plus seulement d'amour, mais de son acolyte, l'invective. Nous établissions un équilibre entre nos visions de l'autre par l'application d'une espèce de droit de propriété et de patente : *Je te connais, donc tu m'appartiens.* Ce n'était pas un hasard si dans la chronologie de notre amour la politesse (l'amitié) s'était arrêtée après le coït et si notre première dispute s'était embrasée, le lendemain matin, à la table du petit déjeuner.

11. La déchirure de la gaine se traduisit par la conversion en marché de libre-échange de denrées qui, jusquelà, avaient dépendu d'un monopole. Elle permit la libre expression d'une tension qui, normalement (charitablement), se manifestait dans les limites de l'autocritique.

Pour emprunter le langage freudien, nous ne participions plus seulement aux conflits de notre surmoi et de notre moi (*cf.* la figure 8.2) mais à ceux de notre partenaire. Quand la bisbille ne concernait que le moi A et le moi B, l'amour régnait en maître. Mais quand le surmoi A attaquait le moi B, les souliers se mettaient à voler par la fenêtre.

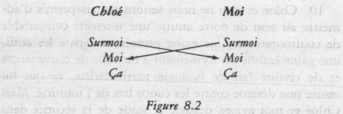

Figure 8.2

12. L'intolérance a sa source dans deux éléments : une certaine conception du vrai et du faux, et l'idée qu'il n'est pas tolérable de laisser autrui à l'écart de la lumière. Lorsque Chloé et moi nous lançâmes dans une discussion à propos des films d'Eric Rohmer (elle les avait en horreur, je les adorais) nous restâmes aveugles au fait qu'il se pouvait fort bien qu'ils fussent à la fois bons et mauvais selon la personne qui les regardait. Notre argumentation se réduisit à un duel dont l'objet était de contraindre l'un à se rallier au point de vue de l'autre plutôt que d'entériner la légitimité de nos divergences. Dans le même ordre d'idées, ma haine des souliers de Chloé refusait de se laisser tempérer par la pensée que, s'ils me révulsaient, *moi,* ils n'étaient pas, en tant que tels, détestables.

13. C'est cette mutation de l'individuel au général qui est véritablement tyrannique : le moment où un jugement

personnel est universalisé et rendu applicable à son petit (sa petite) ami(e) ou à tous les citoyens d'une nation, le moment où *je trouve ça bien* se change en *je trouve ça bien pour toi aussi*. En certains domaines, Chloé et moi étions persuadés d'avoir raison et cette conviction nous poussait à nous initier mutuellement à des vérités planétaires. La tyrannique revendication de l'amour ne peut que conduire à imposer à l'autre (apparemment au nom de l'amour) le renoncement au film qui lui plaît ou à des souliers tentateurs, de manière qu'il (elle) se rallie à ce qui n'est (au mieux) qu'un jugement personnel se donnant des airs de vérité planétaire.

14. Le rapprochement entre la politique et l'amour pourra paraître incongru mais n'est-il pas permis de déceler dans la sanglante histoire de la Révolution française et dans celle des expériences fascistes et communistes le phénomène d'une structure amoureuse identique? N'y retrouve-t-on pas le même idéal opposé à une réalité divergente avec pour résultat une impatience (l'impatience du bourreau) devant le croissant du cercle de l'inégalité? La politique amoureuse a pris son essor infamant au cours de la Révolution française lorsqu'il a été proposé (avec autant de liberté que dans un viol) que l'État ne se contente pas seulement de gouverner mais aussi d'*aimer* ses citoyens, lesquels ne pourraient plus, s'ils voulaient échapper à la guillotine, que lui rendre la pareille. Le début des révolutions est, sur le plan psychologique, curieusement comparable à celui de certaines relations intimes : l'accent mis sur l'amitié, la croyance en la toute-puissance du couple (de la nation), le besoin de rejeter l'égoïsme antérieur, d'abolir les frontières du moi, l'ambition de supprimer les secrets (la crainte du contraire

débouchant sans plus attendre sur la paranoïa des amants et (ou) la création d'une police secrète).

15. Mais, si les débuts de l'amour et de la politique amoureuse sont identiquement teintés de rose, leur fin risque d'être identiquement sanglante. Ne nous a-t-on pas déjà suffisamment accoutumés à des amours se terminant en tragédies lorsque la ferme conviction qu'ils sont, désormais, dépositaires des véritables intérêts de la nation amène les dirigeants à s'arroger le droit de trucider tous ceux qui n'adhèrent pas à leur credo? Dans la mesure où l'amour est (entre beaucoup d'autres choses) un credo, il ne peut tolérer le libéralisme car aucun credo n'a, à aucun moment, échappé à la tentation de faire payer sa frustration aux dissidents et aux hérétiques. En d'autres termes, dès que l'on a foi en quelque chose (*la patrie* *, le marxisme-léninisme, le national-socialisme) l'ardeur de cette foi incline automatiquement au bannissement des alternatives.

16. Quelques jours après l'affaire des souliers je passai à la boutique du coin pour y acheter un journal et un carton de lait. Mr. Paul m'expliqua qu'il venait, à l'instant, d'être à court de lait mais que, si je disposais d'un moment, il irait en chercher dans la réserve. Le regardant se diriger vers l'arrière-boutique, je remarquai que Mr. Paul portait d'épaisses chaussettes grises et une paire de sandales en cuir marron. C'était spectaculairement affreux mais, assez curieusement, spectaculairement inoffensif. Pourquoi m'était-il impossible de garder la même sérénité en présence des souliers de Chloé? Pourquoi ne parvenais-je pas à me montrer aussi avenant avec la femme que j'aimais qu'avec l'épicier qui me vendait mon lait quotidien?

17. Le désir de remplacer les rapports massacreur-massacré par une convivialité avec l'épicier du coin a longtemps dominé la pensée politique. Pourquoi les dirigeants ne parviendraient-ils pas à se conduire correctement avec leurs ressortissants, à leur permettre les sandales, la dissidence et les divergences d'opinion? La réponse des penseurs libéraux est que la cordialité ne peut voir le jour que lorsque les dirigeants cessent de prétendre gouverner par *amour* de leurs concitoyens et se concentrent, à la place, sur la baisse des taux d'intérêt et le respect des horaires des chemins de fer.

18. La théorie d'une politique saine devait trouver son meilleur avocat en la personne de John Stuart Mill lequel, en 1859, publia sa défense, classique, d'un libéralisme indemne d'amour : *De la liberté* [1]. C'est un vibrant plaidoyer en faveur de l'octroi aux citoyens d'une indépendance totale par rapport à l'État (quelque bien intentionné qu'il puisse être) de manière qu'ils aient la possibilité de changer de souliers ou de lire certains ouvrages ou de se nettoyer les oreilles ou de se curer les dents. Mill expliquait que, bien qu'une ancienne communauté (pour ne pas nommer la France de Robespierre) ait déclaré se sentir en droit de « porter un profond intérêt à la totalité de la discipline physique et mentale de chacun de ses citoyens », un État moderne se devait, dans toute la mesure du possible, de se tenir à l'écart et de laisser ses ressortissants agir à leur guise. Tel le partenaire harassé d'une relation sentimentale qui souhaite seulement qu'on lui donne un peu de champ, Mill demandait à l'État de laisser à ses citoyens l'exercice de leur quant-à-soi :

1. *On Liberty*, 1859. (*N. d T.*)

« La seule liberté qui mérite ce nom est celle qui nous permet d'aspirer à notre propre bien, selon nos vues propres, aussi longtemps que nous ne tentons point de priver nos semblables du leur ou d'entraver leurs efforts pour y parvenir. La seule fin au service de laquelle on puisse légitimement user de la force contre le gré de n'importe quel membre d'une société civilisée consiste en la prévention du mal fait à autrui. La satisfaction d'un bien individuel, physique ou moral, n'est pas en soi une garantie suffisante. »

19. Si les recommandations de Mill semblent tellement rationnelles, pourquoi ne s'en inspirerait-on pas dans le domaine personnel? Et pourtant, appliquée à un couple, cette théorie semble, hélas, perdre beaucoup de son attrait. Elle fait penser à certaines unions matrimoniales passablement encroûtées, où l'amour s'est depuis belle lurette évaporé, les conjoints faisant maintenant chambre à part et n'échangeant plus que quelques bribes de conversation dans la cuisine avant de vaquer à leurs occupations — une union où les deux partenaires ont renoncé à tout espoir de compréhension mutuelle, se contentant de la tiédeur d'une amitié faite d'incompréhension surmontée, de politesse lors de la consommation du hachis parmentier du soir et de l'amertume du petit matin à la pensée de l'échec sentimental où ils se sont enlisés.

20. Nous voici revenus au choix entre l'amour et le libéralisme — un *choix* parce que le second élément ne semble vraiment pratique que dans un contexte un peu distant ou lorsque l'indifférence est intervenue. Les sandales de l'épicier ne me portaient pas sur les nerfs parce que je me souciais de lui comme d'une guigne. Je n'at-

tendais de ses bons soins que mon journal et ma ration de lait, rien de plus. Je n'avais pas la moindre intention de lui ouvrir mon âme et de m'épancher dans son sein. C'est pourquoi ses chaussures ne m'offusquaient pas. Mais, si j'avais été amoureux de Mr. Paul, comment aurais-je pu accepter ses sandales avec sérénité? N'y aurait-il pas eu un moment où (par amour) je me serais éclairci la gorge pour lui suggérer une alternative?

21. Si mes rapports avec Chloé ne se haussèrent jamais au niveau de la Terreur, c'est peut-être parce que nous parvenions à tempérer le choix entre l'amour et le libéralisme grâce à un ingrédient dont trop peu de couples et moins encore de politiciens amoureux (Lénine, Pol Pot, Robespierre) ont fait usage, un ingrédient qui serait à même (s'il circulait davantage à travers le monde) d'épargner l'intolérance aux nations comme aux individus, j'ai nommé : le sens de l'humour.

22. Il me paraît symptomatique de constater que les révolutionnaires ont en commun avec les amants une propension à un sérieux extrême. C'est difficile de s'imaginer en train d'en raconter une bien bonne au camarade Staline ou au jeune Werther. Tous deux semblent être – avec des nuances – terriblement concentrés. Et l'inaptitude à rire s'accompagne chez eux d'une incapacité à tenir compte de la relativité des choses humaines, des contradictions inhérentes à une société ou à un ménage, de la multiplicité et des antagonismes des aspirations, de la nécessité d'admettre que l'être aimé ne saura jamais garer sa voiture correctement ou vider la baignoire comme il convient ou renoncer à en pincer pour Joni Mitchell, bien

que, dans les cas ci-dessus, l'amour n'en persiste pas moins.

23. Si Chloé et moi parvenions à surmonter certains de nos dissentiments, c'est parce que nous nous efforcions de tourner en plaisanteries les impasses de nos tempéraments. Il m'était impossible de ne pas haïr les souliers de Chloé (elle continuait, elle, à en être toquée) mais je l'aimais profondément et (après avoir rafistolé la fenêtre) nous trouvâmes au moins le moyen de découvrir une drôlerie dans l'incident. En menaçant de se défenestrer dès que le ton montait, chacun de nous parvenait à faire rire l'autre, contribuant ainsi à neutraliser une frustration. Mes imperfections dans l'art de conduire une automobile étaient toujours aussi irrémédiables mais elles m'avaient au moins valu le surnom d'Alain Prost; les poses de martyre de Chloé continuaient de me lasser mais un peu moins quand je me pliais à ses injonctions en la traitant de Jeanne d'Arc. L'humour dispensait de l'obligation d'une confrontation directe; il nous devenait possible de glisser sur un incident de parcours quelque peu irritant, de cligner de l'œil à l'occasion, de faire une critique sans éprouver le besoin de l'*expliciter* (« Par la plaisanterie que je viens de faire, je te donne à entendre que j'abomine X sans avoir besoin de te le dire. Ton rire est là pour accuser réception de ma critique »).

24. Il y a lieu de penser que deux êtres ont cessé de s'aimer (ou du moins ont cessé de souhaiter faire l'effort qui constitue quatre-vingt-dix pour cent de l'amour) lorsqu'ils ne sont plus capables de transformer en bonnes blagues leurs différends. L'humour tapissait les murs de l'irritation entre nos rêves et la réalité. Derrière chacune

de nos plaisanteries se dissimulait le signe annonciateur de nos divergences, parfois même d'une déception, mais c'était une divergence dont la menace avait été désamorcée – et que nous pouvions donc négliger en évitant de déclencher un pogrom.

CHAPITRE NEUF

De la beauté

1. La beauté donne-t-elle naissance à l'amour ou est-
ce l'amour qui donne naissance à la beauté? Aimais-je
Chloé parce qu'elle était belle ou était-elle belle parce
que je l'aimais? Environnés que nous sommes par une
infinité de créatures, nous pouvons vraiment nous demander (observant l'être aimé qui est en train de téléphoner
ou de nous faire face dans la baignoire) pourquoi notre
désir a choisi de se fixer sur ce visage particulier, cette
bouche particulière, ou ce nez ou cette oreille, pourquoi
la courbe de cette nuque ou la fossette de cette joue en
sont venues à répondre si adéquatement à nos critères de
la perfection. Tous les amants apportent des solutions
différentes au problème de la beauté et ils réussissent
cependant à redéfinir notre esthétique amoureuse d'une
manière aussi originale et idiosyncrasique que le paysage
de leur physionomie.

2. Si Marsile Ficin (1433-1499) a pu définir l'amour
comme étant « le désir de la beauté », en quelle mesure

Chloé répondait-elle à un tel désir? A l'entendre, elle, en aucune mesure. Aucune protestation rassurante n'aurait pu la persuader qu'elle n'était pas effroyablement laide. Elle s'acharnait à trouver son nez trop petit, sa bouche trop grande, son menton banal, ses oreilles trop rondes, ses yeux pas assez verts, ses cheveux pas assez bouclés, ses seins trop menus, ses pieds trop larges, ses mains aussi, et ses poignets trop étroits. Elle contemplait avec nostalgie les visages dans *Elle* et dans *Vogue* et déclarait qu'au vu de son aspect physique l'idée d'un Dieu juste relevait purement et simplement de l'incohérence.

3. Chloé pensait que la beauté pouvait se mesurer en fonction de standards objectifs qu'elle n'avait pas réussi à atteindre. Sans le reconnaître explicitement, elle était fermement attachée à un concept platonicien de la beauté – idéal esthétique qu'elle partageait avec les directeurs des journaux de mode du monde entier et qui alimentait quotidiennement un sentiment d'horreur de soi lorsqu'elle se regardait dans une glace. Selon Platon et le directeur de *Vogue*, il existe une Forme idéale de beauté faite d'un rapport équilibré entre divers éléments et que respectent plus ou moins les corps des êtres humains. Tout ce que nous considérons comme beau, explique Platon, relève de cette Forme essentielle et doit donc reproduire des caractéristiques universelles. Considérez une femme belle et vous vous apercevrez que sa beauté repose sur une base mathématique, sur un équilibre approprié aussi précis que celui qu'on rencontre dans la construction d'un temple classique. Le visage qu'on découvre sur la couverture d'un journal de mode est (Platon l'aurait avancé) l'une des approximations humaines les plus voisines de la beauté idéale (d'où l'admiration de Chloé. Je crois la revoir,

assise sur le lit, en train de se sécher les cheveux et, tout
en feuilletant les pages de l'un des susdits magazines, de
se contorsionner la figure comme pour caricaturer la pose
spontanée du modèle). Chloé était honteuse parce que
son nez n'était pas assorti aux dimensions de ses lèvres.
Il était petit, elles, volumineuses − ce qui impliquait un
manque d'harmonie platonicienne en plein milieu de sa
figure. Platon affirmait qu'une juste proportion entre les
divers éléments d'un objet était la condition indispensable
pour que celui-ci bénéficiât d'une immobilité et d'une
intégralité dynamiques, et c'est ce qui justement faisait
défaut à Chloé. Platon ayant décrété que seules « les
qualités de mesure *(metron)* et de proportion *(symmetron)*
constituent invariablement la beauté et l'excellence », le
visage de Chloé manquait nécessairement et d'excellence
et de beauté.

4. Quelles que fussent d'ailleurs les disproportions de
son visage, Chloé trouvait le reste de son corps encore
plus déséquilibré. Alors que je me complaisais, moi, à
voir le savon lui dégouliner sur le torse et sur les jambes
quand nous prenions notre douche ensemble, chaque fois
qu'elle se regardait dans la glace, elle décrétait régulièrement qu'elle avait quelque chose « de travers » bien que
je fusse, moi, dans l'impossibilité de découvrir en quoi
ce quelque chose pouvait bien consister. Leon Battista
Alberti (1409-1472) en aurait su davantage sur ce point,
lui qui croyait qu'un beau corps avait certaines proportions
immuables dont un sculpteur devait avoir connaissance
et que l'on pouvait découvrir en le divisant en six cents
unités entre lesquelles il avait établi un espacement idéal.
Dans son ouvrage *De la sculpture,* Alberti définissait la
beauté comme « une harmonie de toutes les parties, quel

que soit le sujet concerné, assemblée avec tant de justesse
et de puissance d'affinité que rien ne saurait, sans dommage, y être ajouté, retranché ou modifié ». Si l'on en
croit pourtant Chloé, on aurait pu, presque dans chaque
partie de son corps, ajouter, retrancher ou modifier, sans
pour autant gâcher quoi que ce fût dont la nature n'eût
déjà détruit l'aspect.

5. Il est clair cependant que Platon et Leon Battista
Alberti (quelque incontestables qu'aient pu être leurs
calculs) avaient dû négliger un détail dans leur théorie
esthétique car je trouvais Chloé d'une beauté dévastatrice.
J'hésite à décrire ce qui me semblait chez elle tellement
dévastateur. Étaient-ce ses yeux verts, sa chevelure sombre,
sa bouche, ses lèvres charnues ? J'hésite à répondre parce
qu'il est toujours malaisé de traduire en mots les raisons
qui vous attirent vers telle personne plutôt que vers telle
autre. Je pourrais également citer ses taches de rousseur
sur le nez ou la courbe de sa nuque, mais en quoi cela
pourrait-il convaincre quelqu'un qui ne la trouverait pas
séduisante ? La beauté, après tout, n'est pas quelque chose
dont on puisse *convaincre* un tiers. Ça n'a rien à voir avec
une formule mathématique capable, elle, de guider qui
que ce soit vers une conclusion irréfutable. Les débats sur
les charmes des hommes et des femmes ressemblent
furieusement aux discussions des historiens de l'art lorsqu'ils essayent d'expliquer pourquoi tel tableau a plus de
valeur que tel autre. Un Van Gogh ou un Gauguin ? La
seule façon d'éclairer le problème consisterait en une
tentative de reconstruction de l'œuvre par le langage
(« l'intelligence lyrique des cieux des mers du Sud de
Gauguin... » face à « la profondeur wagnérienne des bleus
de Van Gogh ») ou encore par l'élucidation de la technique

ou des ingrédients (« la touche impressionniste des dernières années de Van Gogh » ou « les réalisations linéaires quasiment cézanniennes de Gauguin »). Mais en quoi cela pourrait-il aider à comprendre pourquoi un tableau *opère*, nous affecte, nous saisit à la gorge par sa beauté? Et si les peintres, traditionnellement, n'ont eu que du dédain pour les historiens de l'art qui se sont levés dans leur sillage, n'est-ce pas plutôt que par le contrecoup d'un snobisme à l'envers — parce qu'ils sentaient qu'il est impossible de faire basculer le langage de la peinture (le langage de la beauté) dans le langage des mots?

6. Ce n'était donc pas la *beauté* que je pouvais espérer décrire mais seulement ma réaction subjective à l'aspect physique de Chloé. J'étais dans l'impossibilité de revendiquer la découverte d'une théorie esthétique d'une validité universelle. Il m'était seulement permis d'indiquer sur quoi mon désir s'était fixé tout en laissant le champ libre à d'autres qui n'auraient pas localisé les mêmes perfections dans le même corps. Ce faisant, je me voyais contraint de rejeter l'idée platonicienne d'un critère objectif de la beauté pour adopter la théorie de Kant (exposée dans la *Critique du jugement*) à savoir que les appréciations d'ordre esthétique sont celles dont « l'assise déterminante ne peut être que subjective ».

7. Selon la théorie kantienne de l'esthétique, les proportions d'un corps sont moins importantes que la manière subjective dont on les considère. Comment pourrions-nous, autrement, comprendre que le même corps puisse être tenu pour beau par celui-ci et laid par celui-là? Le phénomène d'une beauté inhérente au regard de l'observateur peut se comparer à la fameuse illusion de Müller-Lyer

(*cf.* la figure 9.1) où deux lignes de la même longueur semblent être de longueur différente – et cela uniquement en raison de la position des flèches qui leur sont adjointes. S'il m'est permis de comparer la longueur à la beauté, je dirai que la façon dont je regardais Chloé agissait comme les flèches attenantes aux lignes ci-dessous : c'est elle qui modifiait son visage, l'embellissant (l'allongeant) alors qu'un autre, vu objectivement, serait resté, à peu de chose près, identique à lui-même. Mon amour était comparable aux flèches qu'on avait placées au bout de lignes de même longueur mais qui donnaient une impression (fictive) de différence.

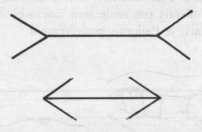

Figure 9.1. L'illusion de Müller-Lyer

8. On connaît la fameuse définition de la beauté proposée par Stendhal : « une promesse de bonheur » – définition aux antipodes de la rigidité de l'idée platonicienne d'une harmonie parfaite des diverses composantes. Il se pouvait que Chloé ne fût point dotée d'une perfection classique mais elle n'en était pas moins belle. Me rendait-elle heureux parce qu'elle était belle, ou était-elle belle parce qu'elle me rendait heureux ? Tout cela tournait en rond : je la trouvais belle quand elle me rendait heureux et elle me rendait heureux parce qu'elle était belle.

9. Ce qui, néanmoins, caractérisait mon amour pour Chloé était le fait qu'il ne se fondait pas tant sur les cibles évidentes du désir que précisément sur ceux de ses traits que, d'un point de vue platonicien, on aurait pu considérer comme imparfaits. Je tirais une certaine fierté de la justification de mon désir par les relatives imperfections de son visage dans des zones où, précisément, d'autres que moi n'auraient point porté leurs regards. Je ne considérais pas, par exemple, l'intervalle entre ses deux dents de devant (*cf.* la figure 9.2) comme une entorse regrettable à une disposition idéale mais comme une originale et tout à fait adorable redéfinition de la perfection dentaire. Je n'étais pas seulement insensible à l'interstice entre ses dents, je l'adorais positivement.

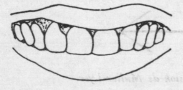

Dents platoniciennes

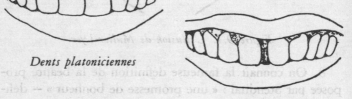

Dents kantiennes

Figure 9.2

10. Ce que j'adorais était le côté secret, le côté ardu de mon désir, le fait que personne n'aurait pu se douter de la signification qu'avaient pour moi les dents de Chloé. Elle n'aurait pas passé pour belle aux yeux d'un platonicien, elle aurait même pu, sous certains angles, être

tenue pour laide mais, d'un autre côté, sa beauté bénéficiait d'un je-ne-sais-quoi absent d'un visage parfait. Cela se situait dans une frange d'oscillation entre la laideur et la perfection classique. Un visage capable de faire appareiller un millier de navires n'est pas toujours respectueux des normes architecturales. Il se peut qu'il soit aussi instable qu'un corpuscule tourbillonnant entre deux couleurs possibles pour finalement donner naissance à une troisième teinte, aussi longtemps qu'il bouge. La perfection ne va pas sans une certaine tyrannie, une certaine faculté d'épuisement même, quelque chose qui refuse au spectateur un rôle dans sa création et qui s'affirme avec tout le dogmatisme d'un jugement sans ambiguïté. Il est impossible de mesurer la vraie beauté pour la bonne raison qu'elle est fluctuante, qu'il n'existe qu'un nombre limité d'angles de prises de vue d'où l'on puisse l'observer — et encore sans garantie d'y parvenir sous toutes les lumières et à tous les instants. Elle flirte dangereusement avec la laideur, elle prend des risques, elle ne se satisfait pas confortablement des règles mathématiques de la proportion, elle tire son charme précisément des zones réservées à la laideur. Rien ne peut être beau sans acceptation calculée d'une rivalité avec son contraire.

11. Proust explique quelque part que les femmes d'une beauté classique devraient être le domaine des hommes dépourvus d'imagination et c'est peut-être justement parce qu'il excitait la mienne que l'interstice entre les dents de Chloé me paraissait si séduisant. Mon imagination se plaisait à jouer avec la petite brèche, la comblant, la rouvrant, invitant ma langue à y pénétrer. Cet intervalle me permettait de tenir un rôle dans la disposition des caractéristiques dentaires de Chloé, sa beauté étant suffi-

samment fractionnée pour supporter tel ou tel aménagement créatif. Son visage offrant des signes manifestes d'une coexistence de la beauté et de la laideur, mon imagination avait là l'occasion de s'accrocher à ce précaire fil de beauté. Par son ambiguïté même le visage de Chloé supportait la comparaison avec le lapin-canard de Wittgenstein (*cf.* figure 9.3) : un animal dont l'image évoque tout ensemble un lapin et un canard, de même que deux visages différents émergeaient des traits de Chloé.

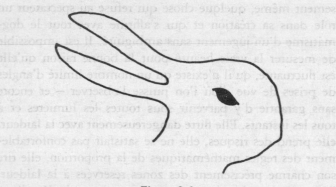

Figure 9.3.
Le lapin-canard de Wittgenstein

12. Dans le cas de Wittgenstein le comportement de l'observateur est d'une importance considérable. Si l'imagination est en quête d'un canard, elle en trouvera un; si elle recherche un lapin, il apparaîtra aussi. Il y a un double témoignage; ce qui compte donc est la prédisposition, l'état d'esprit du témoin. Ce qui suggérait à mes yeux une belle image de Chloé était, bien entendu, l'amour. Je sentais que cet amour avait d'autant plus de réalité qu'il ne s'était pas fixé sur une physionomie ostensible-

ment, authentiquement, bien proportionnée. Le directeur de *Vogue* aurait peut-être eu de la difficulté à faire paraître des photos de Chloé dans un de ses numéros mais, non sans ironie, cette constatation ne faisait que renforcer mon désir car elle m'apparaissait comme la confirmation du caractère unique que j'étais parvenu à discerner en elle. Quelle originalité y a-t-il à trouver « belle » une personne classiquement proportionnée? C'est assurément plus aventureux, plus imaginatif selon Proust, de situer la beauté dans une brèche entre les dents. En trouvant Chloé belle je ne m'étais pas contenté d'une évidence. J'étais, semble-t-il, capable d'apercevoir sous ses traits des virtualités invisibles aux autres. J'avais animé son visage par son âme.

13. Le danger avec le genre de beauté qui ne ressemble pas à une statue grecque est que sa précarité confère beaucoup d'importance à l'observateur. Quand l'imagination a décidé de se retirer de l'interstice entre les dents, n'est-il pas temps de consulter un bon stomatologiste? Une fois qu'on a localisé la beauté dans l'œil de l'observateur, qu'arrivera-t-il si celui-ci regarde ailleurs? Mais peut-être tout cela faisait-il partie intégrante du charme de Chloé? Une théorie subjective de la beauté rend l'observateur mirifiquement indispensable.

classiquement proportionnée ? C'est assurément plus avan-

CHAPITRE DIX

De l'expression de l'amour

1. Vers la mi-mai, Chloé célébra son vingt-quatrième
anniversaire. Elle faisait depuis pas mal de temps des
allusions à un pull rouge qu'elle avait repéré dans une
boutique de Piccadilly et c'est pourquoi, la veille, en
rentrant de mon bureau, je m'étais arrêté pour le lui
acheter après l'avoir fait envelopper dans du papier bleu
et orner d'un nœud rose. Mais, alors que je me préparais
à écrire un petit mot d'accompagnement, je me rendis
compte, tandis que mon stylo planait au-dessus du bristol,
que je n'avais jamais encore dit à Chloé que je l'aimais.

2. Une déclaration de cet ordre n'aurait peut-être
pas été inattendue (surtout accompagnée d'un pull rouge)
mais n'en reste pas moins que son absence jusque-là devait
avoir une signification. Les pulls peuvent passer pour un
témoignage d'amour entre un homme et une femme,
encore faut-il les traduire en un langage qui dépasse la
sphère du tricot. On eût dit que le cœur de nos rapports,
centré sur le mot « amour », était en quelque manière

imprononçable, soit qu'il ne fût pas digne de mention ou au contraire trop éloquent pour avoir jusque-là trouvé le temps d'une formulation.

3. Il était plus facile de comprendre pourquoi Chloé, de son côté, n'avait rien dit non plus. Elle se méfiait des mots. *« On peut créer les problèmes rien qu'en en parlant »*, m'avait-elle dit un jour et, de même que les problèmes pouvaient naître du langage, de même l'amour pouvait être détruit par lui. J'avais gardé le souvenir d'une histoire qu'elle m'avait racontée. Elle avait douze ans lorsque ses parents l'avaient envoyée en vacances dans un camping organisé par un groupe de jeunes. Elle y était tombée éperdument amoureuse d'un garçon de son âge et, après moult rougeurs et hésitations, ils en étaient venus à se promener au bord du lac. Ayant atteint la rive ombreuse, le garçon l'avait invitée à s'asseoir et, au bout d'un moment, avait pris sa main moite dans la sienne. C'était la première fois qu'un garçon lui prenait la main et elle en avait ressenti une telle exaltation qu'elle lui avait dit (avec toute la sincérité d'une gamine de douze ans) qu'il était « la meilleure chose qui lui soit jamais arrivée ». Mais elle n'aurait pas dû s'exprimer de la sorte car elle découvrit, le lendemain, que sa déclaration, si sottement honnête, s'était par un effet de boomerang répandue à travers tout le camp sous la forme d'une caricature de sa vulnérabilité. Elle avait été trahie par le truchement du langage, par cette façon qu'ont les mots les plus intimes de se convertir en monnaie courante et elle en était venue, par voie de conséquence, à se fier de préférence au corps, à ses mouvements plutôt qu'à la phraséologie.

4. Avec sa coutumière méfiance à l'égard du rose bon-bon, Chloé aurait probablement découragé ma déclaration par une plaisanterie, non point qu'il eût été désagréable de l'entendre mais parce que toute formulation lui eût semblé dangereusement proche et d'un pur cliché et d'un total dénuement. Ce qui ne veut pas dire que Chloé manquait de sentimentalité mais qu'elle était trop avare de ses émotions pour en parler dans le langage mondain, et quelque peu éculé, du *romantisme* (l'amour médiatisé). Bien que ses sentiments se fussent orientés dans ma direction, *il ne m'appartenait pas de le savoir*.

5. Pendant ce temps, mon stylo hésitait encore à se poser sur la carte d'anniversaire (agrémentée d'une girafe en train de souffler des bougies) et je m'apercevais qu'en dépit des réticences de Chloé, le retour de cet événement (tout imprégné de l'absurde respect accordé à notre propre genèse) m'incitait à une confirmation linguistique des liens apparus entre nous. J'essayais d'imaginer le genre d'accueil qu'elle réserverait au paquet quand je le lui remettrais, non point tellement le pull que le paquet de mots qui lui parleraient d'amour. J'essayais de me la représenter seule, dans le métro qui l'amenait à son travail, ou dans son bain, ou dans la rue, l'ouvrant tout à loisir, s'efforçant de comprendre ce que l'homme qui l'aimait avait voulu dire en lui faisant cadeau d'objets aussi bizarres.

6. La difficulté d'une déclaration va bien au-delà de la difficulté inhérente aux moyens de communication ordinaires. Si j'avais dit à Chloé que j'avais mal à l'estomac ou que je possédais une voiture rouge ou un jardin plein de jonquilles, j'aurais eu la certitude d'avoir été compris. Ma conception d'un jardin de jonquilles aurait pu, bien

entendu, différer légèrement de la sienne mais il y aurait eu une raisonnable équivalence entre les deux images. Les mots, franchissant la ligne de partage entre nous deux, auraient valablement cautionné le sens de la transmission : la lettre serait arrivée à bon port. Mais la carte sur laquelle je m'échinais à présent ne me donnait aucune garantie. Les mots étaient les plus ambigus de tout le vocabulaire parce que la notion qu'ils étaient censés représenter manquait déplorablement de stabilité. Des voyageurs, sans doute, étaient revenus du pays du cœur et s'étaient appliqués à décrire ce qu'ils avaient vu, mais leurs paroles ne s'étaient fixées sur aucune latitude. Elles manquaient de définition géographique; elles faisaient songer à un papillon aux couleurs rares échappant à toute classification concluante.

7. Ma pensée se débattait dans la solitude : elle tournait autour de l'erreur que l'on peut commettre par la faute d'un seul mot − argument qui n'eût pas intéressé les pédants, mais d'une folle importance pour des amants las de parler par l'intermédiaire d'interprètes. Nous pouvions, Chloé et moi, nous confirmer notre amour mais cet amour n'en était pas moins susceptible de représenter, pour elle comme pour moi, des choses totalement différentes. S'adresser des mots d'amour était aussi vain que transmettre un message codé avec un appareil défectueux. On restait constamment dans l'incertitude de l'accueil qui lui serait réservé (et on était quand même dans l'obligation de le transmettre, un peu comme un pissenlit déchargeant d'innombrables spores dont, seule, une fraction parviendra à essaimer − autant dire un effort optimiste de télécommunication, une confiance incommensurable dans le service postal).

8. Le langage était tout ce que j'avais pour enjamber le vide. Chloé comprendrait-elle la signification que je m'efforçais de donner à ce tamis fuyant de toutes parts? Que resterait-il de mon amour quand le message l'aurait atteinte? Nous échangerions peut-être un dialogue dans un langage qui nous semblerait commun pour finalement nous apercevoir que les mots plongeaient leurs racines dans des sources différentes. Il nous était souvent arrivé de lire les mêmes livres le soir, une fois couchés et de nous rendre compte, ultérieurement, que nous n'avions pas été touchés par les mêmes passages, qu'ils avaient agi sur nous comme s'ils avaient émané d'ouvrages différents. Une divergence du même ordre n'allait-elle pas se produire à l'occasion de la moindre ligne de notre amour?

Mon cœur > > > .....a..m......o......u......r...... > Son cœur

Langage

Figure 10.1

9. Mais ces mots ne dépendaient pas uniquement de moi. Ils avaient servi à trop d'autres avant moi! J'étais né *au* langage (bien que ce ne fût pas mon anniversaire à moi), je n'avais pas inventé la maladie à moi tout seul et du fait de ce marché de seconde main découlaient à la fois des inconvénients et des avantages. Des avantages parce qu'il existait un terrain commun qui, au cours des âges, avait été loti en parcelles réservées à l'amour. Bien qu'il nous fût impossible de nous accorder quant aux sentiments que nous nous inspirions mutuellement, nous étions, Chloé et moi, d'assez bons observateurs de la nature humaine pour savoir que l'amour n'était pas la haine et

reconnaître la région que parcouraient les stars de Hollywood quand elles sifflaient leur martini et prononçaient son nom.

10. Nos perceptions de l'amour trempaient dans le baquet social du romantisme. Quand je me laissais aller à des rêves éveillés à propos de Chloé, ces rêves s'amalgamaient nécessairement au souvenir des tendres images caramélisées des mille et un baisers que nous prodiguent les médias. Je n'étais pas amoureux de la seule Chloé, je participais en même temps à un rituel social. Quand j'écoutais, dans ma voiture, les derniers refrains de la musique pop, mon amour ne se confondait-il pas spontanément avec la voix épanouie du chanteur? N'était-ce pas Chloé que je retrouvais dans les accents, pleins d'éloquence, d'un autre que moi?

Ne serait-ce pas charmant
De te tenir dans mes bras
Et de t'aimer, ma chérie?
De te tenir dans mes bras
Oh oui! Et de t'aimer, ma chérie?

11. L'amour n'est pas son propre exégète, il est toujours *interprété* en fonction du type de culture qui régit la célébration de notre anniversaire. Comment aurais-je pu savoir que ce que j'éprouvais pour Chloé était de l'amour si d'autres que moi ne m'avaient soufflé la réponse? Le fait que je m'identifiais au chanteur du poste de radio de ma voiture n'impliquait pas de ma part une compréhension instinctive du phénomène. Si je m'estimais amoureux, n'était-ce pas simplement parce que je vivais à une époque d'une culture particulière en ce qu'elle recherchait et

idolâtrait, partout où c'était possible, les roucoulements du cœur? N'était-ce pas la société, plutôt que je ne sais quelles pulsions personnelles antérieures à une prise de conscience communautaire, qui avait joué un rôle déterminant? En des temps lointains et d'une civilisation différente, ne m'aurait-on pas appris à ne tenir aucun compte des sentiments que j'éprouvais pour Chloé (pour les mêmes raisons qui m'amenaient aujourd'hui à résister à une envie de porter des bas ou de répondre à une provocation par une rencontre sur le pré)?

12. « Il y a des gens qui n'auraient jamais été amoureux s'ils n'avaient jamais entendu parler de l'amour », nous enseigne un aphorisme de La Rochefoucauld, et l'histoire ne lui donne-t-elle pas raison? Je m'étais proposé d'emmener dîner Chloé dans un restaurant chinois de Camden, mais une déclaration d'amour aurait sans doute été mieux appropriée ailleurs, étant donné le peu de cas accordé à ce sentiment par la tradition culturelle des fils de Han. Si l'on en croit l'anthropologue et psychologue L. K. Hsu, alors que les civilisations occidentales « sont centrées sur l'individu » et attachent une grande importance aux émotions, la civilisation chinoise est, en revanche, « centrée sur la situation » et se soucie davantage des groupes que des couples et de leur amour (le patron du *Lao Tzu* n'en avait pas moins pris note avec satisfaction de ma réservation!). L'amour n'est jamais un état de fait, il est édifié et défini par des sociétés différentes. Dans l'une au moins de ces sociétés, les Manus de Nouvelle-Guinée, le mot amour n'existe même pas. Dans d'autres communautés l'amour existe mais on le revêt de formes particulières. La poésie de l'amour dans l'Égypte ancienne n'accorde aucun intérêt aux manifestations émotives de la honte, de

la culpabilité ou de l'ambivalence. Les Grecs n'avaient rien contre l'homosexualité, la chrétienté ostracisait le corps et conférait à l'âme une qualité érotique, les troubadours mettaient sur le même plan l'amour et une passion non payée de retour, les romantiques faisaient de l'amour une religion et le mari comblé S. M. Greenfield, dans un article du *Sociological Quarterly* (6, 361-377), écrivait que l'amour n'est aujourd'hui maintenu en vie par le capitalisme moderne qu'afin de :

> « ...motiver les individus – là où il n'y a pas d'autre moyen de le faire – de manière qu'ils s'établissent dans les fonctions d'époux-père et d'épouse-mère et qu'ils constituent des familles nucléaires, indispensables non seulement pour la reproduction et la socialisation mais pour la préservation des dispositifs actuels de distribution et de consommation des denrées et de ceux aussi des services et, de manière générale, pour maintenir le système social en ordre de marche et ainsi faire de lui une entreprise prospère. »

13. L'anthropologie et l'histoire abondent en divergences (et, conséquemment, en horreurs selon la période concernée) pour tout ce qui concerne la sexualité. Dans l'Angleterre du milieu de l'époque victorienne, une femme qui se masturbait était considérée comme démente et enfermée dans un asile de fous. En Nouvelle-Guinée une croyance voulait que la virilité fût enclose dans le sperme et les jeunes mâles se réunissaient rituellement pour s'en nourrir. Dans ce même pays les habitants du village de Iwi avaient, à une époque, pris l'habitude de manger le pénis des hommes tués au combat afin d'y puiser de la

force. On distendait le clitoris des jeunes Mangaïennes dans le Pacifique sud et, chez les Massaïs, on excisait le clitoris et les petites lèvres des adolescentes parvenues à la puberté afin, disait-on, de les laver de « la saleté de l'enfance ». Les Indiens d'Amérique pratiquaient le mélange des genres et, dans certaines tribus, les hommes capturés à la guerre se voyaient emmener dans la hutte du vainqueur en qualité d'épouses.

14. La société, telle une bonne papeterie, m'avait fourni un stock d'étiquettes à coller sur les palpitations de mon cœur. Le malaise, la nausée et le désir que j'avais parfois ressentis à la pensée de Chloé se rangeaient, dans la société où je vivais, sous l'étiquette A mais, par-delà les océans et les siècles, le classeur aurait très bien pu les cataloguer différemment. Mes symptômes auraient pu se voir identifier comme étant les signes d'une visitation religieuse, d'une infection virale ou même d'une maladie (non métaphorique) des vaisseaux coronaires. Quand sainte Thérèse d'Avila (1515-1582), fondatrice de l'ordre des carmélites, décrivit une expérience que les psychodétectives d'aujourd'hui ne manqueraient pas de qualifier d'orgasme sublimé, elle expliqua comment elle avait connu l'amour de Dieu par l'apparition d'un ange, un jeune garçon qui était

« infiniment beau, avec un visage si brûlant de flammes qu'il semblait appartenir à la légion de ces anges supérieurs qui sont comme un buisson ardent. Il tenait dans sa main une lance dorée à l'extrémité de laquelle je crus voir une pointe de fer toute en feu. C'est avec elle qu'il me sembla me percer le cœur à plusieurs reprises, de telle sorte qu'elle pénétra jusque dans mes entrailles. La souffrance était si vive qu'elle m'arracha de nombreux gémissements mais le bonheur qu'elle me donnait par son intensité même était si excessif que personne n'eût souhaité en être privé et qu'aucune âme au monde n'eût pu la remplacer sinon par Dieu lui-même. »

15. Je décidai en fin de compte qu'une carte ornée d'une girafe n'était pas le meilleur véhicule de l'amour et qu'il serait plus indiqué d'attendre jusqu'au dîner. Je me rendis à l'appartement de Chloé sur le coup de huit heures afin de la cueillir au nid et de lui offrir mon cadeau. Elle se déclara ravie de voir que j'avais saisi à demi-mot ses allusions à la boutique de Piccadilly, tout en observant (mais ceci ne fut dit, avec beaucoup de tact, que quelques jours plus tard) que c'était le pull bleu, et non le rouge, qu'elle m'avait indiqué dans la vitrine (le reçu, heureusement, faisait mention d'une possibilité d'échange).

16. Le restaurant n'aurait pas pu être plus romantique. Tout autour de nous en ce *Lao Tzu*, des couples semblables au nôtre (bien que notre conviction subjective d'unicité ne nous permît point d'envisager une telle similarité) se tenaient la main, buvant du vin et maniant gauchement leurs baguettes.

« Bon sang, je me sens mieux! Je devais mourir de faim! J'ai été tellement déprimée toute la journée! dit Chloé.

— Pourquoi ça?

— Parce que je fais une fixation sur les anniversaires. Ils me rappellent chaque fois la mort et une gaieté de commande. Mais, en fait, je pense que celui-ci sera moins décevant. Et il n'est déjà pas si mal, grâce à la gentillesse de mon petit ami! »

Elle leva les yeux et me sourit.

« Sais-tu où j'étais, ce même jour, l'année dernière? me demanda-t-elle.

— Non. Où étais-tu?

— Je dînais en ville avec mon horrible tante. C'était sinistre! Je n'arrêtais pas d'aller aux toilettes pour y pleurer un bon coup. Ça m'énervait tellement de me dire que c'était mon anniversaire et que la seule personne à m'avoir invitée était cette insupportable bonne femme qui bégaie vaguement et ne cessait de me répéter qu'elle ne comprenait pas comment une charmante fille comme moi n'avait pas encore un homme dans sa vie. Ce n'est donc pas si mal que je t'aie rencontré! »

17. Elle était vraiment adorable (pensa l'amant au pinacle d'un jugement subjectif). Mais comment aurais-je pu le lui faire comprendre de manière à lui signifier la nature particulière de mon attachement? Des mots comme *amour* ou *dévotion* ou *passion* avaient perdu toute consistance par suite de tant et tant de romances successives, de tant de couches superposées d'histoires arrivées à d'autres. Au moment où j'avais le plus besoin d'un langage original, personnel et cent pour cent intime, je me heurtais au caractère irrévocablement public de la langue du cœur.

18. Le restaurant ne venait en rien à mon aide car son décor romantique rendait l'amour trop visible, et partant insincère. Le romantisme affaiblissait le lien entre l'intention créatrice et le langage, les signes extérieurs ne cessaient de brandir leurs menaces d'infidélité (en particulier lorsqu'un enregistrement des *Nocturnes* de Chopin eut

commencé à envahir les haut-parleurs et qu'une bougie eut été placée sur notre table). Il me semblait qu'il n'y avait aucun moyen de transcrire l'*amour* dans le mot A-M-O-U-R sans, en même temps, l'accompagner des associations d'idées les plus banales. J'avais besoin d'une identification avec l'A-M-O-U-R mais, en dépit de tous mes efforts, le mot était trop chargé d'annales étrangères. Tout le monde, depuis les troubadours jusqu'à *Casablanca*, avait misé sur ces lettres-là.

19. Sans doute reste-t-il toujours l'option d'une paresse émotionnelle, c'est-à-dire la possibilité de *citer*. J'aurais pu m'inspirer du *Dictionnaire de l'amour reçu* et de ses rubriques toutes préparées pour y trouver un reflet de l'humeur appropriée, toute gluante de mensonges et de caramel. Mais il y aurait eu là quelque chose de répugnant comme si j'étais allé dormir dans les draps plus ou moins sales de quelqu'un d'autre. N'était-ce pas pour moi un devoir de m'affirmer comme l'auteur de mon propre dialogue romantique? N'étais-je pas dans l'obligation d'inventer une déclaration digne de l'unicité de Chloé?

20. Il est toujours plus facile de citer autrui que de parler en son nom propre, plus facile de se servir de Shakespeare ou de Sinatra que de risquer d'endommager sa propre gorge enrouée. Nés dans l'univers du langage, nous nous conformons nécessairement à l'usage qu'en ont fait nos devanciers, nous imbriquant dans une histoire qui n'est pas la nôtre. Les amants qui s'imaginent avoir réinventé le monde grâce à leur amour sont inévitablement confrontés à une histoire antérieure à leur union (que ce soit la leur ou celle de la société). Chacun de mes gestes de tendresse avait un anniversaire qui antidatait Chloé —

il y avait toujours eu d'autres anniversaires. Il n'y avait plus de place pour une déclaration virginale (la Chloé de douze ans, près du lac, était déjà personnellement concernée, ne fût-ce que par un effet de télévision). Tel l'acte d'amour lui-même sa simple évocation verbale faisait réapparaître en moi une trace de toutes les femmes avec qui j'avais pu coucher.

21. Il y avait donc partout des bribes d'autrui. Dans ma nourriture comme dans mes pensées se glissait une altérité. Alors que je ne souhaitais la présence que de la seule Chloé, je me sentais incestueusement imprégné de culture générale : *un homme et une femme, des amants, une célébration d'anniversaire dans un restaurant chinois, une soirée dans le monde occidental, aux alentours de la fin du XXe siècle*. Je me heurtais de manière déconcertante aux mondanités de ma flagrante singularité − en tenant la main de Chloé, en me disant que je l'aimais. Je comprenais à présent pourquoi elle avait horreur des anniversaires, de cette insertion arbitraire dans la courroie de transmission de la culture. Mon désir me poussait à abandonner le linéaire et à me mettre en quête de la métaphore. Mon message n'effectuerait jamais le voyage à travers l'A-M-O-U-R. Il lui faudrait chercher un autre mode de transport, un bateau peut-être difforme, élongé ou recroquevillé, ou même invisible, ne représentant point *la chose* de manière à mieux capter son mystère : l'amour tel le Dieu des Hébreux ?

22. C'est alors que je remarquai, offerts par la maison, des petits sucres d'orge dans une assiette près du coude de Chloé. Et, de manière inexplicable d'un point de vue sémantique, l'idée m'apparut avec clarté que je la sucre

d'orgeais beaucoup plus que je ne l'aimais. Que pouvait-il bien y avoir dans ces bonbons pour qu'ils fussent à ce point imprégnés de mes sentiments à l'égard de Chloé, je ne le saurai jamais, mais le vocable me parut s'être identifié à l'essence de mon état amoureux avec une précision que le mot « amour », usé jusqu'à la corde, ne pouvait espérer atteindre. Et, de manière plus inexplicable encore, lorsque je pris la main de Chloé et, lançant un clin d'œil de connivence à Bogart et à Roméo, lui dis que j'avais quelque chose d'extrêmement important à lui confesser, à savoir que je la sucre d'orgeais, elle parut comprendre parfaitement et me répondit que c'était la plus belle chose qu'on lui eût jamais dite de sa vie.

23. Et, à partir de là, l'amour – pour Chloé et moi du moins – ne fut plus simplement l'*amour* mais cet objet sucré de quelques millimètres de diamètre, qui, délicieusement, vous fond dans la bouche.

CHAPITRE ONZE

Qu'est-ce que tu lui trouves?

1. L'été vola vers nous dans la première semaine de juin, transformant Londres en une cité méditerranéenne, arrachant les gens à leur maison et à leur travail pour les jeter dans les parcs et sur les places. La canicule se trouva coïncider avec l'arrivée d'un nouveau collègue, un architecte américain, dont nous nous étions assuré les services pour six mois. Nous lui avions proposé de coopérer avec nous à la construction d'un complexe de bureaux près de Waterloo.

2. « On m'avait dit qu'il pleuvait tous les jours à Londres — et regarde-moi ça! » me dit Will un jour où nous déjeunions ensemble dans un restaurant de Covent Garden. « Incroyable! Et je n'ai amené avec moi que des pull-overs!

— Ne t'inquiète pas, Will. On trouve aussi des T-shirts chez nous. »

J'avais fait la connaissance de William Knott cinq ans auparavant, à l'occasion d'un trimestre passé en commun à la *School of Design* de Rhode Island. C'était une espèce de

géant dont le bronzage perpétuel et le sourire intrépide faisaient penser à un explorateur. Après avoir terminé ses études
à Berkeley, il avait amorcé une très belle carrière sur la
côte ouest où on le considérait comme l'un des architectes
les plus intelligents et les plus novateurs de sa génération.

3. « Alors, raconte-moi, tu as quelqu'un dans ta vie?
me demanda Will comme nous prenions notre café. Tu
n'es plus avec cette, cette... comment s'appelait-elle déjà?

— Non, non, c'est de l'histoire ancienne. Aujourd'hui,
c'est sérieux.

— Ah, bravo! Explique-moi ça.

— Le plus simple serait que tu viennes dîner à la maison.
Tu ferais sa connaissance.

— Avec joie! Et, dis-moi, comment est-elle?

— Elle s'appelle Chloé, elle a vingt-quatre ans. Elle est
styliste, elle est intelligente, belle, très drôle.

— Formidable!

— Et toi, où en es-tu?

— Oh, rien de très intéressant. Je fréquentais une fille,
une ancienne de l'université de Los Angeles, mais on se
montait un peu sur les pieds et on a fini par, en quelque
sorte, tirer la corde du parachute en même temps. On
n'était pas partis pour le Grand Amour alors, ma foi...
Mais dis-m'en davantage sur ta Chloé. Qu'est-ce que tu
lui trouves? »

4. *Qu'est-ce que je lui trouvais?* La question me revint
à l'esprit plus tard dans la journée dans un supermarché
alors que je regardais Chloé debout à la caisse, admirant
la manière dont elle enfournait ses emplettes dans un sac
en plastique. Le charme que je découvrais dans ces mou-

vements anodins reflétait à coup sûr mon empressement à voir dans ses moindres faits et gestes la preuve incontestable qu'elle était parfaite. *Qu'est-ce que je lui trouvais?* A peu près tout.

5. L'espace d'un instant, je rêvai d'être métamorphosé en carton de yaourt afin de bénéficier, moi aussi, du soin attentif et caressant avec lequel elle glissait dans son sac à provisions une boîte de thon et une bouteille d'huile d'olive. Seule l'atmosphère incongrûment prosaïque du magasin (« Cette semaine, promotion sur le foie ») pouvait encore m'empêcher de sombrer définitivement dans une espèce de pathologie romantique.

6. De retour à la voiture je complimentai Chloé pour l'élégance adorable avec laquelle elle s'était acquittée de ses achats d'épicerie.

« Ne sois pas idiot! me dit-elle. Pourrais-tu ouvrir le coffre? Les clefs sont dans mon sac. »

7. Trouver du charme aux endroits les plus inattendus revient à refuser de se laisser ensorceler par la banalité. Il est relativement facile de trouver du charme à de beaux yeux ou aux contours d'une bouche bien dessinée. Mais comme il est plus malaisé d'en trouver aux gestes de la main d'une femme franchissant la caisse d'un supermarché! Les petites manières de Chloé étaient le signe d'une perfection plus vaste, que seul un amant était à même de percevoir. Elles étaient comme les aspérités de la surface d'un iceberg, comme l'indication de ce qui était immergé. Ne fallait-il pas un amant pour apprécier leur valeur réelle – une valeur qui, naturellement, eût paru insignifiante à un observateur moins curieux, moins épris?

8. Et pourtant, je restai pensif pendant le retour en voiture à la maison, à l'heure de pointe du soir. Mon amour commença à se poser des questions. Que conclure si ce que je trouvais, moi, être l'un des charmes de Chloé lui paraissait, à elle, ne pas avoir de rapport étroit, ou pertinent, avec son moi profond? Apercevais-je en Chloé des choses qui, en fait, ne lui appartenaient pas? Je considérai l'incurvation de ses épaules et la façon dont une mèche de ses cheveux s'était coincée dans l'appuie-tête de son siège. Elle se tourna vers moi et me sourit, de telle sorte que l'espace d'un instant je pus apercevoir l'interstice entre ses dents de devant. Dans quelle mesure mon amante sensible et éthérée existait-elle chez ma passagère?

9. L'amour révèle sa folie quand il refuse de reconnaître la *normalité* inhérente à l'être chéri. D'où l'effet de lassitude que provoquent les amants chez ceux qui se tiennent dans la coulisse. Que voient ceux-ci en notre partenaire sinon, tout simplement, un être humain de plus? J'avais souvent essayé de faire partager mon enthousiasme pour Chloé par des amis avec lesquels, dans le passé, je m'étais trouvé en communauté d'idées à propos de films, de livres et de politique, mais qui, à présent, me regardaient avec la séculière perplexité d'athées confrontés à une ferveur messianique. Après leur avoir, pour la énième fois, raconté l'histoire de Chloé au pressing, ou de Chloé et moi au cinéma, ou de Chloé et moi commandant une pizza par téléphone (tout ce fatras où il n'y a ni intrigue, ni encore moins d'action, où il y a seulement un personnage central au cœur d'un récit quasiment immobile), j'étais bien forcé de reconnaître que l'amour est une poursuite solitaire,

dont la signification ne peut être comprise, au mieux, que par une seule autre personne : celle que nous aimons.

10. C'est une bien mince frontière que celle qui sépare l'amour du fantasme, d'un credo étranger à toute réalité extérieure, d'une obsession essentiellement privée et narcissique. Il n'y avait, à l'évidence, rien d'intimement digne d'amour dans la façon dont Chloé empaquetait ses emplettes épicières. L'amour n'était là que parce que j'avais décidé d'en parer ses gestes, des gestes qui auraient pu être interprétés très différemment par d'autres clients faisant la queue avec nous. Un être humain n'est jamais bon ou mauvais *per se*, ce qui revient à dire que l'amour, ou la haine, dont on l'investit a nécessairement une base subjective et peut-être illusoire. Je me rappelai que la question posée par Will avait établi une distinction entre les qualités intrinsèques d'une personne et celles que croit voir en elle son amant. Car il ne m'avait pas demandé *qui* était Chloé (comment un amant aurait-il pu répondre objectivement?) mais *ce que je lui trouvais* – appréciation infiniment plus subjective et, qui sait? indigne de créance.

11. Peu après la mort de son frère aîné, Chloé (qui venait tout juste de fêter son huitième anniversaire) traversa une période profondément philosophique. « Je commençai à tout mettre en doute, m'avait-elle dit. Je voulais comprendre ce que c'est que la mort – de quoi changer n'importe qui en philosophe! » L'une de ses grandes obsessions, à laquelle on continuait encore de faire des allusions dans la famille, relevait de considérations bien connues des lecteurs de Descartes et de Berkeley. Chloé posait sa main sur ses yeux et expliquait à ses parents que son frère était toujours vivant puisqu'elle le voyait

par la pensée exactement comme elle les voyait, eux. Comment pouvaient-ils lui dire qu'il était mort si elle le voyait dans sa tête ? Puis, poussant plus avant son défi à la réalité et mue également par les sentiments qu'elle éprouvait à leur égard, elle leur déclarait (avec le rire sarcastique d'une enfant de cet âge confrontée à ses pulsions hostiles) qu'elle serait parfaitement capable de les tuer en fermant les yeux et de ne plus jamais penser à eux − projet qui, soyons-en assurés, lui attirait une réponse légitimement peu philosophique.

12. L'amour et la mort suscitent, presque spontanément, des interrogations relevant à la fois d'un vœu intime et de la réalité extérieure, l'amour nous poussant à croire en sa réalité objective, la mort en son absence. Quoi (et qui) que pût être Chloé, n'étais-je pas en mesure de fermer les yeux et de m'imaginer que ma perception était réelle, que ce que je lui trouvais était bien là, quoi qu'elles en puissent penser, elle et la cohue du supermarché ?

13. Le solipsisme, néanmoins, a ses limites. Mes visions de Chloé étaient-elles conformes à la réalité ou avais-je perdu toute capacité de jugement ? A coup sûr elle me *semblait* digne de mon amour, mais l'était-elle, en fait, autant que je le pensais ? On retrouvait là le vieux problème de la couleur. Le bus peut nous *paraître* rouge mais l'est-il en − et par − essence ? Quand, quelques semaines plus tard, Will fit la connaissance de Chloé, il eut certainement un doute que, bien entendu, il gardait pour lui mais qui se lisait à livre ouvert dans son comportement et dans la manière dont, le lendemain, il me déclara que, pour un Californien, les Anglaises, naturellement, étaient « spéciales ».

14. Pour être tout à fait honnête, Chloé, de temps à autre, m'incitait d'elle-même au doute. Je me rappelle un soir où nous étions installés chez moi dans le salon. Elle lisait tout en écoutant en même temps que moi une cantate de Bach que j'avais mise en route sur la platine de l'appareil. La musique faisait penser à des feux célestes, à des bénédictions divines et à des compagnons bien-aimés, cependant que le visage de Chloé, las mais heureux, baigné dans un rayon de lumière traversant, depuis la lampe du bureau, la pièce assombrie, me donnait l'impression d'être celui d'un ange, un ange qui se fût ingénié à prétendre (en faisant un saut jusqu'au supermarché ou au bureau de poste) être un simple mortel dont l'esprit surabondait en pensées éminemment délicates, subtiles, divines.

15. Parce que, seul, le corps est accessible au regard, l'espoir d'un amant éperdument épris est que l'âme soit fidèle à son enveloppe, l'espoir que le corps possède une âme appropriée, que ce que l'épiderme *représente* soit conforme à ce qu'il *est*. Je n'aimais pas Chloé *pour* son corps, j'aimais son corps pour la promesse de ce qu'elle était vraiment. Une promesse proprement exaltante.

16. Et si, pourtant, son visage n'avait été qu'un *trompe-l'œil* *, un masque, une simple surface recouvrant un intérieur vide? Pour en revenir à la distinction implicite de Will, n'étais-je pas en train d'attribuer à Chloé des qualités absentes? Je savais pertinemment qu'il existe des visages capables de suggérer des dons qu'ils ne possèdent pas, qu'il y a des enfants dont les yeux expriment une sagesse qu'ils sont trop jeunes pour avoir acquise. *« Avec la quarantaine chacun a le visage qu'il mérite »*, a écrit

George Orwell. Mais est-ce là une vérité foncière ou bien n'est-ce pas simplement un mythe réconfortant, aussi réconfortant dans le domaine de l'aspect facial que dans celui des sphères économiques, à savoir une croyance en une forme de justice naturelle? Admettre ce mythe reviendrait à affronter la terrible loterie faciale de la nature et, par là même, à renoncer à notre croyance en un visage donné par Dieu! (ou, du moins, donné *significativement*).

17. L'amant, de sa place près de la caisse du super-marché ou dans le salon de son appartement, observe l'aimée et commence à rêver, à interpréter son visage et ses gestes, s'efforçant d'y trouver quelque chose de supra-terrestre, de parfait, d'ensorcelé. Il (ou elle) note la façon dont l'adoré(e) emballe une boîte de thon ou verse le thé, pour y puiser les ingrédients d'un songe. La vie, pourtant, ne le contraint-il (ne la contraint-elle) pas à avoir le sommeil léger, à être toujours prêt(e) à s'éveiller à des réalités plus terre à terre?

18. « Pourrais-tu arrêter ces impossibles flonflons? » dit tout à coup l'ange.

« Quels impossibles flonflons?

— La musique, voyons!

— C'est du Bach!

— Je sais, mais c'est tellement gnangnan! Je n'arrive pas à me concentrer sur *Cosmo*. »

19. Est-ce que, vraiment, c'est *elle* que j'aime? me demandai-je en regardant à nouveau Chloé en train de lire sur le divan à l'autre bout de la pièce, ou bien est-ce seulement une idée qui s'agglutine autour de sa bouche, de ses yeux, de son visage? En identifiant son expression

à la totalité de son être n'étais-je pas plus ou moins coupable d'une métonymie erronée, la métonymie s'inscrivant ici à titre de symbole, d'attribut d'une entité substitué à l'identité elle-même? La couronne pour la monarchie, la roue pour la voiture, la Maison-Blanche pour le gouvernement des États-Unis, l'angélique expression de Chloé pour Chloé?

20. Dans le complexe de l'oasis l'homme assoiffé s'imagine voir de l'eau, des palmiers et de l'ombre, non point parce qu'il a des preuves pour le croire mais parce qu'il en a besoin. Les attentes désespérées provoquent une image hallucinatoire de leur réalisation. La soif fait voir de l'eau, le désir d'amour fait voir l'homme idéal (ou la femme). Le complexe de l'oasis n'est jamais une illusion totale. L'homme dans le désert voit vraiment *quelque* chose à l'horizon. Simplement les palmiers sont flétris, le puits est à sec et l'endroit infesté de sauterelles.

21. N'étais-je pas victime d'une illusion semblable, seul dans le salon avec une femme dont le visage me donnait à croire qu'elle écrivait *La Divine Comédie* alors qu'elle voulait se plonger dans la rubrique astrologie de *Cosmopolitan*?

CHAPITRE DOUZE

Le scepticisme et la foi

1. Contrairement à l'histoire de l'amour, l'histoire de la philosophie témoigne d'un souci constant de la discordance entre l'apparence et la réalité. « Je crois voir un arbre au-dehors, murmure le philosophe, mais n'est-il pas possible qu'il s'agisse seulement d'une illusion d'optique de ma rétine? » « Je crois voir ma femme, murmure le philosophe, mais n'est-il pas possible, ajoute-t-il avec un rien d'optimisme, qu'elle aussi soit une illusion d'optique! »

2. Les philosophes ont tendance à limiter le doute épistémologique à l'existence de tables, de chaises, de cours de collèges à Cambridge et à une éventuelle épouse importune. Mais étendre ces questions à des choses qui nous importent vraiment, à l'amour par exemple, revient à évoquer l'inquiétante possibilité que l'être aimé ne soit qu'un fantasme subjectif sans grand rapport avec la réalité extérieure.

3. Le doute est aisé quand il ne s'agit pas d'un problème de survie. Nous sommes sceptiques dans la mesure où nous pouvons l'être et il est plus facile de l'être quand nous traitons d'affaires qui ne sont pas de première nécessité pour notre existence. S'il est aisé de douter de la réalité d'une table, c'est l'enfer lorsqu'il s'agit de la légitimité de l'être aimé.

4. A l'aube de la pensée philosophique de l'Occident, le passage de l'ignorance à la connaissance se voit comparer par Platon à un glorieux voyage nous conduisant d'une caverne enténébrée à la lumière d'un soleil resplendissant. Les hommes, explique-t-il, sont nés incapables de percevoir la réalité. Ce sont en quelque sorte des troglodytes qui confondent l'ombre des objets projetée sur les parois de la caverne avec ces objets eux-mêmes. Ce n'est qu'au prix d'un grand effort que les illusions peuvent être dissipées et que le voyage s'accomplit, menant des ombres de la caverne au grand soleil, là où l'obscurité se dissipe, et les choses peuvent enfin apparaître en tant que telles. Comme toujours dans les allégories, la présente fable est assortie d'une morale, à savoir que le vœu de connaître la vérité devrait s'identifier à la signification même de la vie des êtres humains.

5. Il va se passer vingt-trois siècles ou quelque, avant que l'hypothèse socratique des effets bénéfiques de ce transfert de l'illusion à la connaissance soit combattu, non tellement d'un point de vue purement épistémologique mais sous un angle moral. Chacun, sans doute, avait, d'Aristote à Kant, critiqué chez Platon la manière d'atteindre la vérité mais personne n'avait véritablement mis en cause la *valeur* de l'entreprise. Ce n'est qu'avec *Au-*

delà du bien et du mal (1886) que Friedrich Nietzsche se décida à prendre le taureau par les cornes et à écrire :

> Qu'est-ce qui, en nous, se soucie vraiment de connaître la « vérité »?... Nous nous sommes demandé quelle était la valeur de ce désir. A supposer que nous aspirions à la vérité, pourquoi ne pas aspirer *plutôt* à la non-vérité? Et à l'incertitude, voire à l'ignorance?... La fausseté d'un jugement ne constitue pas nécessairement, selon nous, une objection à ce jugement... La question est de savoir jusqu'à quel point il fait progresser la vie, préserve la vie, préserve l'espèce, peut-être même engendre l'espèce. C'est pourquoi nous inclinons fondamentalement à affirmer que les jugements les plus faux... nous sont les plus indispensables... et qu'y renoncer serait renoncer à la vie, serait nier la vie.

6. D'un point de vue religieux la valeur de la vérité avait, bien évidemment, été mise sur la sellette plusieurs siècles auparavant. Pascal (1623-1662), ce janséniste bossu, avait dans ses *Pensées* évoqué la nécessité pour tout chrétien d'un choix entre l'horreur d'un univers sans Dieu et la bienheureuse, quoique infiniment plus problématique, alternative de la présence de Dieu. Bien que les chances fussent en faveur de l'inexistence de Dieu, Pascal défendait l'idée que notre foi en Dieu trouve suffisamment de justification dans le fait que les joies qu'elle apporte pèsent, en dépit de leur minceur, infiniment plus lourd que les horreurs — fussent-elles plus probables — de l'autre branche de l'alternative. Et sans doute en va-t-il de même avec l'amour. Les amants ne peuvent rester philosophes long-temps. Il leur faut céder à l'impulsion religieuse, laquelle

est faite de croyance et de foi, contrairement à l'impulsion philosophique qui se traduit par le doute et les remises en question. Il leur faut parier pour le risque *d'avoir tort et d'être amoureux* au lieu d'être *dans le doute et sans amour*.

7. Ces pensées m'occupaient l'esprit un soir où, assis sur le lit de Chloé, je jouais avec Guppy, son éléphant. Elle m'avait dit que celui-ci avait tenu une place énorme dans son enfance. C'était un personnage aussi réel que les membres de sa famille et nettement plus compréhensif. Il avait ses habitudes bien ancrées, ses aliments préférés, sa manière à lui de dormir et de parler et pourtant, d'un point de vue moins passionnel, il est évident qu'il était entièrement la création de Chloé et qu'il n'avait d'autre réalité que celle que lui prêtait l'imagination de cette dernière. Mais, si quelque chose avait pu causer un désastre dans les relations de Chloé avec son éléphant, ç'aurait été de lui demander si, oui ou non, l'animal existait réellement. *Ce petit objet en peluche vit-il indépendamment de toi, ou ne l'as-tu pas inventé?* Et il m'était apparu qu'une discrétion du même ordre devrait probablement s'appliquer aux amants et à leurs bien-aimées, bref qu'il ne devrait jamais être permis de leur demander : *Cette personne bouffie d'amour existe-t-elle vraiment, ou te contentes-tu de l'imaginer?*

8. Les annales de la médecine nous rapportent l'histoire d'un homme qui, bizarrement, se prenait pour un œuf sur le plat. Personne ne savait quand et où cette idée avait bien pu lui passer par la tête mais ce qu'il y a de sûr c'est qu'il refusait de s'asseoir de peur de « se casser » et de « répandre le jaune ». Ses médecins lui avaient prescrit des sédatifs et d'autres médicaments pour apaiser ses

craintes, mais rien n'y faisait. Finalement l'un d'eux s'efforça de lire dans le cerveau du patient égaré et lui suggéra d'avoir toujours avec lui un toast qu'il lui serait loisible de poser sur tout siège où il lui plairait de s'asseoir et d'éviter ainsi un débordement. A partir de là, le malheureux ne sortit plus jamais sans un toast à portée de la main et réussit de la sorte à mener une existence plus ou moins normale.

9. A quoi rime cette histoire? Elle n'a d'autre objet que de montrer que, bien que l'on puisse être victime d'une illusion (l'amour, l'idée qu'on est un œuf sur le plat), tout peut s'arranger si l'on en découvre la contrepartie (une amante comme Chloé, victime elle aussi d'une semblable illusion; un toast portatif). Les illusions ne sont pas mauvaises par elles-mêmes, elles ne le sont que si l'on est seul à y croire, si l'on est incapable de créer un environnement où elles deviennent supportables. Aussi longtemps que Chloé et moi parviendrions à croire en cette infiniment précaire bulle de savon qu'on appelle l'amour, qu'est-ce que ça pouvait bien nous faire que le bus soit rouge ou pas?

CHAPITRE TREIZE

De l'intimité

1. Tout en regardant un morceau de sucre se dissoudre
dans une tasse d'infusion de camomille, Chloé – sur
laquelle je comptais pour donner une signification à mon
existence – remarqua soudain : « Si nous ne pouvons pas
vivre sous le même toit, c'est entièrement mon problème.
C'est une nécessité pour moi d'être indépendante, autrement je craque. Ce n'est pas seulement une question de
porte fermée ou non, c'est une affaire psychologique, une
affaire de tripes. Ne va pas croire que je ne tiens pas à
toi. Au contraire j'ai peur de m'apercevoir que je tiens
uniquement à toi et qu'il ne me reste rien pour moi-
même. Pardonne-moi donc cet aspect de mon sacré bon
dieu d'égoïsme, mais je crois bien que je suis condamnée
à être à tout jamais la " dame au sac ". »

2. La première fois où j'avais vu le sac de Chloé, c'était
à l'aéroport de Heathrow : un joli cylindre rose vif agrémenté d'une bandoulière vert fluo. Elle le portait quand
elle était venue, la première fois, passer la nuit chez moi,

s'excusant de ses couleurs agressives et m'expliquant qu'elle y avait mis une brosse à dents et des vêtements de rechange pour le lendemain. J'en avais conclu que le sac serait une commodité temporaire, utile tant qu'elle ne se sentirait pas assez à l'aise avec moi pour considérer sa brosse à dents et ses vêtements comme à leur place dans mon appartement. Mais elle n'avait jamais renoncé au sac. Chaque matin elle le remplissait comme si c'était la dernière fois que nous devions nous rencontrer, comme si le fait de laisser derrière elle ne fût-ce qu'une paire de boucles d'oreilles eût entraîné un risque insoutenable d'autodissolution.

3. Elle parlait souvent de dissolution – de dissolution dans la cohue du métro matinal ou dans sa famille ou encore au milieu de ses collègues et, implicitement, par voie de conséquence, dans son amant. Cela donnait tout son sens au sac, à ce symbole de sa liberté, de son indépendance, de son vœu de se ressaisir et de recouvrer les parcelles d'elle-même dispersées chez les autres.

4. Quelle que fût, cependant, son habileté en matière de bagages, Chloé n'en vint pas moins, avec le passage du temps, à laisser deux ou trois babioles derrière elle. Non plus des brosses à dents ou des paires de chaussures mais des émanations d'elle-même. Cela commença par le biais du langage, avec une Chloé me communiquant sa façon de dire « pas toujours » au lieu de « jamais », ou de souligner le « a » de « avant » ou de me chuchoter « bisous » avant de raccrocher au téléphone. Puis ce fut son tour de m'emprunter mon « parfait » ou mon « si tu le penses vraiment ». Et ensuite ce furent des manières d'être qui s'infiltrèrent entre nous. J'adoptai le besoin de Chloé de

dormir dans une obscurité totale; elle, ma façon de plier le journal. Je me mis à tourner en rond autour du divan quand une idée me tracassait; elle prit goût à ma manie de m'allonger sur le tapis.

5. Cette perfusion graduée apporta avec elle une dose spéciale d'intimité, un état dans lequel les frontières n'étaient plus contrôlées par des patrouilleurs aux aguets mais s'ouvraient librement au passage des molécules browniennes. Le corps ne sentait plus le regard de l'autre posé sur lui. Chloé lisait, couchée tranquillement, glissait un doigt dans sa narine pour la déboucher, s'emparait de sa trouvaille pour la rouler en boule jusqu'à ce qu'elle fût bien sèche et dure et puis l'avalait d'un seul coup. Nos relations avec le corps s'étendaient au-delà du sexe. Il nous arrivait d'être couchés l'un près de l'autre absolument nus par une chaude nuit d'été et de ne même pas prêter attention à notre état de nature. Il nous était permis de prendre le risque d'intervalles de mutisme car nous n'étions plus des bavards paranoïaques inquiets de laisser tomber la conversation de peur que la tranquillité ne devînt infidèle (*Que peut-elle bien penser de* moi *dans ce silence?*). Nous en étions venus à avoir confiance en nous-mêmes à travers l'esprit de l'autre, ce qui rendait archaïque, par crainte du contraire, tout effort de séduction.

6. L'intimité nous apporta aussi une grande richesse d'informations sur l'aspect *romanesque* de l'existence par opposition à son aspect *philosophique* : l'odeur de la peau de Chloé après la douche, le son de sa voix quand elle parlait au téléphone dans la pièce à côté, les borborygmes de son estomac quand elle était affamée, son expression avant d'éternuer, la forme de ses yeux quand elle s'éveil-

lait, la façon dont elle secouait son parapluie mouillé, le crissement d'une brosse dans ses cheveux.

7. N'ignorant plus rien des caractéristiques de l'autre, nous éprouvâmes le besoin de nous rebaptiser. L'amour nous trouve nantis d'un nom qu'il n'a pas inventé, un nom que nous ont donné nos parents à notre naissance et qui a été officialisé par les passeports et les registres de l'état civil. En raison de l'unicité que l'amant découvre chez l'autre, n'est-il pas naturel qu'il souhaite lui attribuer une appellation (fût-ce obliquement) dont les tiers ne se serviront pas? Alors que Chloé était Chloé pour ses collègues, elle était connue de moi (pour des motifs que nous ne comprîmes jamais, pas plus elle que moi) sous la dénomination de Tidge. En ce qui me concerne, et parce que je l'avais amusée, un jour, en évoquant la mélancolie des intellectuels allemands, je me vis qualifier (peut-être moins mystérieusement) de Weltschmerz. L'importance de ces surnoms ne tenait pas à une spécificité particulière (nous aurions aussi bien pu finir par nous appeler Pwitt et Tic) mais au fait que nous avions souhaité nous rénover réciproquement. Tidge impliquait une connaissance de Chloé que l'employé de banque ne pouvait avoir (une connaissance de sa peau quand elle sortait de la douche ou du bruit de la brosse qui courait dans ses cheveux). Alors que « Chloé » relevait de l'état civil, Tidge dépassait l'univers politique pour pénétrer dans le royaume plus fluide et encore plus unique de l'amour. C'était une victoire sur le passé, un symbole du re-baptême et de la renaissance dus à l'amour. *Je t'ai trouvée avec un nom donné*, dit l'amant, *mais je te renomme afin d'étiqueter la différence entre celle que tu es pour moi et celle que tu es pour les autres. Tu peux t'appeler X sur ton lieu de travail*

*(dans l'espace politique) mais dans mon lit, et à tout jamais,
tu seras « Ma carotte ».*

8. Le jeu de l'invention des surnoms s'étendit peu à
peu à de nouveaux secteurs du langage. Alors que notre
dialogue ordinaire s'appliquait à une communication
directe (et supposait donc des intentions claires) notre
langage intime échappait à la loi, nous épargnant le besoin
d'une *direction* patente et constante. Il pouvait se permettre
de glisser dans l'illogisme et le ludisme, dans un abandon
au « courant de conscience », dans un éloignement de la
logique socratique au profit du carnavalesque, se muant
en une voix plutôt qu'en une communication. L'amour
était là pour interpréter l'expérience, pour apprécier la
frontière entre le dit et le non-dit, l'exprimable et l'inexprimable (l'amour en tant que volonté d'élargir la perception des choses jusqu'à inclure les pensées à demi
formulées de l'autre). C'était la différence entre un gri-
bouillis machinal et un projet architectural : le gribouilleur
n'a pas besoin de savoir où le mène le crayon, il se plie
aux sautes de vent comme un cerf-volant. C'était la liberté
de ne pas avoir d'objectif en vue. On passait du lave-
vaisselle à Andy Warhol, à l'amidon, à la nationalité, aux
projets et aux distributeurs de pop-corn, au pénis, aux
accouchements prématurés, à l'infanticide, aux insecti-
cides, à la manière de sucer, de décoller, de donner des
baisers. La censure du langage avait disparu, il n'y avait
pas de risques de dérapages freudiens car nous n'étions
pas debout mais couchés dans le lit à bavarder en pleine
connaissance de cause. Tout pouvait être dit, c'est une
cacophonie polyvalente d'idées, un intertexte. Nous avions
librement renoncé à nos prérogatives d'auteur, nous échan-
gions nos accents et allions même jusqu'à en perdre l'usage

pour prendre ceux des politiciens et des stars de la musique pop, nordiste ou sudiste. A la différence des grammairiens pointilleux, nous commencions une phrase sans être sûrs de la mener à son terme, mais certains que nous serions sauvés de notre insuffisance verbale par l'autre qui surgirait à point pour rattraper le jeu et amarrer le ponton au pilier suivant.

9. L'intimité n'avait pas détruit la coupure moi/l'autre. Celle-ci s'était simplement déplacée vers l'extérieur du couple. L'altérité se situait maintenant au-delà de la porte de l'appartement, confirmant par là même que l'amour (ainsi qu'on le subodore parfois) n'est jamais très éloigné de la conspiration. Les jugements privés s'étaient fondus en un jury à deux, les menaces venues de l'extérieur se répartissaient équitablement sur un lit singulier. Bref, on potinait. Nos commérages n'étaient pas nécessairement acides. Ils résultaient davantage des conséquences fâcheuses d'une inaptitude à garder le sens de l'éthique dans les interactions banales, créant de la sorte un besoin d'aérer les mensonges accumulés. *C'est parce que je ne peux pas te parler de tel ou tel trait de ton caratère (parce que tu ne comprendrais pas ou que ça te ferait trop de peine) que j'en potinerai derrière ton dos avec quelqu'un d'autre qui, lui (ou elle), comprendra.* Chloé était devenue le reposoir final de mes opinions sur le monde. Des jugements que je portais sur des amis ou des collègues mais que je n'avais pas pu leur communiquer (ou bien encore que je m'étais efforcé de chasser de mon esprit comme étant inavouables) trouvaient à présent leur place dans une libre identité de vues avec Chloé. L'amour se nourrissait du partage de répulsions communes. *Nous abominons X, toi et moi,* se traduisait par *Nous nous aimons, toi et moi.* Amants, et

donc criminels, nous nous prouvions notre loyauté en nous communiquant au maximum notre déloyauté envers autrui.

10. Notre amour, s'il relevait sans doute de la conspiration, était pour le moins authentique. Nous nous réfugiions dans notre mutuelle compagnie pour rire à notre aise de notre mauvaise foi dans nos rencontres avec le monde officiel. Nous sortions de dîners d'apparat pour tourner en dérision le côté guindé de la cérémonie, parodiant les accents et les opinions de gens à qui nous avions poliment dit au revoir quelques minutes plus tôt. On se couchait et on s'amusait à ravaler l'autosatisfaction des parvenus du beau monde, réitérant les questions courtoises et la volée de réponses du rituel du dîner. Je réitérais au bénéfice de Chloé les interrogations que lui avait prodiguées à table le journaliste barbu et elle me répondait avec la même politesse, tout cela en me masturbant sous les draps cependant que, moi, j'agitais de haut en bas ma jambe entre ses cuisses. Et puis, soudain, je me révoltais en voyant l'endroit où était posée la main de Chloé et je l'interpellais avec hauteur : « *Puis-je vous demander, Madame, ce que vous êtes en train de faire avec mon honorable membre ?* » « *Mon cher Monsieur*, répliquait-elle, *l'honorable comportement dudit membre ne vous regarde en rien.* » Ou bien encore Chloé sautait en bas du lit pour me dire : « *Monsieur, filez sans demander votre reste. Vous avez dû vous tromper sur mon compte. Nous nous connaissons à peine... !* » A l'intérieur de l'espace créé par notre intimité le décorum des bonnes manières était réinterprété dans un climat cette fois comique, telle une tragédie que reprendraient les acteurs dans la coulisse — celui qui vient de jouer Hamlet empoignant Gertrude après la représentation

et lui criant depuis sa loge : « *Viens un peu ici, que je te baise, ma mère !* »

11. Mais notre calendrier intime ne se contentait pas d'être vécu et perdu, il se convertissait en l'histoire que Chloé et moi nous racontions l'un à l'autre : le récit concentré de notre amour. L'amour, dont les racines plongent dans la tradition épique, est nécessairement lié au conte (parler d'amour implique toujours une narration) et plus particulièrement au récit d'aventures – ponctué qu'il est, nettement, par un commencement, une fin, des objectifs, des échecs et des triomphes. Il n'y a pas de routinier « jour après jour » dans une épopée; une téléologie, bien au contraire, y pousse les personnages vers l'avant – faute de quoi le lecteur bâille et se tourne ailleurs. Paul et Virginie, Anna et Vronsky, Tarzan et Jane, tous tant qu'ils sont, se battent dans une joute inégale dont l'issue confirme et enrichit leur union. Perdus dans la jungle ou sur un navire échoué ou au flanc d'une montagne, les couples épiques aux prises avec la nature ou la société prouvent la force de leur amour par la vigueur avec laquelle ils se jouent de l'adversité.

12. Dans une liaison moderne l'aventure perd de son hégémonie. Ce qui arrive ne peut plus être le reflet des états d'âme des personnages. Chloé et moi étions des modernes, des adeptes du monologue intérieur plutôt que des aventuriers. Le monde, de nos jours, a beaucoup perdu de son aptitude à la querelle romantique. Les parents sont indifférents, la jungle s'est acclimatée, la société cache sa désapprobation sous une tolérance universaliste, les restaurants sont ouverts jusqu'à une heure tardive, les cartes de crédit sont acceptées pratiquement partout et le sexe,

de crime qu'il était, est devenu un devoir. Et pourtant Chloé et moi gardions en commun une histoire – une histoire qui confirmait notre union (le poids du passé écrasant un présent bien souvent trop léger).

13. Notre histoire n'avait rien d'un *thriller,* notre importance se situant nettement ailleurs – ce qui nous permettait d'être unis par un jeu d'expériences vécues en commun. Qu'est-ce qu'une expérience? Quelque chose qui casse la routine de la politesse et, brièvement, nous permet d'observer ce qui nous entoure avec le surplus de sensitivité que nous apportent la nouveauté, le danger ou la beauté. Faire une expérience, c'est ouvrir tout grands les yeux et ce, d'une manière que nous interdit l'accoutumance. Et, si deux êtres ouvrent les yeux de cette manière et au même instant, nous pouvons alors nous attendre à ce que leur union se renforce. Deux personnes surprises par un lion dans une clairière de la jungle seront (si elles survivent) triangulairement encerclées par ce qu'elles auront vécu.

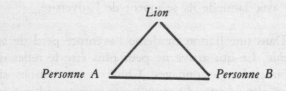

Figure 13.1

14. Chloé et moi ne fûmes jamais surpris par l'arrivée d'un lion mais nous ne manquâmes pas d'être confrontés à une légion de menues expériences citadines. Revenant, une nuit, d'une réception, nous tombâmes sur un cadavre.

Le corps gisait au coin de Charlwood Street et de Belgrave Road. C'était celui d'une femme qui nous donna d'abord l'impression de s'être allongée sur le trottoir pour dormir, peut-être parce qu'elle était ivre. On ne voyait pas de sang, ni de trace de lutte. Mais, alors que nous allions poursuivre notre chemin, Chloé remarqua un manche de couteau qui émergeait de l'estomac de la malheureuse. Comment peut-on s'imaginer connaître quelqu'un avant de l'avoir vu aux prises avec un cadavre? On se bouscula pour se pencher sur le corps. Chloé, alors, sur un ton mi-infirmière mi-maîtresse d'école, m'intima de ne pas regarder, déclara qu'il fallait appeler la police, prit le pouls de la victime (mais elle était déjà morte) et, avec grand soin, laissa tout en place exactement comme avant notre arrivée. J'étais confondu par son professionnalisme lorsque, au beau milieu de l'interrogatoire de la police et pendant des semaines et des semaines ultérieurement, elle fondit en sanglots incoercibles et ne parvint pas à chasser de son esprit l'image du manche du couteau. Ce fut un incident horrible mais qui, d'une certaine manière, nous rapprocha encore davantage. On passa le reste de la nuit sans pouvoir fermer l'œil, à boire du whisky dans mon appartement et à se raconter des histoires de plus en plus macabres et stupides, s'ingéniant à tenir les rôles de cadavre et de flic pour exorciser la terreur.

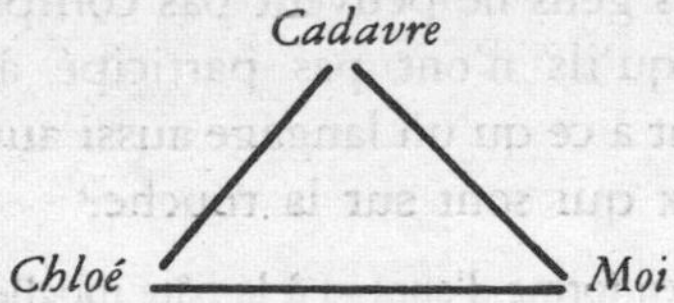

Figure 13.2

15. Quelques mois plus tard, nous étions chez un marchand de *bagels*[1] de Brick Lane lorsqu'un homme vêtu d'un élégant costume prince-de-galles, qui se trouvait juste derrière nous dans la file d'attente, passa à Chloé une feuille de papier froissée sur laquelle s'étalaient, en grosses lettres griffonnées à la hâte, les mots : « Je vous aime. » Chloé déplia la feuille de papier, avala sa salive en voyant ce qui était écrit puis se retourna pour dévisager l'auteur de la déclaration. Mais le type en question fit semblant de tout ignorer de l'incident, se contentant de regarder dans la rue avec toute la dignité de quelqu'un fringué dans un costume prince-de-galles. De telle sorte qu'avec autant d'innocence Chloé replia le bout de papier et le glissa dans sa poche. La bizarrerie de l'événement se traduisit, comme pour le cadavre mais avec plus d'alacrité, par l'apparition dans le cours de nos entretiens d'un nouveau leitmotiv : un nouvel épisode dans le déroulement de notre récit auquel nous fîmes dorénavant allusion sur le mode de la plaisanterie. Au restaurant, par exemple, il nous suffisait de nous transmettre en silence, avec autant de mystère que le bonhomme de la boutique de bagels, des petites notes sur lesquelles on pouvait lire par exemple : *Passez-moi le sel, s'il vous plaît.* Pour quiconque nous eût regardés, ç'aurait sûrement semblé bizarre et incompréhensible de nous voir ensuite nous tordre de rire. Mais n'est-ce point là l'essence des leitmotive? Ils renvoient à des faits que les gens ne peuvent pas comprendre pour la simple raison qu'ils n'ont pas participé à leur origine. Quoi d'étonnant à ce qu'un langage aussi autocirconstancié impatiente ceux qui sont sur la touche?

1. Petits pains en forme d'anneau à la pâte moelleuse et parfumée, très appréciés des communautés juives et qui font actuellement fureur dans les pays anglo-saxons. *(N. d. T.)*

16. Plus deux personnes deviennent intimes, et plus le langage qu'elles utilisent entre elles prend ses distances avec le discours ordinaire tel qu'il est défini par le dictionnaire. La familiarité crée un langage nouveau, un langage « maison » de pure connivence comportant des allusions à l'intrigue que les deux amants sont en train de façonner et qui échappe à la compréhension d'autrui – un langage évocateur de l'ensemble de leurs expériences en commun et recouvrant la totalité de l'histoire de leurs relations. C'est pour cette raison que les rapports entre amants ne ressemblent en aucune façon aux autres.

17. Il y eut encore beaucoup d'autres incidents revécus de concert. Des personnes que nous avions rencontrées, des événements que nous avions provoqués ou appris et auxquels nous nous référions, encouragés par notre héritage commun : le professeur dont nous avions fait la connaissance à un dîner et qui écrivait un ouvrage où il présentait l'épouse de Freud comme la véritable fondatrice de la psychanalyse, ou les habitudes californiennes, souvent comiques, de mon ami Will Knott, ou encore la petite girafe que nous avions achetée à Bath pour tenir compagnie sur le lit à l'éléphant de Chloé. Nous avions même rencontré dans le train une comptable qui nous avait avoué avoir toujours un revolver dans son sac à main.

18. De telles anecdotes, bien entendu, n'avaient pas d'intérêt général. La plupart d'entre elles n'avaient de sens que pour Chloé et pour moi, étant donné les associations subsidiaires qui les accompagnaient. Ces leitmotive n'en étaient pas moins importants en ce qu'ils nous donnaient le sentiment que nous n'étions pas des étrangers l'un pour l'autre, que nous avions vécu quelque chose qui en valait

la peine et que nous nous remémorions la signification
que nous lui avions, ensemble, attachée. Quelque légers
que pussent paraître ces leitmotive, ils faisaient office entre
nous de ciment. Le langage de l'intimité qu'ils nous
avaient aidé à forger nous rappelait que (sans avoir besoin
de nous frayer un chemin à travers la jungle, de tuer des
dragons ou de partager un appartement) nous avions, à
nous deux, créé un petit monde.

CHAPITRE QUATORZE

De l'ego-confirmation

1. Un dimanche soir de la mi-juillet nous étions assis dans un café de Portobello Road. Ç'avait été une belle journée, que nous avions passée en grande partie dans Hyde Park à nous bronzer et à lire des bouquins. Mais à partir de 17 heures environ j'avais commencé à sombrer dans la dépression. Il me venait comme une envie de rentrer à la maison et de me cacher sous les draps, m'en défendant seulement parce que je n'avais aucune raison de me cacher. Cela faisait longtemps que les dimanches soir m'attristaient, ils me rappelaient trop la mort, le travail en plan, la culpabilité et tout ce qu'on a perdu. Nous étions assis l'un près de l'autre, silencieux, Chloé plongée dans la lecture des journaux, moi dans le spectacle des voitures et des gens qui circulaient de l'autre côté de la vitre. Subitement elle se pencha vers moi, me donna un baiser et murmura : « Tu as encore ton petit air d'orphelin ! » Personne n'avait jamais employé cette expression à mon égard et pourtant, à peine Chloé avait-elle terminé, que je sentis, à l'instant même, qu'elle s'accom-

modait pleinement à la confuse tristesse qui m'envahissait
et qu'elle la soulageait. J'éprouvai, à cause de cette simple
remarque, un amour intense (et peut-être disproportionné)
pour celle qui avait compris ce que je ressentais mais étais
incapable de formuler moi-même, pour sa volonté de
pénétrer dans mon univers et de le matérialiser à mon
usage – une gratitude pour la manière dont elle avait
rappelé à l'orphelin sa condition d'orphelin et, par là,
l'avait ramené chez lui.

2. Peut-être est-il exact que nous n'existons vraiment
que si quelqu'un voit que nous existons, que nous ne
pouvons parler vraiment que si quelqu'un est là pour
comprendre ce que nous disons, qu'en essence nous ne
vivons pleinement que si quelqu'un nous aime.

3. Que faut-il entendre par la formule : « l'homme est
un animal social »? Simplement que les êtres humains ont
besoin de s'associer pour se définir et s'éveiller à la pleine
conscience d'eux-mêmes, d'une manière inconnue des mol-
lusques et des vers de terre. Nous ne pouvons accéder à
une idée juste de nous-mêmes que si des tiers sont là
pour nous indiquer où nous aboutissons et où d'autres
commencent. « On peut tout acquérir dans la solitude,
hormis le caractère », écrivait Stendhal, voulant dire par
là que la genèse du caractère se situe dans les réactions
d'autrui à notre personnalité. Parce que l'« ego » n'est pas
une structure intégrée, sa fluidité requiert les contours
fournis par autrui. J'ai besoin de quelqu'un qui prenne
en main mon histoire, quelqu'un qui me connaît aussi
bien, et parfois mieux, que moi-même.

4. Sans l'amour, nous perdons notre aptitude à posséder une identité propre ; avec l'amour, nous ne cessons d'affirmer notre moi. Il n'est pas étonnant que le regard de Dieu ait une telle importance dans la religion : être vu, c'est avoir l'assurance d'exister, surtout si l'on a affaire à un Dieu, ou à un partenaire qui vous *aime*. Notre présence est légitimée grâce aux yeux d'un être qui est pour nous (et pour lequel nous sommes) le centre de l'univers. Entourés d'individus qui, précisément, ne se rappellent pas *qui* nous sommes, des individus à qui nous racontons notre histoire en d'innombrables occasions et qui, pourtant, oublient en permanence combien de fois nous nous sommes mariés, combien d'enfants nous avons et si nous nous appelons Brad ou Bill, Catrina ou Catherine (et nous ne nous privons pas, d'ailleurs, de leur rendre la pareille), n'est-il pas réconfortant de nous sentir à même de trouver un refuge pour notre schizophrénie dans les bras de quelqu'un qui a fermement gravé dans son esprit notre identité ?

5. Ce n'est pas une simple coïncidence si (considérés sous l'angle de la sémantique) l'amour et l'intérêt sont pratiquement interchangeables — « *J'aime les papillons* » ayant à peu près le même sens que « *Je m'intéresse aux papillons* ». Aimer quelqu'un revient à s'intéresser beaucoup à lui et, en conséquence, à l'amener à saisir le sens de ce qu'il fait et de ce qu'il dit. Grâce à la compréhension qu'elle avait de mon caractère, le comportement de Chloé à mon égard s'imprégna peu à peu d'éléments de ce qu'on pourrait appeler une *ego-confirmation*. Au cœur même de son intuition de tant et tant de mes humeurs, de mes goûts, des choses qu'elle m'apprenait sur moi, de sa mémoire aussi de mes habitudes et de mes routines, pour

ne rien dire de son acceptation humoristique de mes phobies, se dissimulait une multitude de ces diverses *ego-confirmations* – l'amant jouant son rôle comme un gant qui restitue ses contours à la main. Chloé avait noté que j'étais hypocondriaque, que j'étais timide et avais horreur du téléphone, que mon besoin de dormir huit heures par jour tournait à l'obsession, que je détestais m'attarder après le repas dans les restaurants, que j'utilisais la politesse comme moyen de défense agressive et que je préférais dire « peut-être » que « oui » ou « non ». Elle me ressortait des formules que j'avais prononcées (« *La dernière fois, tu m'as dit que tu n'aimais pas ce genre de plaisanterie!* ») et elle témoignait de son appréciation de mon caractère en gardant en mémoire des éléments – bons ou mauvais – de mon récit (« *Tu perds le nord chaque fois que...* » « *Je n'ai jamais vu personne oublier de prendre de l'essence comme toi!* »). Je me trouvais pris dans un processus de maturation, né des révélations profondes que m'apportait sur ma propre nature la présence de Chloé. Il faut l'intimité avec un être cher pour mettre en évidence des traits de caractère dont les autres ne se soucient en aucune façon, des côtés de soi-même auxquels il est parfois difficile de se confronter. Il y avait des moments où Chloé me disait très franchement que je me tenais trop sur mes gardes ou que je me montrais critique, hostile, jaloux, puéril à pleurer et patati et patata – reproches d'ailleurs parfaitement justifiés! –, des moments où je me trouvais face à face avec des aspects de ma personnalité qu'un simple effort d'introspection (cela au bénéfice de l'harmonie interne) aurait contournés, que les gens de l'extérieur auraient été trop indifférents pour s'en soucier et qui ne pouvaient être mis en lumière que par l'honnêteté de la chambre à coucher.

6. L'amour semble avoir pour limites deux sortes de dissolution : vivre sous le regard de trop d'yeux et vivre sous le regard de trop peu. Chloé avait toujours pensé que le plus grand danger relevait du premier cas. Littéralement asphyxiée dans son enfance, elle avait attendu de l'âge adulte la possibilité d'échapper à la raideur que les yeux d'autrui imposaient à ses mouvements. Elle rêvait de vivre seule à la campagne dans une maison blanche et spacieuse avec de grandes fenêtres et presque pas de meubles – symbole de son évasion loin d'un monde dont les regards l'oppressaient et l'épuisaient. A dix-neuf ans elle avait tenté d'exaucer son vœu en partant pour l'Arizona. Elle s'y était installée dans une cabane à la lisière d'une petite ville où elle ne connaissait personne, à des milliers de kilomètres de chez elle. Pétrie de romantisme juvénile, elle avait apporté avec elle une valise bourrée de classiques qu'elle avait l'intention de lire et d'annoter en regardant le soleil se lever et se coucher sur un paysage lunaire et désertique. Mais, au bout de quelques semaines, elle avait commencé à s'apercevoir que la solitude, à laquelle elle aspirait depuis toujours, la désorientait, l'effrayait et lui paraissait irréelle. Le son de sa voix la troublait quand, tous les huit jours, elle se rendait à la supérette. Elle en était venue à se regarder longuement dans la glace pour conserver l'impression d'*être,* d'avoir des contours. Finalement, après seulement un mois, elle avait quitté la petite ville pour s'engager comme serveuse dans un restaurant de Phoenix, incapable qu'elle était de supporter l'« irréalité » qui s'était abattue sur elle. En arrivant à Phoenix, le contact avec la foule lui donna un choc énorme. Il lui était impossible de répondre à des questions aussi fondamentales que le genre de vie qu'elle avait voulu mener. Elle avait perdu toute sensation d'être

un « ego »; les expériences qu'elle venait de tenter semblaient être inaccessibles à toute formulation verbale.

7. Si l'amour nous renvoie notre reflet, la solitude, elle,
nous prive de l'usage d'un miroir et permet à notre
imagination d'interpréter comme elle l'entend la coupure
ou la tache que nous savons avoir sur le visage. Quelle
que puisse être l'étendue des dégâts, le miroir a, au moins,
l'avantage de nous renseigner sur nous-mêmes, de nous
fournir une esquisse définie grâce à laquelle il nous est
possible de tempérer l'envol illimité de notre fantaisie.
L'intuition que nous avons de notre ego n'étant pas auto-
engendrée, Chloé, dans son désert de l'Arizona, s'était
perdue dans le flou. Les contours de son caractère, trop
éloignés du regard d'autrui, s'étaient estompés; son imagination s'était emparée d'elle, la transformant en une
créature monstrueuse bouffie de paranoïa et d'illusions
comme il s'en produit dans des cas semblables. La réaction
d'autrui à notre conduite peut se comparer à un miroir
en ce sens qu'elle nous renvoie une image de nous-mêmes
qu'il nous est impossible de voir, nous. C'est pour cela que
les autres nous sont tellement indispensables : parce qu'ils
peuvent, eux, nous offrir quelque chose que nous sommes
impuissants à saisir seuls : la fuyante sensation de nos
frontières, de notre caractère propre. Qui suis-je si les
autres ne me soufflent pas la réponse? (Qui étais-je, si
Chloé ne me soufflait pas la bonne réponse?)

8. Il me fallut beaucoup de temps avant de pouvoir
appréhender Chloé en tant que *personnage,* de comprendre
le rôle qu'elle jouait dans sa propre histoire, l'histoire
qu'elle se racontait à propos d'elle-même. Ce n'est que
lentement que je commençai à extirper des millions de

mots qu'elle prononçait et des millions de mouvements que son corps exécutait les fils conducteurs qui couraient à travers elle, les points de rassemblement qui regroupaient ses multiplicités. Dans notre perception d'autrui nous sommes nécessairement dans l'obligation d'interpréter un tout en fonction de ses parties. Pour comprendre quelqu'un pleinement il nous faudrait théoriquement passer chaque minute de notre vie avec lui, *en lui*. Faute de quoi nous retomberons dans une routine de détectives et d'analystes (de psycho-détectives) reconstituant un tout en partant d'indices. Mais on arrive toujours trop tard. Après la scène initiale (celle du crime), et il nous faut alors reconstruire lentement le passé en partant de son sédiment. Comme lorsqu'on analyse un rêve, une fois qu'on s'est réveillé.

9. Dans mon effort pour comprendre Chloé j'étais comme un médecin palpant un corps pour en induire l'intériorité. J'étais obligé de travailler en surface alors que j'ambitionnais d'atteindre les profondeurs, de trouver la cause de ses accès de mauvaise humeur ou de haine ou de jubilation intenses et d'apprendre par là qui elle était. Mais tout cela prenait du temps et j'avais toujours l'impression d'arriver trop tard, de courir après une cible mobile. Pour prendre un exemple, il me fallut un long moment avant de percevoir l'importance éminemment révélatrice du penchant de Chloé à souffrir solitairement plutôt que de déranger qui que ce fût. Elle m'avoua un matin qu'elle avait été très malade au cours de la nuit — au point de se précipiter dans une pharmacie ouverte vingt-quatre heures sur vingt-quatre — et que, pendant tout ce temps-là, elle s'était bien gardée de me réveiller. Ma première réaction fut un mélange de colère et de

stupéfaction : pourquoi ne m'avait-elle rien dit? Nos rapports étaient-ils vraiment si éloignés qu'elle ne m'ait pas
appelé au secours en pleine crise? Mais mon irritation
(pur symptôme de jalousie) était simpliste. Elle ne tenait
pas compte de ce que j'allais apprendre peu à peu, à
savoir la tendance, profondément enracinée et généralisée,
de Chloé à s'accuser de tout et du reste, à se déchirer au
lieu de rendre coup pour coup, ou de réveiller qui que
ce fût. Il lui aurait fallu être aux portes de la mort pour
me déranger car tout en elle s'ingéniait à ne pas opérer
de transfert de responsabilités. Une fois que j'eus perçu
cette pente de sa nature, je compris qu'elle se manifestait
dans des myriades d'autres facettes de son comportement :
l'absence chez elle de ressentiment visible contre ses parents
(ressentiment qui ne faisait surface dans ses propos que
sous forme de sauvage ironie), son immense amour du
travail, sa propension à se dénigrer, sa sévérité à l'égard
des individus prompts à s'apitoyer sur eux-mêmes, son
sens du devoir et jusqu'à sa façon de pleurer (des sanglots
étouffés plutôt que d'hystériques glapissements).

10. Tel un ingénieur des télécommunications, je parvins à identifier les fils essentiels courant à travers l'em-
brouillamini macaronique d'un ego en état de marche. Je
commençai à isoler son horreur de la ladrerie chaque fois
que nous participions à un déjeuner en petit groupe au
restaurant, son empressement à payer pour tout le monde
plutôt que d'assister à une dispute pour une malheureuse
question d'argent. A isoler aussi son désir de ne pas être
prise au piège − le côté « évasion dans le désert » de sa
nature. J'admirai son omniprésente créativité visuelle
laquelle ne se manifestait pas seulement dans son travail
mais dans la façon dont elle mettait la table ou disposait

des fleurs dans un vase. Je commençai à détecter sa gaucherie avec les femmes et son aisance plus marquée avec les hommes. J'étais sensible à sa loyauté sans faille avec ceux qu'elle considérait comme ses amis, à son intuition de tout ce qui était clan et communauté. Par l'accumulation de ces traits caractéristiques, Chloé prenait peu à peu de la cohérence dans mon esprit. Je découvrais en elle un être qui tenait debout et dont on pouvait raisonnablement prévoir les réactions, une femme dont j'étais à même, maintenant, de savoir, sans le lui demander, ce qu'elle pensait d'un film ou d'un individu.

11. Mais servir de miroir à Chloé n'était pas toujours facile. Contrairement à l'objet véritable, le miroir métaphorique ne peut jamais rester passif. C'est un miroir actif qui est dans l'*obligation de trouver* l'image de l'autre. Il est aux aguets, il bat la campagne, il essaye de capter les dimensions d'une ombre mouvante, l'incroyable complexité d'un caractère étranger. C'est un miroir portatif, et la main qui le tient manque d'assurance. L'image qu'il souhaite découvrir est-elle vraiment celle qui existe? *Qu'est-ce que vous lui trouvez?* demande l'esprit au miroir. *Qu'est-ce que vous souhaitez lui trouver?* demande au miroir le cœur.

12. Le danger de l'*ego-confirmation* vient de ce que nous avons besoin des autres pour légitimer notre existence. Mais que, de ce fait, nous sommes à leur merci si nous voulons avoir une identité correcte. Si, comme le dit Stendhal, nous n'avons de caractère qu'en fonction des autres, dans ce cas l'autre avec lequel nous partageons notre lit se doit d'être un réflecteur exercé, faute de quoi nous nous retrouverons déformés. Que se passera-t-il si

celui (celle) qui nous aime est capable des méprises les plus grossières? S'il est susceptible de nous dénier une partie de nous-même par suite de l'indigence de son empathie? Et que penser du plus grand risque de tous? Les autres, par définition (parce que la glace du miroir n'est jamais parfaitement lisse), ne sont-ils pas en mesure, pour le meilleur et pour le pire, de nous défigurer?

13. Chacun de ceux que nous connaissons nous renvoie à une autre interprétation de notre nature en ce sens que nous devenons une parcelle de celui qu'il aperçoit en nous. On pourrait comparer l'ego à une amibe – dont les contours sont élastiques et, par voie de conséquence, s'adaptent à l'environnement. Non point que l'amibe manque de *dimensions*; simplement elle n'a pas de *forme* nettement définie. C'est mon penchant à l'absurdité qu'une personne ayant elle-même un penchant à l'absurde découvrira en moi, mais c'est mon côté sérieux qu'une personne sérieuse remarquera. Si quelqu'un me considère comme timide je finirai probablement par le devenir; si, aux yeux d'un autre, j'apparais comme amusant, je finirai sans doute par raconter de bonnes blagues. Le processus est circulaire :

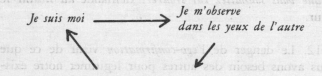

Figure 14.1

14. Chloé était venue déjeuner chez mes parents et elle était restée silencieuse pendant tout le repas. De retour à

la maison, je lui demandai ce qui n'avait pas marché. Elle était la première à ne pas comprendre ce qui avait bien pu se passer. Elle s'était efforcée de se montrer vive et intéressante mais les suspicions des deux étrangers qui lui faisaient face de l'autre côté de la table l'avaient empêchée d'être naturelle. Mes parents ne s'étaient rendus coupables d'aucune offense manifeste et cependant quelque chose dans leur attitude avait interdit à Chloé de dépasser le stade du monosyllabisme. C'était bien la preuve que l'étiquette que nous apposons sur autrui ne suit pas un processus particulièrement évident. La plupart des gens ne nous contraignent pas à jouer un rôle, ils se contentent de nous le suggérer par leurs réactions et, de ce fait, nous obligent avec beaucoup de douceur à ne pas sortir du monde qui nous a été assigné.

15. Quelques années auparavant, Chloé avait connu un professeur de l'université de Londres. Ce philosophe, qui était l'auteur de cinq ouvrages et écrivait dans de nombreuses revues savantes, lui avait laissé en héritage la conviction – gratuite – d'être totalement inadéquate sur le plan de l'intellect. Comment y était-il parvenu ? Là encore Chloé restait sans réponse. Sans jamais exprimer de vive voix son opinion, le susdit professeur avait réussi à façonner l'amibe en fonction de ses idées préconçues, à savoir que Chloé était une jeune et belle étudiante qui avait tout intérêt à lui confier le soin de perfectionner ses activités cérébrales. Et, comme s'il s'était agi de l'accomplissement d'une prophétie, Chloé avait commencé, sans s'en rendre compte, à se comporter selon le verdict – rendu à la manière d'une annotation de bulletin trimestriel par le docte professeur qui, je le répète, était l'auteur de cinq ouvrages et écrivait dans de nombreuses revues

savantes. Elle en était venue à se considérer comme aussi stupide qu'il s'ingéniait à le lui faire croire.

16. La chronologie signifie que l'enfant se voit toujours raconter son histoire en conformité avec les vues d'un tiers (« *Ah, quelle gosse finaude / laide / intelligente / stupide que cette petite Chloé !* ») avant qu'il n'ait assez grandi pour prendre en main son propre récit. Une sortie victorieuse de l'enfance pourrait s'interpréter comme une tentative réussie de rectification des idées fausses d'autrui, celles de nos parents, qui racontent notre histoire à notre place. Mais la lutte contre la fausse narration se poursuit bien au-delà de l'enfance. Un bourrage de crânes digne des grandes guerres s'emploie à déterminer qui nous sommes, un certain nombre de groupes de pression s'efforçant d'affirmer leur appréciation de la réalité, de se faire entendre en tant que conteurs. Et pourtant la réalité reste faussée, par jalousie haineuse ou par négligence et indifférence, ou alors par suite de notre propre aveuglement égocentrique. Le simple fait d'aimer implique un préjugé flagrant, une décision prise à la légère en vertu de laquelle quelqu'un devient un génie ou l'être le plus beau de la terre, et tout cela sur la base de bien peu de chose − une opinion vraiment très éloignée de la neutralité qu'exigerait la raison froide. Une distorsion agréable, mais quand même une distorsion. Chercher la confirmation de son moi dans les yeux d'autrui revient à se regarder dans les miroirs déformants d'une fête foraine. Quelqu'un de minuscule paraît soudain avoir trois mètres de haut, une femme mince devient énorme, l'obèse fond littéralement, il nous pousse un cou de girafe ou des pieds d'éléphant, un mauvais caractère ou une âme de saint, une intelligence souveraine ou une cervelle d'oiseau, de belles jambes longues ou pas

de jambes du tout. Tel Narcisse, nous voici destinés à une certaine déception en nous voyant reflétés dans les yeux limpides d'autrui. *Aucun œil n'est capable d'englober la totalité de notre « ego ».* Nous serons toujours hachés ici ou là, fatalement ou non.

17. Quand je m'ouvris à Chloé de cette idée que le caractère est comparable à une amibe, elle se mit à rire et me dit qu'étant écolière, ça lui plaisait beaucoup de dessiner des amibes. Puis elle se saisit d'un crayon :

« Tiens, passe-moi le journal! Je vais te montrer la différence entre la forme de mon ego-amibe quand je suis à mon travail et celle de mon ego-amibe quand je suis avec toi. » Elle dessina alors ce qui suit :

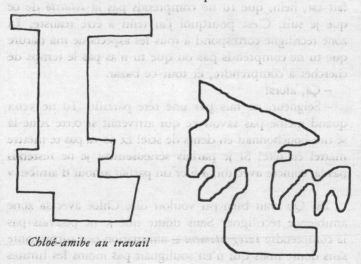

Chloé-amibe au travail

Chloé-amibe à la maison

Figure 14.2

« Qu'est-ce que c'est que toutes ces dents de scie? lui demandai-je.

— Oh, c'est parce que avec toi je peux me laisser aller.

— Quoi? Qu'est-ce que tu dis?

— Oh, tu comprends, toi, tu me donnes du champ. Je me sens plus compliquée qu'au bureau. Tu t'intéresses à moi et tu me comprends mieux, c'est pour ça que j'ai mis des dents de scie, ça fait plus naturel.

— Oui, je vois. Mais alors qu'est-ce que c'est que cette zone rectiligne?

— Où ça?

— Là-haut. Dans le secteur nord-est de l'amibe.

— Tu sais, je dois t'avouer que je n'ai jamais été forte en géographie. Ah oui, je vois ce que tu veux dire. Le fait est, hein, que tu ne comprends pas la *totalité* de ce que je suis. C'est pourquoi j'ai tenu à être réaliste. La zone rectiligne correspond à tous les aspects de ma nature que tu ne comprends pas ou que tu n'as pas le temps de chercher à comprendre, et tout ce bazar.

— Ça, alors!

— Seigneur, ne fais pas une tête pareille. Tu ne veux quand même pas savoir ce qui arriverait si cette zone-là se tire-bouchonnait en dents de scie! Et ne va pas te mettre martel en tête! Si je parlais sérieusement je ne resterais pas là, coincée avec toi, à filer un parfait amour d'amibe! »

18. Qu'avait bien pu vouloir dire Chloé avec sa zone amibienne rectiligne? Sans doute que je ne pouvais pas la comprendre *intégralement* — affirmation peu surprenante sans doute mais qui n'en soulignait pas moins les limites de l'empathie? En quoi mes efforts pouvaient-ils bien être défaillants? Était-ce parce que je ne réussissais à l'appréhender qu'en fonction de (ou corrélativement à) mes idées

toutes faites sur la nature humaine? Ma compréhension se bornait à une modification de ce que j'avais appris à attendre d'autrui, elle était nécessairement décantée par son passage à travers mes contacts antérieurs. Semblable en cela à un Européen qui eût cherché à se situer dans un paysage des montagnes Rocheuses en affirmant : « On se croirait en Suisse », j'aurais pu, par exemple, m'imaginer comprendre l'origine d'une des phases de dépression de Chloé en me disant : « C'est parce qu'elle ne se sent pas en forme... *comme ma sœur, le jour où...* » J'utilisais toute l'expérience que j'avais des hommes et des femmes à interpréter ses attitudes; je faisais appel à la totalité de ma perception — éminemment subjective et donc trompeuse — de la nature humaine laquelle, bien entendu, dépendait de ma biologie, de ma classe sociale, de mon pays et de ma psychobiographie.

19. On pourrait comparer le regard d'un amant à une brochette de barbecue. Par suite de la complexité de notre tempérament il se trouve que chaque amant picore certains éléments et en néglige d'autres. C'est ainsi que mon regard picorait (ou appréciait ou comprenait ou assimilait) ceux de Chloé que voici :

> > — *l'ironie — la couleur des yeux — l'interstice entre les deux dents de devant — l'intellect — les talents de pâtissière — les rapports avec sa mère — l'inquiétude sociale — la passion pour Beethoven — la haine de la paresse — l'amour de l'infusion de camomille — le rejet du snobisme — le faible pour les vêtements de laine — la claustrophobie — le besoin d'honnêteté —* >

Mais ce n'était pas là la totalité de son être. Si la brochette du barbecue avait été différente — et moi aussi — j'aurais pu accorder plus de place à

> > — son souci d'une nourriture saine — ses chevilles — son goût pour les marchés en plein air — son don pour les mathématiques — ses rapports avec son frère — son amour des boîtes de nuit — sa conception de Dieu — son enthousiasme pour le riz — pour Degas — pour les longues randonnées à la campagne — son refus d'écouter l'autoradio — son admiration pour l'architecture victorienne — >

20. Malgré toute l'attention que je portais aux complexités du caractère de Chloé, il y avait nécessairement des périodes de grand relâchement, des zones où je m'égarais, simplement par manque d'empathie ou de maturité. Je me rendais coupable de la plus inévitable (mais aussi la plus grande) déficience possible : celle de ne pouvoir participer à l'existence de Chloé qu'à titre d'outsider, d'imaginer sa vie antérieure sans jamais m'y intégrer vraiment. Nous étions séparés par la polarité Moi/Toi, le Moi et le non-Moi. Quelque proches que nous fussions l'un de l'autre, Chloé restait, en fin de compte, *un autre être humain,* avec tout le mystère et tout le recul qu'une telle expression implique (l'inévitable distance incluse dans la pensée qu'il nous faudra mourir seul).

21. Nous souhaitons connaître un amour sans limites définies et sans zones rectilignes, un amour où nous ne nous sentirons pas diminués. Nous éprouvons une répugnance morbide à la pensée d'être catalogués, étiquetés, par autrui : l'homme, la femme, le riche, le pauvre, le juif, le catholique, etc. Non point que de telles étiquettes soient fausses mais elles ont le tort de ne pas refléter avec assez de précision notre sens subjectif de l'impossibilité de classifier. A nos propres yeux ne restons-nous pas, après tout et ceci à tout jamais, *in-classifiables?* Livrés à nous-

mêmes ne sommes-nous pas tout simplement un « moi »
et n'évoluons-nous pas alors, et sans la moindre contrainte,
entre nos diverses parcelles répertoriées – dégagés que
nous sommes du carcan que nous imposent les préjugés
d'autrui? Entendant, un jour, Chloé parler de « *ce type
avec qui je sortais il y a quelques années* », je me sentis
soudain empli de tristesse, l'imaginant dans quelques
années en train de m'évoquer (un autre homme assis en
face d'elle et une salade de thon sur la table) sous les
traits de « *ce type avec qui je sortais autrefois* »... Sa fortuite
référence à un amant périmé m'amenait à voir les choses
objectivement. Je ne pouvais plus me permettre d'ignorer
que, quelque exceptionnel que j'aie pu être alors pour
elle, je ne continuerais d'exister dans son souvenir qu'à la
faveur de certaines définitions (un « type », un « petit
ami »); que je ne serais plus (quelque exceptionnel, je le
répète, que j'aie pu être) qu'un simple reflet dans ses
yeux.

22. Mais puisqu'il faut bien que nous soyons étiquetés,
caractérisés et définis par d'autres, la personne que, finalement, nous aimons est par définition *la plus apte à
retourner la brochette sur le barbecue* – la personne qui nous
aime, à cause, en gros, de ce que nous aimons, nous; qui
nous comprend à cause, en gros, de ce pour quoi nous
souhaitons être compris. Le fait que Chloé-amibe et moi
vivions ensemble sous-entendait que, pour le moment du
moins, nous disposions de suffisamment d'espace pour
nous épanouir conformément aux exigences de notre inhérente fluidité.

CHAPITRE QUINZE

Des intermittences du cœur

1. Le langage flatte nos indécisions par sa stabilité. Il nous permet de nous dissimuler sous une illusion de permanence et de fixité, alors que le monde change d'une minute à l'autre. « On ne se baigne jamais deux fois dans le même fleuve », disait Héraclite, soulignant par là l'écoulement inévitable des eaux et, cependant, ne tenant pas compte du fait que, si le *mot* désignant le fleuve n'a pas changé, il nous semble alors — en une certaine, et importante, mesure — que ce soit toujours dans le même fleuve que nous nous baignons. J'étais un homme amoureux d'une femme mais jusqu'à quel point des mots de ce genre pouvaient-ils espérer transcrire la mobilité et l'inconstance de mes émotions? Étaient-ils assez spacieux pour inclure tout ce qui (infidélité, lassitude, irritation, indifférence) venait fréquemment se mêler à l'amour? Existait-il des mots suffisants pour reproduire avec exactitude la proportion d'ambivalence à laquelle mes sentiments semblaient être prédestinés?

2. Je porte un nom et ce nom m'accompagnera tout au long de ma vie. Le « moi » que je vois dans une photo prise alors que j'avais six ans et celui que je verrai peut-être dans une autre quand j'en aurai soixante seront, l'un et l'autre, encadrés par les mêmes lettres, bien que le temps m'ait changé jusqu'à me rendre pratiquement méconnaissable. J'appelle un arbre un arbre bien qu'au cours des saisons il se soit transformé. Le rebaptiser à chacune de ces saisons serait trop déconcertant, c'est pourquoi le langage se fixe sur la continuité, oublieux du fait que les feuillages seront là ou auront disparu.

3. C'est pourquoi nous procédons par abréviations; nous prenons le trait dominant (d'un arbre, d'un état émotif) et nous apposons une étiquette générale sur quelque chose qui n'est qu'une partie du tout. De la même façon l'histoire que nous retraçons d'un événement n'est qu'une fraction de sa totalité. Dès que tel ou tel moment est raconté, il perd sa multiplicité et son ambivalence au nom d'une abstraction signifiante et des visées de l'auteur. La narration donne du corps à la pauvreté de l'instant dont on s'est souvenu. Chloé et moi vivions une histoire d'amour qui recouvrait un espace de temps au cours duquel mes sentiments évoluaient si vite sur les barreaux de l'échelle émotionnelle que me décrire comme simplement *amoureux* m'apparaissait comme un brutal raccourci. Pressés par le temps et enclins à la simplification, nous sommes contraints de raconter et d'enregistrer les événements de manière elliptique; faute de quoi nous serions écrasés par, à la fois, notre ambivalence et notre instabilité. Le présent se dégrade, d'abord en histoire, puis en nostalgie.

4. On alla, Chloé et moi, passer un agréable week-end à Bath. On visita les bains, on dîna dans un restaurant italien et on fit le tour des *crescents* [1] le dimanche après-midi. Et que reste-t-il de ce week-end à Bath? Quelques photographies mentales : les rideaux pourpres de la chambre où nous avions dormi, la vue sur la ville depuis le train, un parc, une pendule sur un dessus de cheminée. Voilà pour les vestiges picturaux. Quant aux sentimentaux, ils sont encore plus menus. Je me souviens d'avoir été heureux, d'avoir aimé Chloé. Et pourtant, si je fais effort pour me rappeler ces instants, pour prendre appui sur autre chose que la mémoire instantanée, alors je me retrouve revivre une histoire plus complexe : mon dépit devant toute cette foule dans le musée, mon anxiété avant de pouvoir m'endormir le samedi soir, un vague début d'indigestion imputable à une escalope de veau, un retard fâcheux à la gare de Bath, une dispute avec Chloé dans le taxi.

5. Peut-être pouvons-nous pardonner au langage son hypocrisie en reconnaissant qu'il nous permet de nous souvenir d'un week-end à Bath grâce à un seul mot : *agréable,* créant de la sorte un ordre et une identité, l'un et l'autre maniables. Parfois, cependant, on se trouve confronté au flux dissimulé sous le mot, à l'eau qui coule sous le fleuve d'Héraclite et on se languit alors de la simplicité que revêtent les choses quand les lettres sont les seules gardiennes de leurs frontières. J'aimais Chloé : comme ça paraît facile à dire! Un peu comme si on reconnaissait qu'on aime le jus de pomme ou Marcel

1. Ensemble d'élégantes constructions incurvées en demi-cercle datant du XVIIIe siècle. (*N. d. T.*)

Proust... Et cependant, combien plus complexe était la réalité! Tellement plus complexe que je me garderai d'apporter une conclusion à quelque moment que ce soit, car dire une chose, c'est automatiquement en manquer une autre — chaque assertion, en fin de compte, symbolisant l'élimination d'un millier de contre-assertions.

6. Son amie Alice nous ayant invités à dîner un vendredi soir, Chloé accepta tout en me prédisant que je tomberais amoureux de notre hôtesse. Nous étions huit autour de la table, tout le monde se heurtant les coudes en essayant de s'introduire la nourriture dans le bec, vu que ladite table était faite pour quatre convives. Alice habitait seule tout en haut d'une maison de Balham. Elle travaillait en qualité de secrétaire à l'Arts Council et, je dois le reconnaître, j'en tombai un peu amoureux.

7. Quelque bonheur que nous puissions connaître avec notre partenaire, cet amour nous empêche nécessairement (à moins que nous ne nous trouvions appartenir à une société pratiquant la polygamie) de nous lancer dans de nouvelles aventures romantiques. Mais pourquoi irions-nous considérer cette nécessité comme une contrainte, du moment que nous éprouvons pour l'autre un amour sincère? Pour quelle raison aurions-nous une sensation de perte sinon parce que notre amour a déjà commencé à décliner? La réponse tient peut-être — et c'est là une constatation amère — au fait que, si nous réussissons à satisfaire notre besoin d'aimer, nous ne réussissons pas toujours à satisfaire notre besoin de nous languir pour quelqu'un d'autre.

8. Regardant Alice parler, allumer une bougie qui s'était éteinte, se précipiter dans la cuisine avec les assiettes et remettre en place une mèche de cheveux blonds, je m'aperçus que j'étais en train de devenir la victime d'une romantique nostalgie. La nostalgie romantique fond sur nous quand nous sommes face à face avec ceux (ou celles) qui auraient pu nous aimer mais dont le sort a décrété que nous ne les connaîtrions jamais. L'éventualité d'une vie amoureuse de rechange est là pour nous rappeler que l'existence que nous menons n'est qu'une possibilité entre des myriades d'autres, et c'est peut-être l'impuissance à les mener toutes qui nous plonge dans la tristesse. Nous aspirons au retour d'un passé où nous n'avions pas à choisir, où nous était épargnée la mélancolie inévitable qu'entraîne tout choix, fût-il le plus merveilleux.

9. Dans les rues de la ville ou dans les restaurants, je prenais souvent conscience de la présence de centaines (et par là même de millions) de femmes dont la vie se déroulait parallèlement à la mienne mais qui me demeureraient un mystère total. J'aimais Chloé et pourtant la vue de ces femmes me remplissait parfois de regrets. Sur un quai de gare ou dans une file d'attente à la banque, il m'arrivait de remarquer un certain visage, peut-être même de surprendre des bribes de conversation (une voiture qui était tombée en panne, une étudiante qui passait ses examens, une mère qui était malade) et d'éprouver une tristesse momentanée à me dire que je ne connaîtrais pas la fin de l'histoire et à essayer de me consoler en inventant une suite appropriée.

10. J'aurais pu parler avec Alice sur le canapé après le dîner mais quelque chose m'avait empêché de franchir

les limites du rêve. Le visage d'Alice me donnait l'impression d'avoir un vide à l'intérieur de mon être, un vide sans dimensions ni intentions précises et que même mon amour pour Chloé n'avait pas totalement comblé. Ce qui nous est inconnu détient le miroir de chacun de nos désirs les plus profonds et les plus indicibles. C'est la suggestion, empreinte de fatalité, que tel visage inconnu entrevu à l'autre bout d'une pièce l'emportera toujours sur celui qui nous est familier. J'aimais Chloé mais, parce que je *connaissais* Chloé, je ne *languissais* plus après elle. Les soupirs de l'attente ne peuvent indéfiniment s'adresser à ceux que nous connaissons car leurs qualités sont déjà cataloguées, et par voie de conséquence, dénuées du mystère qu'exige l'expectative. Le visage aperçu quelques instants, ou quelques heures plus tôt, pour, ensuite, disparaître à tout jamais est le catalyseur indispensable à des rêves qu'il nous est interdit de formuler, à un espace vide, à un désir incommunicable aussi mystérieux que suprêmement inapaisable.

11. « Alors, tu as eu le béguin ? me demanda Chloé, une fois dans la voiture.

— Bien sûr que non !

— Elle est tout à fait ton genre.

— Absolument pas. Et, de toute façon, tu sais bien que c'est toi que j'aime. »

Dans un scénario classique d'infidélité l'un des partenaires demande à l'autre : « Comment as-tu pu me tromper avec X alors que tu prétends m'aimer, *moi* ? » Mais il n'y a pas d'antinomie entre une infidélité et une déclaration d'amour, pour peu que le temps intervienne dans l'équation. « Je t'aime » ne peut jamais vouloir dire autre chose que « Je t'aime *maintenant* ». Je n'avais pas menti à Chloé en lui disant, dans la voiture qui nous ramenait à la maison après la soirée chez Alice, que c'était elle que j'aimais, mais mes paroles n'avaient jamais été que des promesses circonscrites par l'écoulement du temps.

12. Si mes sentiments pour Chloé commençaient à changer, c'était en partie parce que, loin de se montrer inaltérable, elle était tout le temps un nexus mouvant de significations. La permanence de son travail et de son numéro de téléphone n'était qu'une illusion ou, plutôt, une simplification. Pour un œil attentif son visage ne cessait de reproduire les plus intimes changements de ses humeurs physiologiques et psychologiques. Je m'apercevais des altérations de son accent à la manière dont elle se comportait avec un tel ou une telle, ou après avoir vu tel ou tel film. Ses épaules s'affaissaient quand elle sentait la fatigue; elle grandissait quand elle était satisfaite d'elle-même. Elle avait une expression différente le lundi ou le vendredi; ses yeux n'étaient pas les mêmes quand elle était triste ou quand elle avait envie de faire l'amour, non plus que les veines de ses mains quand elle lisait le journal ou prenait sa douche. Il y avait une bonne dizaine d'angles de prises de vue, selon que je la regardais assise en face de moi ou pressée contre moi à l'occasion d'un baiser ou encore sur un quai de gare. Il y avait Chloé avec ses parents et Chloé avec son amant, Chloé souriante et Chloé se curant les dents.

13. Il m'aurait fallu être un biographe infatigable pour enregistrer tant de changements, alors que je n'étais qu'une créature paresseuse et routinière. Au lieu d'épuiser le sujet, je finissais souvent par laisser dans l'ombre les éléments les plus riches de la vie de Chloé : j'entends par là ses

mouvements. Il m'arrivait, pendant de longues périodes, de ne plus remarquer (parce qu'elles m'étaient devenues trop familières) les innombrables mutations courant à travers son corps ou les fluctuations se dessinant sur son visage – la différence entre la Chloé du mardi et celle du vendredi. L'idée que je me faisais d'elle était devenue une habitude, une image stable pour les yeux de l'esprit.

14. Il y avait pourtant des moments où la surface de l'accoutumance craquait et où j'avais, de nouveau, la liberté de regarder Chloé comme si je ne l'avais encore jamais vue. Un certain week-end, nous étions tombés en panne sur l'autoroute et nous avions dû demander qu'on vienne nous dépanner. Une camionnette de l'Automobile Association était arrivée un quart d'heure plus tard et Chloé alla s'entretenir avec le bonhomme. La regardant parler à un étranger, j'avais eu (par le seul fait de m'identifier à lui) l'impression soudaine que la femme que je connaissais si intimement m'était devenue, elle aussi, étrangère. J'observais son visage et j'entendais le son de sa voix en dehors, cette fois, de la morne couverture de la familiarité. Je la voyais telle qu'elle serait apparue à un inconnu et non plus telle qu'elle s'était peu à peu imposée à moi. Délivrée enfin des préjugés creusés par le passage du temps.

15. Et voici que, la regardant discuter de bougies d'allumage et de filtre à huile, je me sentis dévoré par un désir incontrôlable. La rupture de l'habitude avait provoqué une réaction d'aliénation, transformant Chloé en quelqu'un d'inconnu et d'exotique, et donc de désirable, en un corps doué de l'intensité de l'inexploré. Le bonhomme de l'A.A. n'ayant mis que quelques minutes

à découvrir l'origine de la panne (quelque chose à voir avec la batterie), nous avions pu reprendre la route vers Londres. Mais mon désir m'inclinait ailleurs.

« Il faut qu'on s'arrête, qu'on trouve un hôtel, ou qu'on se gare dans un sentier. Il faut qu'on fasse l'amour!...

– Mais pourquoi ça? Que se passe-t-il? Qu'est-ce que tu fais? Je t'en prie, non, pas maintenant, oh, dieu du ciel!... ohhhhh... Oh, Seigneur, non!... hummmmmmm... bon, O.K...., attends... on ferait mieux de s'arrêter, on va tourner à gauche, oui, là... »

16. L'attrait d'une Chloé-étrangère ne pouvait que confirmer la relation entre le mouvement et la sexualité, c'est-à-dire le mouvement du corps vêtu en direction du corps dévêtu. On fit halte dans un petit sentier juste en marge de la M6. Ma main alla caresser ses seins à travers le tissu léger de son chemisier, l'érotisme émergeant des retrouvailles avec ce qui avait disparu : le corps perdu et rejoint. Un interlude extatique entre la nudité et l'habillement. Le familier et le non-familier. Une transgression et une initiation.

17. On fit l'amour deux fois sur la banquette arrière de la Volkswagen de Chloé entre les valises et de vieux journaux. Mais, bien que salué avec transport, notre soudain et imprévisible désir – cette étreinte des vêtements et de la chair de l'autre – ne pouvait que nous rappeler combien le délire des passions peut se révéler destructeur. Arrachés à l'autoroute par une flambée sexuelle, ne serions-nous pas susceptibles de nous égarer, emportés par une autre hormone à une date ultérieure? N'avions-nous pas témoigné d'un certain illogisme en qualifiant nos émois de cycliques? Notre amour faisait davantage penser au

cours turbulent d'un torrent de montagne qu'à la douce mutation des saisons.

18. Chloé et moi avions inventé un jeu, une pratique inspirée d'Héraclite, qui tenait compte des fluctuations de nos émotions et qui soulageait le vœu du sens commun de voir la lumière de l'amour briller avec la constance d'une ampoule électrique.

« Il y a quelque chose qui ne va pas? Je ne te plais pas aujourd'hui? demandait l'un de nous deux.

— Tu me plais moins.

— Vraiment. Beaucoup moins?

— Non, quand même pas.

— Combien sur dix?

— Aujourd'hui? Oh, disons, dans les six et demi. Ou, attends, on pourrait peut-être aller jusqu'à six trois quarts. Et toi, combien me donnes-tu?

— Oh, mon dieu, je dirais dans les moins trois mais j'aurais été jusqu'à douze et demi, ce matin, quand tu... »

19. Dans un autre restaurant chinois (Chloé les aimait beaucoup), je m'étais rendu compte que nos rencontres avec autrui ressemblent assez à ces tables qu'on fait tourner et sur lesquelles on aurait placé des assiettes de telle manière qu'on ait devant soi tout d'abord des crevettes et, la minute d'après, un plat de porc. Aimer quelqu'un, n'était-ce pas suivre le même processus circulaire au cours duquel alternaient le bien et le mal? Mobiles en d'autres domaines, nous restons attachés, contre toute vérité, à la fixité des émotions humaines et à l'idée qu'une barrière hermétique sépare l'amour du non-amour (et qu'on ne peut la franchir qu'en deux occasions; une première fois au début de la liaison; une deuxième et dernière à la fin)

au lieu de l'enjamber tous les jours et même toutes les heures. Nous avons une tendance impulsive à scinder l'amour et la haine au lieu d'y voir les légitimes retombées des multiples aspects d'une même personne. Nous éprouvons un besoin puéril d'aimer le tout-bon et de haïr le tout-mauvais, de dénicher une cible unique et visiblement indiquée pour en faire l'objet de nos instincts agressifs ou affectueux. Mais une stabilité de cet ordre était impossible avec Chloé. Il ne me fallait qu'une fraction de seconde pour passer de plat en plat sur la table du restaurant chinois quitte à rester étourdi par la confusion qui en résultait. Je la trouvais tout à la fois :

drôle

mais capricieuse	mais trop nerveuse
et intelligente	et pourtant généreuse
et pourtant talentueuse	peu sentimentale
mais orgueilleuse	mais belle

profonde

Figure 16.1

20. Il m'était souvent difficile de discerner ce qui mettait en branle le mouvement d'horlogerie des émotions. Il m'arrivait de regarder Chloé assise d'une certaine façon ou tenant certains propos et de me sentir subitement en proie à l'irritation alors qu'un instant plus tôt tout n'était que tendresse et lumière. Mais je n'étais pas seul dans ce cas, car Chloé était sujette à des crises d'emportement contre moi. Un soir, au cours d'une discussion, à

propos d'un film, avec des amis, elle m'avait agressé tout à coup, me reprochant mon attitude condescendante à l'égard des opinions et des goûts d'autrui. Sur le moment ça m'avait médusé car je n'avais pas encore ouvert la bouche mais l'idée me vint alors que j'avais dû, antérieurement, me rendre coupable de quelque chose qui l'avait énervée et qu'elle sautait, à présent, sur la première occasion de donner libre cours à son ressentiment — ou alors, que quelqu'un d'autre l'avait offensée et que je jouais les boucs émissaires. Beaucoup de nos querelles étaient entachées de ce genre d'injustice, en ce sens qu'elles servaient d'excuse à l'expression d'humeurs qui ne cadraient pas avec le moment considéré ou pas plus, je dois le dire, qu'avec elle ou avec moi. Je m'emportais contre Chloé non point — ce n'était là qu'un prétexte — parce qu'elle vidait bruyamment le lave-vaisselle alors que j'essayais d'écouter les nouvelles, mais parce que j'étais plein de remords et d'inquiétude pour n'avoir pas, plus tôt dans la journée, répondu à un coup de téléphone touchant à un problème professionnel empoisonnant. Il se pouvait aussi que Chloé ait délibérément fait autant de bruit pour me faire comprendre ainsi une colère qu'elle aurait eue dans la matinée et dont elle ne m'aurait pas parlé. Peut-être, au fait, pourrait-on définir la maturité — cet objectif qu'on n'atteint jamais — comme l'aptitude à donner à chacun ce qu'il mérite quand il le mérite; à séparer les émotions qui nous appartiennent et n'appartiennent qu'à nous de celles qui, spontanément, devraient être réservées à leurs authentiques initiateurs au lieu de s'en décharger ultérieurement sur de nouveaux venus plus innocents.

21. On peut se demander pourquoi ceux qui prétendent nous aimer sont en même temps capables de se

laisser aller à de telles animosités et de tels ressentiments apparemment très injustes. Nous entretenons en nous-mêmes un nombre incalculable d'émotions contradictoires, de vastes espaces de réactions infantiles, sur lesquels nous n'avons aucun (ou pratiquement aucun) contrôle. Au cœur des émotions les plus respectables s'emmêlent des pulsions de rage dignes du cannibalisme, des fantasmes dévastateurs, des bisexualités et des paranoïas totalement infantiles. « Ne dites jamais que les hommes sont méchants », écrit Alain dans ses *Propos sur le bonheur*, « cherchez l'épingle ». En d'autres termes, l'élément irritant générateur des disputes et des agressions. Chloé et moi n'aurions pas mieux demandé que de tenter l'expérience mais les complexités étaient, par instants, trop écrasantes. Elles allaient des divagations de l'instinct sexuel aux répercussions des traumatismes de l'enfance.

22. Si les philosophes ont traditionnellement recommandé de mener une vie conformément à la raison, condamnant par là une soumission aveugle au désir, c'est parce que la raison est l'assise même de la continuité. Elle n'a pas de dimension temporelle, pas de date limite de consommation. Contrairement au romantique, le philosophe ne permet pas, par exemple, à sa curiosité de courir de Chloé-à Alice-à Chloé, parce que de solides raisons jouent en faveur de tout choix, celui-ci une fois décidé. Dans leurs désirs, les philosophes n'auront de place que pour les évolutions, aucune pour les ruptures. En amour ils resteront fidèles et constants; leur vie sera aussi assurée que la trajectoire d'une flèche en plein vol.

23. Mais — et la remarque est encore plus importante — le philosophe s'assurera une *identité*. Qu'est-ce que

l'identité? Peut-être se façonne-t-elle en fonction de ce vers quoi un être tend : *Je suis ce qui me convient... Qui je suis* est, dans une large mesure, conditionné par *ce que je veux*. Si j'aime le golf depuis l'âge de huit ans et si, en ayant maintenant cent vingt, je continue à l'aimer, alors mon identité (à la fois comme joueur de golf et en tant qu'être humain) aura prouvé sa stabilité. Si je reste fidèle à la religion chrétienne de deux ans à quatre-vingt-dix, alors je serai à même d'échapper à la crise d'identité du Juif qui s'éveille, à trente-cinq ans, au désir de devenir évêque ou du pape qui, à la fin de sa vie, se convertit à l'Islam.

24. La vie de l'émotif est très différente, faite d'étourdissantes révolutions de l'horloge car *ce qu'il veut* change si rapidement que *ce qu'il est* est constamment remis en question. Si l'émotif aime un jour Samantha et, le lendemain, Sally, alors qui est-il? Si je couchais une nuit avec Chloé en étant amoureux d'elle et si, le lendemain matin, je la détestais, alors qui pouvais-je bien être? Je n'avais pas totalement renoncé au projet de devenir plus raisonnable, je me trouvais seulement confronté au problème d'avoir de bonnes *raisons* d'aimer ou de ne pas aimer Chloé. Objectivement aucun motif contraignant ne me poussait dans un sens ou dans l'autre − ce qui rendait plus insoluble encore mon occasionnelle ambivalence à son égard. Si j'avais eu de fortes et indiscutables raisons (oserai-je dire des raisons logiques) de l'aimer ou de la haïr, j'aurais disposé de points d'attache où il m'eût été possible de revenir m'amarrer. Mais de même que l'interstice entre ses deux dents de devant n'avait jamais été une raison suffisante pour tomber éperdument amoureux d'elle, comment aurais-je pu imaginer que la manière

qu'elle avait de se gratter le coude pût me fournir un motif valable de la détester? Quelles que soient les raisons que nous puissions, en conscience, évoquer, nous ne sommes jamais que partiellement ouverts à l'origine réelle de nos engouements (*d'où l'irréversible et tragique processus entraîné par la perte de l'amour*).

25. Par opposition à ce genre de discontinuité se dégageait, à titre de pulsion naturelle et homéostatique, le *maintien de la constance de l'environnement émotionnel.* La pulsion homéostatique tempérait les fluctuations, tendait à la stabilité et au rejet des turbulences, aspirait à la continuité et à la cohérence. L'homéostasie m'ancrait dans une histoire d'amour linéaire, celle de Chloé et de moi-même, me bridant alors qu'il aurait pu se produire une tentation d'intrigues secondaires ou de digressions ou de remise en question de mon récit au nom de la schizophrénie de la fiction moderne. M'éveillant d'un rêve érotique que m'avaient inspiré deux visages (fondus en un seul) que j'avais remarqués, la veille, dans un magasin, j'avais rejoint aussitôt mon port d'attache en retrouvant Chloé à côté de moi. Je stéréotypai mes possibilités, je revins au rôle que m'assignait mon récit, je m'inclinai devant l'immense autorité de ce qui, déjà, existe.

26. Nos fluctuations étaient tenues en échec par la continuité de notre environnement, par l'opinion moins fluctuante qu'avait de nous autrui. Je me souviens d'une furieuse empoignade, quelques minutes avant de partir prendre le café chez des amis, un certain samedi. Ce jour-là nous avions compris que notre dispute était si grave qu'elle risquait vraiment de nous amener à rompre. L'éventualité, cependant, d'une séparation avait perdu de

son acuité grâce à ces amis lesquels n'avaient aucune idée de ce qui s'était passé entre nous. Au cours de la soirée de nombreuses questions furent posées à l'heureux couple, des questions qui ne sous-entendaient aucune suspicion de rupture possible et qui, donc, tendaient à l'écarter. La présence des autres ne pouvait que modérer nos oscillations quand nous ne savions plus trop nous-mêmes ce que nous voulions, et donc qui nous étions. Il nous restait la ressource de nous dissimuler sous l'opinion réconfortante de ceux qui nous voyaient de l'extérieur, de nous contenter, en somme, de la conscience de notre continuité en refusant d'envisager une possibilité de destruction de notre scénario.

27. Quand les choses prenaient un tour moins défavorable, nous trouvions également quelque réconfort en entretenant une illusion de projets d'avenir. Parce que planait sur nos têtes la menace d'une fin de notre amour aussi soudaine que son éclosion, il était naturel que nous tentions de renforcer le présent en faisant appel à un futur vécu en commun et qui durerait au minimum jusqu'à l'heure de notre mort. Nous rêvions de l'endroit où s'écouleraient nos jours, du nombre de rejetons que nous mettrions au monde, du système de retraite que nous adopterions. Nous nous projetions dans les vieilles personnes qui promenaient leurs petits-enfants et se tenaient par la main dans Kensington Gardens. Nous défendant contre la cessation de notre amour, nous prenions un évident plaisir à tirer des plans sur une grandiose perspective d'existence à deux. Il y avait des maisons qui nous plaisaient, pas loin de Notting Hill, et que nous décorions ensemble dans notre tête, les complétant même par deux petits studios à l'étage supérieur, une vaste cuisine parfaitement équipée, au sous-sol, avec les appareils ménagers

les plus sophistiqués et un jardin regorgeant d'arbres et de fleurs. Bien qu'il n'y eût pas beaucoup de chance de voir aboutir de tels projets, *nous nous efforcions de croire qu'il n'y avait aucune raison pour qu'il en allât autrement.* Comment, je vous le demande, eût-il été possible d'aimer une femme et, en même temps, d'imaginer qu'on allait rompre avec elle pour se marier et décorer une maison avec une autre? Non, il nous paraissait indispensable de rêver de la vieillesse que nous passerions ensemble lorsque nous nous retirerions, munis de nos prothèses dentaires, dans une ville au bord de la mer. Si nous y avions vraiment cru, nous serions même allés jusqu'à envisager le mariage – cette tentative légale, entre toutes impitoyable, pour contraindre le cœur à une alliance sans fin.

28. La répugnance que j'éprouvais à parler avec Chloé de ses anciens amants faisait probablement partie de la même volonté de permanence. Ces ex-petits amis étaient là pour me rappeler que des situations qui avaient semblé devoir se prolonger s'étaient, en fait, interrompues et que mes relations avec Chloé pourraient subir un sort identique. Une certaine fin d'après-midi, alors que je me trouvais dans la librairie de la Hayward Gallery, j'avais repéré une ancienne copine à moi, debout près des rayonnages dans un coin de la pièce en train de feuilleter un bouquin sur Picasso. Chloé se tenait à quelques pas de moi, en quête de cartes postales qu'elle se proposait d'envoyer à des amis. Picasso avait beaucoup compté, jadis, aux yeux de cette ancienne copine et de moi-même. J'aurais pu très facilement aller lui dire un petit bonjour. Après tout, n'avais-je pas rencontré plusieurs des anciens amants de Chloé, certains desquels, d'ailleurs, elle continuait à voir régulièrement. Mais, en réalité, je me sentais

mal à l'aise. Cette fille était le rappel d'une phase de mon existence émotionnelle que je préférais bannir de mon esprit. Je redoutais que l'intimité que nous avions enfantée puis perdue ne devînt un modèle à suivre par Chloé et moi.

29. La tragédie de l'amour tient à ce qu'il n'échappe pas à la dimension temporelle. Quand on partage la vie d'un être aimé, il y a une cruauté toute spéciale à constater combien nos anciennes amours nous sont devenues indifférentes. Il y a quelque chose de consternant dans le fait que la personne pour laquelle on était prêt, aujourd'hui, à tout sacrifier pourrait, dans quelques mois, vous inciter à changer de trottoir (ou de place dans une librairie) pour ne pas lui tomber dessus. Je me rendais compte que mon amour pour Chloé constituait, à cet instant précis, l'essence même de mon être et que la cessation définitive de cet amour équivaudrait, purement et simplement, à la mort d'une partie de moi-même.

30. Si Chloé et moi nous obstinions à croire que nous nous aimions toujours, c'était peut-être aussi parce que, tout compte fait, les périodes d'amour l'emportaient de beaucoup (pour l'instant du moins) sur les phases où prédominait l'ennui ou l'indifférence. Nous n'en savions pas moins que ce que nous avions décidé d'appeler l'amour n'était sans doute qu'un condensé d'une réalité plus complexe et, en définitive, infiniment moins délectable.

CHAPITRE SEIZE

De la peur du bonheur

1. L'un des pires inconvénients de l'amour est que — un certain temps du moins — il risque de nous rendre heureux.

2. Chloé et moi avions projeté un voyage en Espagne dans la dernière semaine du mois d'août. Le voyage, comme l'amour, représente une tentative pour transformer un rêve en réalité. A Londres nous avions parcouru les brochures de *Utopia Travel,* un organisme spécialisé dans les offres de location en Espagne, et nous avions fixé notre choix sur une ferme reconvertie près du village de Aras de Alpuente, dans les montagnes au-delà de Valencee. La maison, finalement, valait encore mieux que les photos publicitaires qu'on nous avait montrées. Les pièces étaient meublées simplement mais confortablement, la salle de bains fonctionnait, une vigne ombrageait la terrasse de ses pampres, il y avait un lac à proximité et, comme voisin, un paysan propriétaire d'une chèvre qui nous avait accueillis en nous offrant de l'huile d'olive et un fromage.

3. Nous étions arrivés vers la fin de l'après-midi, après avoir loué une voiture à l'aéroport et gravi les étroites routes de montagne. Nous nous étions aussitôt baignés dans le lac, plongeant dans les eaux bleues limpides et nous séchant sous les rayons du soleil déclinant. Après quoi nous avions regagné la maison et nous étions installés sur la terrasse avec une bouteille de vin et des olives pour regarder le soleil se coucher derrière les collines.

« Est-ce que ce n'est pas merveilleux? demandai-je sur un ton plein de lyrisme.

— Merveilleux! répéta en écho Chloé.

— Mais l'est-ce vraiment? ajoutai-je en plaisantant.

— Tais-toi! Tu me gâches le paysage!

— Non, je suis sérieux. C'est vraiment merveilleux! Je n'aurais jamais cru qu'un endroit comme celui-ci puisse exister. C'est tellement loin de tout! On dirait un paradis que personne ne s'est encore jamais mis en tête de détruire.

— Je pourrais y passer le reste de mes jours, soupira Chloé.

— Moi aussi.

— On vivrait ici tous les deux. Je m'occuperais des chèvres, toi des olives, on écrirait des livres, on ferait de la peinture, on... Oh! aïe, aïe!

— Ça ne va pas? » demandai-je à Chloé, la voyant soudain se crisper de souffrance.

« Si, si, ça va mieux. Je ne sais pas ce qui m'a prise. J'ai eu tout d'un coup une douleur terrible dans la tête. Comme une affreuse palpitation, ou quelque chose dans ce goût-là. Mais ce n'est probablement rien de grave. Ah si, merde, voilà que ça me reprend.

— Laisse-moi voir.

— Tu ne pourras rien voir, c'est interne.

— Je sais, mais je pourrai au moins te témoigner mon empathie.

— Seigneur, je ferais mieux de m'allonger. C'est probablement la fatigue du voyage ou l'altitude ou je ne sais quoi. Mais je ferais mieux de rentrer. Reste dehors, toi, ça va sûrement me passer. »

4. Les douleurs de Chloé ne passèrent pas. Elle prit de l'aspirine et alla se coucher mais elle ne parvint pas à trouver le sommeil. Ne sachant trop comment interpréter l'incident, mais tracassé à l'idée que sa tendance naturelle à minimiser les choses cachait peut-être un accident plus grave, je me décidai à appeler un médecin. Le paysan et sa femme étaient en train de dîner quand je frappai à leur porte et leur demandai dans un espagnol en pièces détachées où était le docteur le plus proche. Il se trouva qu'il habitait à Villar del Arzobispo, un village à une vingtaine de kilomètres de là.

5. Le Dr Saavedra était immensément digne pour un médecin de campagne. Il portait un costume de flanelle blanche, il avait passé un semestre à l'Imperial College vers les années 50, était passionné de tradition théâtrale anglaise et parut enchanté de m'accompagner pour venir au secours de la jeune demoiselle qui était tombée si rapidement malade lors de son séjour en Espagne. De retour à Aras de Alpuente, nous ne pûmes que constater que l'état de Chloé ne s'était pas amélioré. Je laissai le praticien seul avec elle et attendis impatiemment dans la pièce à côté. Dix minutes plus tard le médecin réapparut.

« Aucune raison de vous inquiéter.

— Elle va se remettre ?

— Oui, mon ami. Elle sera O.K. demain matin.

— Qu'est-ce qu'elle a eu?

— Pas grand-chose. Un peu l'estomac, un peu la tête, c'est très fréquent chez les vacanciers. Je lui ai donné des pilules. Sincèrement ce n'est rien d'autre qu'un peu d'*anhedonia* dans la tête, que voulez-vous, c'est comme ça... »

6. Le Dr Saavedra avait diagnostiqué un cas de *anhedonia,* affection décrite par la British Medical Association comme étant une réaction remarquablement proche du mal des montagnes et résultant de la soudaine terreur provoquée par une menace de félicité. C'était une indisposition des plus banales chez les touristes dans cette région de l'Espagne, subitement confrontés dans ce décor idyllique à la révélation d'une possibilité de bonheur à portée de leur main, et exposés, en conséquence, à une violente réaction physiologique destinée à contre-battre une telle éventualité.

7. Le problème avec le bonheur, c'est qu'en raison de sa rareté même il apparaît comme immensément terrifiant et angoissant d'en accepter l'offrande. C'est pourquoi Chloé et moi (bien que j'eusse, moi, échappé à la maladie) avions toujours eu tendance à localiser l'*hedonia* soit dans la mémoire soit dans l'anticipation. Bien que la poursuite du bonheur fût un objectif ostensiblement reconnu et primordial, elle n'allait pas sans s'accompagner d'une croyance implicite en une très longue attente de la réalisation de cette promesse aristotélicienne. Croyance qui avait perdu de sa force grâce à l'idylle que nous avions connue à Aras de Alpuente et, à un moindre degré, dans les bras l'un de l'autre.

8. Pourquoi vivions-nous de la sorte? Peut-être parce que jouir du présent aurait donné à entendre que nous nous engagions dans une réalité imparfaite ou dangereusement éphémère au lieu de nous abriter dans une réconfortante croyance en une après-vie. Vivre dans *le temps du passé antérieur* sous-entendait l'adhésion à une foi en une vie idéale opposée à celle du présent et qui nous éviterait de nous modeler sur notre environnement – conception comparable à celle qu'on trouve dans certaines religions et qui nous enseigne que la vie sur terre n'est que le prélude à une existence céleste, immortelle et infiniment plus plaisante. Notre comportement face aux vacances, aux réceptions mondaines, au travail et peut-être même à l'amour participait du sens de l'éternité comme si nous pouvions passer suffisamment de temps ici-bas pour ne pas nous abaisser jusqu'à croire de telles occasions limitées en nombre et, par là même, leur attribuer une valeur indue. Il est réconfortant de vivre dans le temps du passé antérieur. Cela nous délivre du besoin de penser que le présent est réel ou de nous apercevoir qu'il nous faut ou nous aimer l'un l'autre ou périr.

9. Si Chloé était tombée malade, n'était-ce point, qui sait? parce que le présent avait fini par rattraper ses frustrations? Le présent avait cessé d'être démuni de tout ce que l'avenir tenait en réserve. Mais n'étais-je pas aussi coupable qu'elle-même du malaise de Chloé? N'y avait-il pas eu de nombreuses occasions où les plaisirs du moment s'étaient vus passer sous silence *au nom* d'un avenir *sans nom*? Des instants où, presque imperceptiblement, je m'étais abstenu d'aimer à plein cœur, me revigorant à la pensée immortelle que m'attendaient de nouvelles liaisons que je m'ingénierais, un jour, à savourer

avec toute l'insouciance d'un héros de magazine – des liaisons futures qui rachèteraient mes efforts pour communiquer avec une partenaire que la destinée avait mise en mouvement en ce bas monde à peu près en même temps que moi?

10. Mais l'attente d'un avenir qui ne vient jamais n'est que l'aspect mineur de l'attente d'un événement qui est toujours dépassé. Le passé ne nous apparaît-il pas souvent comme meilleur précisément parce qu'il est dépassé? Il me revenait à l'esprit que, lorsque j'étais enfant, chaque période de vacances ne me semblait parfaite qu'après s'être écoulée car, alors, l'angoisse du présent se trouvait réduite à un petit nombre de souvenirs supportables. Ce qui comptait pour moi n'était pas tellement ce qui pouvait se produire mais le désir que j'avais que cela se produisît le plus vite possible, de manière que j'aie ensuite assez de temps pour panser une blessure ou savourer une joie. Je passais des années entières à attendre le retour des vacances d'hiver – période où la famille quittait Zurich pour aller, pendant deux semaines, faire du ski en Engadine. Mais quand, en fin de compte, je me trouvais en haut de la pente, embrassant du regard une piste immaculée, je ressentais une angoisse qui exsudait, pour ainsi dire, du souvenir de l'événement, un souvenir uniquement constitué d'états de fait objectifs (le sommet d'une montagne, une journée resplendissante) et qui, en conséquence, échappait à tout ce qui avait fait de lui un enfer. Ce n'était pas tellement parce que j'avais, disons, un rhume ou une soif du diable ou que j'avais oublié mon écharpe, que ce moment me paraissait désagréable, mais simplement parce que je répugnais à admettre que j'allais enfin vivre une expérience qui, pendant tout le reste de l'année,

s'était abritée dans les replis rassurants de l'avenir. La descente en ski, bloquée en sandwich entre une anticipation qui me mettait l'eau à la bouche et une réminiscence couleur de rose, ne perdait pas une seconde pour se lancer à la conquête du présent. Dès que j'étais arrivé en bas de la pente, je reportais mes regards vers le sommet et me persuadais que tout cela avait été parfait et merveilleux. Et c'est ainsi que se déroulaient les vacances à la montagne (et, plus généralement, la plus grande partie de mon existence) : une anticipation, le matin; de l'anxiété, le moment venu; et d'agréables souvenirs, le soir.

11. Dans mes rapports avec Chloé s'était glissé, depuis pas mal de temps, un rien de cet intense paradoxe. Il m'arrivait d'attendre avec impatience de déjeuner, ou de dîner avec elle, d'en revenir avec une excellente impression puis de me sentir confronté à un présent qui n'était pas à la hauteur de son anticipation ou de son souvenir. Un certain soir, peu de temps avant notre départ pour l'Espagne, nous nous trouvions, Chloé et moi et quelques amis, à bord de la péniche de Will, et c'est alors que, devant tant de perfection, je m'ouvris de manière irrémédiable à la présence en moi d'une suspicion à l'égard du moment que j'étais en train de savourer. La plupart du temps le présent est trop défectueux pour pouvoir nous rappeler que la maladie de vivre à l'imparfait de l'indicatif est inhérente à notre nature et qu'elle est sans rapport avec le monde extérieur. Mais, ce soir-là, à Chelsea il n'y avait absolument rien que l'on pût taxer de défectueux et il me fallait donc admettre que le problème était entièrement de mon fait. Le dîner était délicieux, nous étions entourés d'amis, Chloé était particulièrement belle, assise près de moi et me tenant la main et pourtant

quelque chose n'allait pas. Il m'était impossible d'attendre que l'événement se fût résorbé dans le passé.

12. L'inaptitude à vivre au présent tient peut-être à la crainte de découvrir que ce qui nous arrive est ce que nous attendions depuis toujours, la crainte de devoir quitter une position relativement protégée, d'anticipation ou de souvenir et, en conséquence, de reconnaître tacitement que c'est là (toute intervention céleste mise à part) l'unique mode d'existence que l'on soit destiné à connaître. S'il est permis de comparer l'adhésion à une boîte d'œufs, adhérer au présent est alors prendre le risque de mettre tous ses œufs dans le même panier du présent au lieu de les répartir entre le panier du passé et celui de l'avenir. Et pour étendre la comparaison à l'amour, accepter enfin l'idée que j'étais heureux avec Chloé aurait signifié qu'en dépit du danger, je consentais définitivement à mettre tous mes œufs dans son panier, à elle.

13. Je ne sais quelles pilules le bon docteur avait bien pu donner à Chloé, toujours est-il qu'elle paraissait totalement d'aplomb le lendemain matin. On prépara un pique-nique et on regagna le lac pour passer la journée à nager et à lire au bord de l'eau. On resta dix jours en Espagne et je crois bien (pour autant que l'on puisse se fier à sa mémoire) que, pour la première fois, nous prîmes, elle comme moi, le risque de vivre au présent de l'indicatif. Vivre à l'intérieur de ce temps grammatical ne se traduisait pas toujours en termes de félicité. Les angoisses créées par l'instabilité du bonheur en amour explosaient régulièrement sous la forme de disputes. Je me souviens d'une furieuse prise de bec dans le village de Fuentelespino de Moya où nous nous étions arrêtés pour déjeuner. Tout

avait commencé par une plaisanterie à propos d'une ancienne amie à moi pour dégénérer en soupçons de Chloé quant à la persistance de l'amour que j'avais eu pour celle-ci. Rien n'aurait pu être plus éloigné de la vérité mais j'avais interprété un tel soupçon comme étant le signe d'un déclin de l'amour de Chloé pour moi et je l'en avais accusée. Le temps que la discussion, la bouderie et la réconciliation se déroulent, on était au milieu de l'après-midi et il ne nous resta plus qu'à nous étonner de tant de larmes et de tant de vociférations. Mais ça n'avait pas été le seul accroc. Je me souviens d'une autre dispute près du village de Losa del Obispo où on se demanda si, oui ou non, on en avait assez l'un de l'autre, et encore d'une fâcherie près de Sot de Chera, cette fois parce que j'avais accusé Chloé de ne pas être fichue de lire un plan et qu'elle m'avait payé de retour en m'accusant de fascisme cartographique.

14. Les causes de ces querelles n'étaient jamais ce qu'elles paraissaient être superficiellement. Quelles que fussent les maladresses de Chloé dans l'utilisation du guide Michelin ou mon allergie aux grands détours circulaires à travers la campagne espagnole, le problème avait ses racines ailleurs. La gravité des accusations, leur flagrante invraisemblance étaient la preuve que nous ne nous disputions pas parce que nous nous haïssions mais parce que nous nous aimions trop ou — au risque de frôler la confusion — parce que nous haïssions l'idée de nous aimer avec autant d'intensité. Nos griefs étaient lourds de sous-entendus compliqués : *Je te hais parce que je t'aime.* Ce qui revenait à une protestation fondamentale : *Je hais le fait de n'avoir d'autre choix que de t'aimer comme je t'aime.* Les plaisirs qu'on éprouve à dépendre de quelqu'un

pâlissent devant les craintes paralysantes qu'implique une telle dépendance. Nos querelles, parfois violentes et quelque peu inexplicables tout au long de ce périple autour de Valence, n'étaient rien d'autre que l'indispensable allégement de la tension due à ce que chacun de nous avait placé tous ses œufs dans le panier de l'autre et qu'il se sentait incapable d'agencer une meilleure organisation de la maisonnée. Nos scènes, parfois, se pimentaient d'un certain assaisonnement, pour ainsi dire théâtral : une espèce de joie et d'exubérance quand nous commencions, par exemple, à jeter en l'air les rayonnages de la bibliothèque, à fracasser la vaisselle ou à claquer les portes. « Ça me fait du bien de pouvoir te haïr à ce point! » m'avait dit un jour Chloé. « Ça me rassure de voir que tu l'acceptes, que je peux te dire : " Fous-moi le camp " et que, même si tu me balances quelque chose sur la tête, tu restes là! » On avait besoin de se brailler des injures en partie parce qu'on tenait à voir si oui ou non, on était capable de supporter les braillements de l'autre. On avait besoin de vérifier notre aptitude mutuelle à survivre. Ce n'est qu'après avoir en vain tenté de nous détruire que nous pouvions nous sentir en sécurité.

15. C'est infiniment plus facile d'accepter le bonheur quand il procède d'événements auxquels nous avons réussi à faire face et finalement à mener à bien grâce à beaucoup d'efforts et de bon sens. Mais le bonheur que j'avais atteint avec Chloé ne résultait pas de profondes méditations philosophiques pas plus que d'un effort personnel. C'était tout simplement, par le miracle de je ne sais quelle intervention divine, le fruit d'une rencontre avec une personne dont la compagnie m'était plus précieuse que n'importe quelle autre (ou presque) au monde. Un tel

bonheur était dangereux précisément dans la mesure où il manquait de permanence strictement autonome. Si j'avais, après des mois de labeur assidu, mis au point une formule scientifique capable d'ébranler l'univers de la physique moléculaire, je n'aurais éprouvé aucune gêne à accepter le bonheur que m'aurait procuré une telle découverte. La difficulté, dans le cas de Chloé, tenait à ce que je n'avais joué aucun rôle dans le processus d'où avait découlé ma félicité. D'où mon manque de contrôle sur l'élément inducteur de cette profonde béatitude. Tout semblait avoir été arrangé d'avance par les dieux — état de fait qui s'accompagnait nécessairement de toutes les terreurs primitives afférentes à un châtiment divin.

16. « Tout le malheur des hommes », remarque Pascal, mettant en avant le besoin que nous avons d'organiser nos ressources propres de manière à pouvoir combattre notre débilitante dépendance de la société, « vient d'une seule chose, qui est de ne savoir pas demeurer en repos dans une chambre ». Mais comment adapter une telle réflexion à l'amour? Proust rapporte l'histoire de Mohammed II qui, s'apercevant qu'il se prenait d'amour pour l'une de ses épouses dans le harem, la fit immédiatement exécuter parce qu'il se refusait à vivre dans un état d'asservissement à qui que ce fût. Sans aller jusque-là, j'avais depuis longtemps renoncé à l'espoir de me suffire à moi-même. J'étais sorti de ma chambre et j'avais commencé à aimer quelqu'un d'autre. J'avais, en conséquence, assumé le risque inséparable de ma fusion personnelle avec un être différent.

17. L'angoisse d'aimer Chloé relevait en partie de l'angoisse de me trouver dans une situation où la cause de

mon bonheur pourrait si aisément s'évanouir, pour peu que Chloé, soudain, ne s'intéressât plus à moi, ou mourût, ou en épousât un autre. Alors qu'on était au pinacle de l'amour, surgissait ainsi la tentation de briser prématurément notre liaison, de telle sorte que nous fussions, Chloé ou moi, en mesure de jouer le rôle de l'instigateur de la fin au lieu de laisser attribuer l'origine de la cassure au (à la) partenaire, ou à l'accoutumance, ou à la familiarité. Nous étions parfois en proie à un désir (lequel se manifestait dans des disputes à propos de tout et du reste) de saccager notre union avant qu'elle ne touchât à son terme naturel : un assassinat perpétré non point dans un accès de haine mais par un excès d'amour ou plutôt par la crainte de ce que pouvait entraîner un excès d'amour. Les amants en arrivent parfois à briser leur liaison simplement parce qu'ils sont incapables de supporter l'incertitude, le risque en tant que tel qu'a engendré leur pratique du bonheur.

18. Sur toute histoire d'amour plane la pensée – aussi horrible qu'impénétrable – de la façon dont elle se terminera. C'est comme si, dans la plénitude de ses forces et de sa santé, on essayait de se représenter sa propre mort avec pour seule différence (entre la fin de l'amour et la fin de la vie) que, dans le second cas, on a au moins la consolation de se dire qu'on ne sentira plus rien *après* le trépas. Rien de tel pour l'amant. Il sait que la fin de sa liaison ne sera pas nécessairement la fin de l'amour ni, à peu près certainement, la fin de la vie.

CHAPITRE DIX-SEPT

Contractions

1. Il m'était pénible : d'abord, d'imaginer une contre-vérité d'une durée de 3,2 secondes insérée dans une série de huit contractions de 0,8 seconde chacune, dont seules la première et les deux dernières (3,2 secondes) étaient authentiques. J'aurais eu moins de peine à imaginer une vérité totale ou un total mensonge, mais la pensée d'une combinaison vérité-mensonge vérité m'apparaissait comme perverse et superflue. La totalité de la séquence aurait dû être ou truquée ou authentique. Peut-être aurais-je dû ne pas attacher d'importance à la volonté de tromperie en me cantonnant dans une explication de nature physiologique. Quelles que fussent, cependant, et la cause et la valeur de l'interprétation, je n'avais pu m'empêcher de remarquer que, depuis notre retour d'Espagne, Chloé avait commencé à simuler tout ou partie de ses orgasmes.

$$0,8+/0,8+/0,8-/0,8-/0,8-/0,8-/0,8+/0,8+ \quad =$$
durée totale 6,4

2. Une activité exagérée, vraisemblablement destinée à me faire oublier son manque de participation réelle au processus, compensait à présent la diminution du nombre normal de ses contractions. Si j'attachais une telle importance à l'apparition, ou la non-apparition, de ces symptômes, ce n'était pas parce qu'ils avaient de l'intérêt *per se* (tout tendait à prouver que le plaisir n'était pas une question de nombre), mais simplement parce qu'ils étaient un symbole particulièrement significatif (chez une femme qui avait jadis tiré sa jouissance d'une succession rapide de contractions) d'une éventuelle tendance, plus marquée encore, à la dissociation.

3. La chute du nombre des contractions de Chloé ne s'accompagnait d'aucun signe flagrant de perte d'intérêt. En un sens, l'acte d'amour se manifestait à cet instant précis avec une passion encore plus vive. Non seulement les rapports gagnaient en fréquence, mais ils s'accomplissaient dans des positions différentes et à différentes heures du jour. Il y avait des turbulences, des cris et même des sanglots, les gestes déraillaient presque, plus proches de la colère que de la tendresse coutumière en pareil cas. Quelles conclusions en tirer? Sur ce point je demeurais incertain. Qu'il me suffise de signaler que j'avais des soupçons.

4. Je m'ouvris de ce qui aurait dû normalement être réservé à Chloé auprès d'un ami masculin. « Will, je ne sais pas ce qui nous arrive. Nos rapports sexuels ne sont plus ce qu'ils étaient.

— Ne t'inquiète pas. Il y a des périodes comme ça. On ne peut pas espérer que ça pète le feu à tous les coups.

— Bien entendu. Simplement, je sens qu'il y a là quelque

chose qui ne tourne pas rond. En plus du reste!... Mais je ne sais vraiment pas de quoi il retourne. En fait, depuis plusieurs mois maintenant que nous sommes rentrés d'Espagne, j'ai l'impression qu'il y a un truc qui cloche. Et pas seulement dans la chambre à coucher. Ça, c'est seulement l'un des symptômes. Il y en a d'autres un peu partout.

— Comme quoi, par exemple?

— Je ne sais pas trop. Il m'est impossible de mettre la main dessus directement. Ah si, il y a un détail qui me revient. Nous achetons, chacun, une marque différente de céréales. Et, comme je passe beaucoup de temps chez elle, elle se procure habituellement ma marque favorite, puisqu'on prend notre petit déjeuner ensemble. Or voilà que, subitement, la semaine dernière, elle a cessé de m'en acheter sous prétexte que cette marque-là est trop chère. Je ne prétends pas en tirer de conclusion. Je constate, voilà tout. »

5. Will et moi nous trouvions sur notre lieu de travail, au centre de l'espace réservé aux réceptions. Il avait été décidé d'offrir un cocktail à l'occasion du vingtième anniversaire de la firme. J'avais amené Chloé avec moi, pour qu'elle puisse enfin connaître l'endroit où j'exerçais mes talents.

« Comment se fait-il que Will ait tellement plus de commandes que toi? nous demanda-t-elle après avoir fait le tour de l'exposition.

— Ça, c'est à Will de répondre.

— Simplement parce que les vrais génies ont toujours beaucoup de mal à faire accepter leurs œuvres, expliqua Will très charitablement.

— Vos conceptions sont brillantes, dit Chloé. Je n'ai

jamais vu quelque chose d'aussi inventif, spécialement pour des projets de bureaux. L'utilisation des matériaux est absolument incroyable et la façon dont vous intégrez la brique et le métal est également formidable. Ne pourrais-tu pas en faire autant? ajouta-t-elle, se tournant vers moi.

— Je travaille à un certain nombre de projets, moi aussi, mais mon style est très différent. Parce que, justement, j'utilise des matériaux différents.

— Eh bien, vraiment, je trouve les réalisations de Will remarquables, incroyables en fait! Je ne peux pas dire à quel point ça m'a fait plaisir de les voir.

— Chloé, vraiment, vous me comblez, dit Will.

— Ça me fait une impression extraordinaire. Vos réalisations correspondent à ce qui m'intéresse et je pense qu'il est bien dommage que si peu d'architectes marchent sur vos traces. Je suppose que ça ne doit pas être facile...

— En effet ce n'est pas très facile. Mais on m'a toujours appris à agir selon mes convictions. Je bâtis des maisons qui me donnent le sentiment d'exister et le résultat est que les gens qui y habitent finissent par y puiser une espèce d'énergie.

— Je crois comprendre ce que vous voulez dire.

— Vous le comprendriez encore mieux si vous veniez en Californie. J'ai travaillé sur un projet à Monterey et là, vraiment, je vous garantis qu'on a une idée des résultats qu'on peut obtenir avec différentes espèces de pierres comme avec certains aciers et de l'aluminium, et en travaillant *avec* le paysage au lieu de le *contrarier*. »

6. Il est du ressort des bonnes manières de ne pas mettre en doute les critères de l'incitation à l'amour. Le rêve serait que l'on ne fût pas aimé en vertu de tel ou

tel critère mais plutôt en raison de *ce que l'on est,* c'est-à-dire d'un statut ontologique au-delà des attributs et des propriétés. Émanant de l'amour, comme de la richesse, un tabou flotte autour des moyens qui ont permis d'acquérir et de maintenir l'affection ou la propriété. Seule l'indigence de l'amour, ou de l'argent, nous incite à mettre en doute le système — peut-être est-ce là d'ailleurs la raison pour laquelle les amants sont de si piètres révolutionnaires.

7. Apercevant, un jour, une pauvre femme dans la rue, Chloé m'avait demandé : « M'aurais-tu aimée si j'avais eu une énorme envie sur le visage, comme cette malheureuse? » On souhaite naturellement que la réponse soit « oui » — ce qui placerait l'amour au-dessus des surfaces terre à terre du corps ou, plus particulièrement, de celles qui, cruellement, sont irréversibles. Je t'aime, non pas seulement pour ton brio, pour ton talent et ta beauté mais simplement parce que tu es toi et libre de toute servitude. Je t'aime pour ce que tu es au profond de ton âme, non pour la couleur de tes yeux ou la longueur de tes jambes ou l'ampleur de ton carnet de chèques. Ce que l'on souhaite est que l'autre nous admire dépouillé de nos biens extérieurs, qu'il apprécie avant tout l'essence de notre être en dehors de ses attributs, qu'il soit prêt à s'inspirer de l'amour inconditionnel qui, à ce qu'on dit, existe çà et là entre parents et enfants. L'ego véritable est celui qu'en toute liberté on pourrait choisir d'être et, si une envie s'étale sur notre front, ou si la vieillesse nous flétrit, ou si la crise nous met sur la paille, il convient alors qu'on nous pardonne des accidents qui ont uniquement endommagé notre surface. Et même si nous sommes beaux et riches, nous ne souhaitons nullement être aimés

en raison de ces attributs car ils sont susceptibles de nous trahir et, avec eux, l'amour. Je préférerais qu'on me fît compliment de mon intelligence plutôt que de ma figure mais, s'il le faut, je préférerais voir souligner mon sourire (sous le contrôle d'un moteur constitué de muscles) plutôt que mon nez (statique et à base de tissu passif). Ce que l'on souhaite, en fait, c'est de continuer à être aimé même si l'on perd tous ses biens, ne laissant derrière soi que son « moi », ce mystérieux « moi » considéré comme étant l'ego à son niveau le plus faible et le plus vulnérable. *M'aimes-tu assez pour que je puisse me montrer faible devant toi?* Chacun de nous aime la force mais *m'aimes-tu pour ma faiblesse?* Voilà le véritable test. M'aimeras-tu encore privé de tout ce que je pourrais perdre? M'aimeras-tu pour uniquement ce qui me restera à tout jamais?

8. C'est ce soir-là, au siège de notre bureau d'architectes, que je sentis, pour la première fois, Chloé se détacher de moi, perdre son admiration pour mon travail et se poser des questions sur ma valeur relative par rapport à d'autres. Éprouvant une sensation de fatigue, alors que Chloé et Will étaient en grande forme, je rentrai directement et ils décidèrent d'aller boire un verre dans le West End. Chloé m'avait dit qu'elle me téléphonerait dès qu'elle serait de retour chez elle mais, sur le coup de onze heures, je me décidai à l'appeler. Je tombai sur le répondeur et il en fut de même vers deux heures et demie du matin. Je brûlais d'envie de confier mon anxiété à la machine, mais l'idée de la formuler ne faisait que l'aviver en projetant mes doutes dans le royaume de l'accusation et de la contre-accusation. Peut-être n'était-ce rien — ou, alors, tout! Je préférais encore imaginer Chloé victime d'un accident que complice de Will. J'appelai la police

vers les quatre heures et demandai, du ton le plus correct
pour un individu saoulé de vodka, si on ne leur avait
pas signalé (sous la forme d'un corps mutilé peut-être ou
d'une Volkswagen en morceaux) la découverte de mon
ange, en jupe courte verte avec une veste noire, vue pour
la dernière fois dans un cabinet d'architecte, près du
Barbican. Non, monsieur, rien de pareil. S'agit-il d'une
parente? Ou simplement d'une amie? Le mieux serait
d'attendre le matin et de nous recontacter à ce moment-
là.

9. « *On peut donner vie aux problèmes rien qu'en y pensant* », m'avait dit, un jour, Chloé. Je n'osais pas penser
à celui-là par peur de ce que je découvrirais. La liberté
de pensée suppose le courage de s'empoigner, fût-ce maladroitement, avec ses démons. Mais l'esprit qui a peur est
dans l'impossibilité de changer de sujet, si bien que je
restais cloué à ma paranoïa, et fragile comme du verre.
L'évêque Berkeley et, plus tard, Chloé avaient dit que, si
l'on ferme les yeux, le monde extérieur n'a pas plus de
consistance qu'un rêve. Et, à ce moment précis, la puissance de l'illusion me semblait plus que jamais réconfortante : le besoin de ne pas regarder les choses en face, le
besoin de croire que, si l'on cesse de penser, la vérité
qu'on redoute pourrait ne pas exister.

10. Me sentant impliqué dans son absence, coupable
de la soupçonner et furieux contre ma propre culpabilité,
je fis semblant de n'avoir rien remarqué quand je me
retrouvai en présence de Chloé, à dix heures du matin,
le jour suivant. Mais elle était sûrement coupable – sinon
pourquoi aurait-elle pris la peine d'aller au supermarché
du coin pour réintroduire dans sa cuisine la ration de

céréales manquantes destinée à remplir l'estomac du jeune
Werther? Ce n'était pas son indifférence qui l'accusait,
mais un sens du devoir souligné par la présence, bien en
vue sur le rebord de la fenêtre, d'un paquet grand format
de *Three Cereal Golden Brand*.

« Il y a quelque chose qui ne va pas? Ce n'est pas la
marque que tu préfères? » me demanda Chloé, me regardant avaler avec peine.

11. Elle m'expliqua qu'elle avait passé la nuit chez
son amie Paula. Will et elle avaient bavardé longuement
dans un bar de Soho et, comme elle avait un peu trop
bu, il lui avait paru plus sûr de faire escale à Bloomsbury
plutôt que de poursuivre son chemin jusqu'à Islington.
Elle avait eu l'intention de m'appeler mais elle n'avait
pas voulu me réveiller : je lui avais dit que je souhaitais
m'endormir de bonne heure, n'était-ce donc pas mieux
comme ça? Pourquoi est-ce que je faisais une tête pareille?
Je voulais un peu plus de lait avec mes trois céréales?

12. Un besoin épistémologique accompagne les analyses tronquées de la réalité. Le besoin, si elles sont
agréables, de les croire vraies. Telle la vision du monde
d'un nigaud optimiste, la version de sa soirée présentée
par Chloé était d'une désirable crédibilité – comme si elle
m'avait offert un bain chaud où j'aurais pu me prélasser
à loisir! *Si elle y croit, pourquoi pas moi? Si c'est aussi
simple pour elle, pourquoi irais-je faire la fine bouche?* Je
souhaitais, à vrai dire, tomber dans le panneau de son
histoire de halte nocturne dans l'appartement de Paula à
Bloomsbury car elle me permettait d'écarter l'autre branche
de l'alternative : un autre lit, un autre homme, des contractions. Tel l'électeur à qui arrachent des larmes les pro-

messes de gâteries du politicien, je m'abandonnais au
pouvoir qu'avait le mensonge de flatter mes plus profondes
aspirations émotionnelles.

13. En conséquence, puisqu'elle avait passé la nuit chez
Paula, m'avait acheté des céréales et que le pardon avait
tout effacé, je ressentis une impression de confiance et de
soulagement comme si je venais de m'éveiller d'un cau-
chemar. Je me levai et entourai de mes mains l'épais
pull-over blanc de la bien-aimée. Je caressai ses épaules
à travers le tissu laineux puis je me penchai pour lui
embrasser le cou, mordiller ses oreilles, humer le parfum
familier de sa peau et savourer le frôlement de ses cheveux
sur mon visage. « Arrête ! dit l'ange. Non ! Pas maintenant ! » Mais Cupidon, incrédule, prisonnier du parfum
familier de sa peau et du frôlement de ses cheveux sur
son visage, continua de presser ses lèvres sur sa chair. « Je
croyais t'avoir dit, non, pas maintenant ! » répéta l'ange,
de telle sorte que même Cupidon put entendre.

14. Le scénario du baiser s'était échafaudé dès leur
première nuit d'amour. Elle avait placé sa tête contre la
sienne et, fasciné par cette tendre conjonction de l'esprit
et du corps, il avait commencé à parcourir de ses lèvres
l'incurvation de sa nuque. Elle avait frissonné et souri,
elle avait joué avec la main de son amant et fermé les
yeux. C'était devenu une routine entre eux deux, une
signature de leur langage intime... Non ! Pas maintenant !...
La haine est l'inscription cachée sous la lettre de l'amour,
elle a les mêmes fondements que son opposé. Si la femme,
charmée par la façon dont son amant baise sa nuque,
tourne les pages d'un livre ou se met à raconter une bonne
histoire, elle pourra voir une irritation prendre naissance

à l'instant même. Comme si la fin de l'amour était déjà implicite dans son commencement, et que les éléments constitutifs de sa débâcle aient été surnaturellement esquissés dans ceux-là mêmes de son apparition.

15. *Je croyais t'avoir dit, non, pas maintenant!* On rapporte le cas de médecins expérimentés, rompus à l'art de déceler les premiers symptômes du cancer chez leurs patients, et qui, parfois, ne se rendent pas compte de la croissance dans leur propre corps de tumeurs grosses comme un ballon de football. Il y a aussi des exemples de gens qui, dans la plupart de leurs activités, témoignent de clarté d'esprit et de bon sens mais qui sont incapables d'accepter l'idée qu'un de leurs enfants a pu mourir ou que leur femme (ou leur mari) les a quittés, et qui continuent à penser que leur enfant a fait une fugue ou que leur partenaire va casser son nouveau mariage pour revenir à l'ancien. L'amant abandonné ne peut se résigner à croire à son propre naufrage, il continue de se comporter comme si rien ne s'était passé dans le vain espoir que s'il fait table rase de la sentence d'exécution, la mort sera, d'une certaine manière, tenue en échec. Les symptômes de ma mort étaient inscrits partout pour qui savait les lire, mais la souffrance qu'ils m'infligeaient me rendait analphabète.

16. La victime de la mort de l'amour est incapable d'inventer des stratégies originales susceptibles de ressusciter le cadavre. A l'instant précis où les choses auraient encore pu s'arranger avec un tant soit peu d'ingéniosité, étant encore affaibli par mes craintes et, en conséquence, par mon manque d'originalité, je sombrai dans la nostalgie. Sentant que Chloé m'échappait, je m'efforçai de la

ramener à moi par la répétition aveugle d'attitudes qui, dans le passé, nous avaient fondus l'un dans l'autre. Je continuai à pratiquer le baiser et, dans les semaines qui suivirent, je proposai avec insistance que nous retournions dans les cinémas et les restaurants où nous avions passé d'agréables soirées ensemble. Je ressassai des plaisanteries qui nous avaient fait rire tous les deux, je repris des positions que nos deux corps avaient jadis moulées.

17. Je cherchai aussi un réconfort dans la familiarité de notre langage intime, le langage utilisé pour apaiser des conflits antérieurs, l'amusette héraclitienne destinée à faire admettre, et donc à rendre inoffensives, les fluctuations temporaires de l'amour.

« Il y a quelque chose qui ne va pas aujourd'hui? demandai-je un matin où Vénus était presque aussi pâle et triste que moi.

— Aujourd'hui?

— Oui, aujourd'hui. Il y a quelque chose qui ne va pas?

— Non, pourquoi? Tu as une raison particulière de me demander ça?

— Je ne crois pas.

— Alors pourquoi le demandes-tu?

— Je ne sais pas. Parce que tu as l'air vaguement malheureuse.

— Mes excuses si je me montre humaine!

— J'essaie seulement de t'aider. Sur dix aujourd'hui, combien me donnerais-tu?

— Je n'en ai pas la moindre idée.

— Pourquoi ça?

— Je suis fatiguée.

— Allons, dis-moi combien? »

– J'en suis incapable.

– Allons, voyons, combien sur dix? Six? Trois? Moins douze? Vingt plus?

– Je ne sais pas.

– Essaye quand même.

– Oh, pour l'amour du ciel, je n'en sais rien! Laisse-moi tranquille, bon dieu! »

18. Notre langage intime, une fois démêlé, perdit aux yeux de Chloé de sa familiarité ou, plutôt, elle fit semblant de l'ignorer afin de ne pas m'infliger de démenti. Elle refusa d'être complice du langage, elle joua à l'étrangère, elle commença à me lire à rebrousse-poil et elle trouva des erreurs. Je n'arrivais pas à comprendre pourquoi les choses que je disais et qui, dans le passé, lui avaient paru si agréables étaient, subitement, devenues si irritantes. Je ne parvenais pas à comprendre comment, alors que je n'avais pas changé, je pouvais maintenant me voir accuser de déplaire de mille et une manières. Pris de panique, je m'embarquai dans une tentative de retour à l'âge d'or, me demandant : « *Que pouvais-je bien faire autrefois que je ne réussis plus, semble-t-il, à refaire aujourd'hui ?* » Je me transformai en un conformiste à tout crin, attaché à un « moi » passé qui avait, lui, suscité de l'amour. Ce qui m'échappait c'était que ce « moi » passé était justement celui qui, à présent, se révélait si importun et que, par voie de conséquence, je ne réussissais qu'à accélérer le processus de dissolution.

19. J'étais devenu un facteur d'irritation, *quelqu'un qui a été trop loin pour qu'on se soucie de lui rendre la pareille*. Je lui achetais des livres, je portais ses affaires au pressing, je l'invitais à dîner, je suggérai qu'on aille passer quelques

jours à Paris pour les fêtes de Noël à l'occasion de notre anniversaire, mais le résultat des efforts d'un amour se battant contre un mur était fatalement humiliant. Elle pouvait se permettre de bouder, de me reprocher n'importe quoi, de faire comme si je n'existais pas, de m'énerver, de me mentir, de me frapper, de me donner des coups de pied, je ne réagissais pas et, par là même, je me rendais odieux.

20. A la fin d'un repas que j'avais mis deux heures à préparer (et qui avait été largement dominé par une dispute à propos de l'histoire des Balkans), je pris Chloé par la main et « Je voulais simplement te dire, commençai-je (et je sais que ça peut paraître sentimental), qu'en dépit de toutes nos chamailleries et de tout le reste, je continue à t'aimer sincèrement et que je tiens énormément à ce que les choses aillent bien entre nous. Tu représentes tout pour moi, tu le sais, ça? »

Chloé, qui avait toujours eu tendance à lire plus de psychanalyse que de romans, me jeta un regard soupçonneux. « Écoute, me répondit-elle, c'est très gentil à toi de me parler comme tu le fais, mais ça me gêne. Il faut que tu arrêtes de voir en moi ton idéal du moi. »

21. Les choses entre nous s'étaient réduites à un scénario tragi-comique : d'une part l'homme voyant en la femme un ange; de l'autre l'ange voyant dans l'amour l'antichambre de la pathologie.

CHAPITRE DIX-HUIT

Du terrorisme romantique

1. *« Pourquoi ne m'aimes-tu pas? »* est une question aussi insoluble (bien qu'infiniment plus désagréable) que *« Pourquoi m'aimes-tu? »* Dans les deux cas nous nous trouvons confrontés à notre manque de contrôle conscient (et attirant) sur la structure amoureuse; au fait que l'amour nous a été offert pour des raisons que nous ne sommes jamais en mesure de déterminer ou de *mériter* totalement. En un sens la réponse ne nous est pas destinée. Elle ne peut nous être d'aucun secours pour la bonne raison que ses révélations ne nous permettraient pas d'agir. Elle est impuissante à constituer un facteur causatif efficace car elle ne vient qu'après coup. Elle est la justification de détours plus mystérieusement souterrains, une superficielle analyse *post hoc*. Pour pouvoir poser de telles questions nous sommes contraints de virer, d'un côté, vers une souveraine ignorance, de l'autre vers une souveraine humilité. *Qu'ai-je fait pour mériter l'amour?* demande le timide amant. Je n'ai vraiment rien fait pour cela. *Qu'ai-je fait pour qu'on me prive d'amour?* demande l'amant trahi,

arguant avec arrogance de la possession d'un bien qui n'est jamais dû à qui que ce soit. À ces deux questions, celui (celle) qui dispense l'amour ne peut que répondre; *parce que tu es toi* — déclaration qui, dangereusement et en dehors de toute possibilité de prévision, fait osciller l'être aimé entre le sommet du grandiose et la dépression.

2. Il se peut que l'amour naisse d'un coup de foudre mais il ne meurt pas aussi instantanément. Chloé devait craindre que partir, ou même parler, ne fût le résultat d'une décision hâtive qui la pousserait à opter pour une solution qui ne serait guère plus favorable. C'est pourquoi elle s'était ralliée à l'idée d'une manœuvre en douceur — la maçonnerie de l'affection ne se déprenant que progressivement du corps de l'être aimé. Une notion de culpabilité s'attachait à l'infidélité, une responsabilité due à un reliquat de responsabilité envers un objet jadis apprécié, une espèce de mélasse sirupeuse au fond d'un verre et qui mettait du temps à se liquéfier.

3. Quand toutes les décisions paraissent difficiles, aucune n'est prise. Chloé prévariquait, et moi de même (comment aurais-je pu entrevoir une décision qui me fût favorable?). Nous continuions à nous rencontrer, à coucher ensemble et à échafauder des plans pour un petit séjour à Paris à Noël. Mais Chloé demeurait infiniment lointaine, comme si elle avait fait des projets pour quelqu'un d'autre — peut-être parce qu'il était plus facile de s'occuper de billets d'avion que de ce qui se profilait derrière leur achat ou leur non-achat. Son absence de décision ne faisait que traduire son espoir que, si elle ne faisait rien, quelqu'un d'autre s'engagerait à sa place; que, si elle laissait affleurer ses hésitations et ses frustrations sans en tirer de conclusion

pragmatique, c'était moi qui, en définitive, me chargerais de prendre l'initiative qui (trop timidement) mijotait dans sa tête.

4. Nous étions entrés dans l'ère du terrorisme romantique.

« Il y a quelque chose qui ne va pas?

— Non, pourquoi cette question?

— Je me disais simplement que tu avais peut-être envie de parler de certaines choses.

— Quel genre de choses?

— À propos de nous.

— Tu veux dire : à propos de toi, me décocha Chloé.

— Non, je dis bien : à propos de nous.

— Bon, alors quoi à propos de nous?

— Je ne sais pas exactement. J'ai simplement l'impression que, disons depuis le milieu du mois de septembre, nous n'avons pas vraiment communiqué, toi et moi. On dirait qu'il y a un mur entre nous, mais que tu te refuses à le voir.

— Effectivement je ne vois pas de mur.

— C'est ce que je voulais dire. Tu vas jusqu'à refuser d'admettre qu'il y ait jamais eu autre chose que ça.

— Ça quoi? »

5. Une fois que l'un des partenaires a commencé à se désintéresser de l'autre, il y a apparemment peu de chose que celui-ci (celle-ci) puisse tenter pour arrêter le processus. Comparable en cela à la séduction, le détachement pâtit d'être enfoui sous une couverture de silence — difficulté sans nom au beau milieu du dilemme *Je te désire / Je ne te désire pas* — dans les deux cas, d'ailleurs, il faudra une éternité avant que chacun des messages débouche sur

une articulation. La rupture elle-même de la communication est difficile à évaluer, sauf si les deux parties souhaitent la voir se rétablir. Tout cela réduit l'amant à une situation désespérée : les charmes et l'attrait d'un dialogue légitime paraissent épuisés et ne suscitent plus que de l'irritation. Dans la mesure où l'amant agit légitimement (tendrement), c'est en principe sous la forme d'un acte *ironique,* lequel acte étouffe l'amour en croyant le raviver. Et c'est alors que, parvenu à ce point de l'aventure et souhaitant désespérément reconquérir l'autre, quoi qu'il doive lui en coûter, l'amant se lance dans un terrorisme romantique né de situations irrémédiables : toute une ribambelle de petites choses (bouderie, jalousie, mauvaise conscience) qui ne sont là que pour convaincre le (la) partenaire de rendre amour pour amour, ne fût-ce qu'en explosant (en crises de larmes, de fureur ou de n'importe quoi). L'amant (l'amante) terroriste sait très bien qu'il (elle) ne peut objectivement espérer qu'on lui rende son amour, mais la futilité d'une chose ne suffit pas toujours (en amour comme en politique) à la rendre inopérante. On prononce certains mots non pour qu'ils soient entendus mais parce qu'on juge important de s'exprimer.

6. Lorsqu'un dialogue politique s'est avéré impuissant à réparer un tort, la partie lésée peut toujours, en désespoir de cause, recourir à une activité terroriste de manière à arracher par la force la concession qu'elle n'a pu obtenir pacifiquement. Le terrorisme politique est né d'impasses. C'est une forme de comportement où se mêlent un besoin d'action et en même temps le sentiment (conscient ou à demi conscient) que l'action ne mènera nulle part — et qu'elle risquera même d'aliéner, encore davantage, la par-

tie adverse. Le caractère négateur du terrorisme rejoint, dans toutes ses manifestations, la rage puérile d'un gosse furieux de constater son échec face à un adversaire plus puissant que lui.

7. En mai 1972, trois membres de l'armée rouge japonaise qui avaient été équipés, entraînés et financés par le Front populaire pour la libération de la Palestine (F.P.L.P.), voyageant à bord d'une ligne aérienne régulière, atterrirent à l'aéroport de Lod, près de Tel-Aviv. Ils débarquèrent, suivirent les autres passagers jusqu'au bâtiment du terminal et, arrivés là, sortirent des mitraillettes et des grenades de leurs bagages à main. Ils commencèrent à tirer au hasard sur la foule, massacrant vingt-quatre personnes et en blessant sept autres avant d'être eux-mêmes abattus par les forces de sécurité. Quel rapport pouvait-il bien y avoir entre une telle boucherie et la cause de l'autonomie de la Palestine? Ces assassinats ne renforcèrent pas les espoirs de paix, ils ne réussirent qu'à durcir encore l'opinion publique israélienne contre la cause palestinienne. Et, par une ironie finale du sort, il se trouva que la majorité des victimes n'étaient pas des Israéliens mais appartenaient à un groupe de chrétiens de Portorico qui se rendaient en pèlerinage à Jérusalem. Mais l'événement se justifiait pour d'autres raisons : il exprimait un besoin de manifester sa frustration là où le dialogue ne donnait plus de résultats.

8. Comme nous ne pouvions, Chloé et moi, passer qu'un seul week-end à Paris, nous avions pris le dernier vol au départ de Heathrow, le vendredi soir, avec l'intention de rentrer tard, le dimanche, à Londres. Nous allions en France pour célébrer notre anniversaire mais

l'ambiance était plutôt à l'enterrement. À notre arrivée a Paris, le terminal de l'aéroport était sombre et désert. La neige avait commencé à tomber et un vent glacial de l'Arctique balayait le terrain. Il y avait plus de passagers que de taxis si bien que nous avions dû en partager un avec une dame que nous avions remarquée au contrôle des passeports, une juriste qui se rendait à Paris pour une conférence. Bien qu'elle eût beaucoup de charme, je n'étais guère d'humeur à y prêter attention − ce qui ne m'empêcha pas de flirter avec elle pendant le trajet. Lorsque Chloé essayait de se joindre à la conversation, je lui coupais la parole en m'adressant exclusivement, et de la manière la plus séduisante, à la dame en question. Mais le succès en matière d'incitation à la jalousie dépend d'un facteur très significatif : la propension, ou non, de l'auditoire pris pour cible à y accorder le moindre intérêt. C'est pourquoi la jalousie terroriste est toujours un jeu de hasard. Jusqu'où pouvais-je aller dans mes efforts pour rendre Chloé jalouse ? Que se passerait-il si elle ne réagissait pas ? Ou bien elle masquait son dépit pour, en quelque sorte, me défier (comme ces hommes politiques qu'on voit à la télé déclarer qu'ils se fichent comme de l'an quarante des menaces terroristes), ou bien elle n'y portait sincèrement aucun intérêt. Mais comment aurais-je pu le savoir ? Une seule chose était certaine ; Chloé ne m'accorda pas la satisfaction de la voir se rebiffer. Elle se montra, au contraire, plus aimable qu'elle ne l'avait été depuis bien longtemps quand, finalement, nous nous installâmes dans notre chambre d'un petit hôtel de la rue Jacob.

9. Les terroristes prennent un véritable pari en estimant que leurs actes seront assez terrifiants pour leur procurer un certain pouvoir de marchandage. On rapporte l'histoire

d'un richissime homme d'affaires italien qui, une certaine fin d'après-midi, reçut dans son bureau un coup de téléphone d'un groupe de terroristes l'informant qu'ils avaient enlevé sa plus jeune fille. Une grosse somme était exigée comme rançon et assortie de la menace que, faute de paiement, il ne la reverrait plus vivante. Mais l'homme d'affaires, bien loin de paniquer, répliqua non sans désinvolture que, s'ils tuaient sa fille, ils lui feraient une énorme faveur. Il expliqua qu'il avait dix enfants et qu'ils l'avaient tous déçu, qu'ils avaient été une épreuve pour lui et qu'ils lui coûtaient beaucoup d'argent — tout cela pour quelques minutes d'exercice physique dans une chambre à coucher. La rançon ne serait donc pas payée et, s'ils supprimaient leur otage, eh bien ma foi, ça les regardait. Sur quoi, s'étant acquitté de ce message sans fard, il avait raccroché. Le groupe terroriste l'avait cru sur parole et, quelques instants plus tard, la petite était relâchée.

10. Des flocons tombaient encore quand on se réveilla le lendemain matin, mais la température n'était pas assez basse pour que la neige pût tenir, de telle sorte que les trottoirs étaient recouverts d'une bouillasse jaunâtre étalée sous un ciel gris et bas. Nous avions décidé de visiter le musée d'Orsay après le petit déjeuner et d'aller au cinéma dans le courant de l'après-midi. Je venais de refermer la porte de la chambre quand Chloé me demanda brusquement :

« Tu as la clef?

— Non, lui dis-je, tu m'as dit, il n'y a pas une minute, que c'était toi qui l'avais.

— Moi? Ah non, sûrement pas! dit Chloé. Non, ce n'est pas moi qui l'ai. Et toi, tu viens tout simplement de nous enfermer dehors!

– Je ne nous ai pas enfermés dehors! Si j'ai fermé la porte, c'est parce que j'étais convaincu que tu avais la clef, pour la bonne raison qu'elle n'était plus là où je l'avais laissée.

– C'est vraiment stupide de ta part, parce que je ne l'ai pas non plus, si bien que nous voici à la porte, et ça à cause de *toi*!

– À cause de *moi*? Pour l'amour du ciel, arrête de m'accuser alors c'est toi qui as oublié de prendre la clef.

– Je n'ai rien à voir avec cette clef! »

À cet instant Chloé se tourna pour se diriger vers l'ascenseur et (avec une romanesque fidélité de programmation) la clef de la chambre glissa de la poche de son manteau pour venir choir sur le tapis marron de l'hôtel.

« Toutes mes excuses!... Quand je pense que je l'avais sur moi pendant tout ce temps-là! Enfin, bon... »

Mais mon intention n'était pas de la laisser s'en tirer à si bon compte et c'est pourquoi, d'un ton acide, je lui lançai un « Ça alors! » avant de me diriger, dans un silence dramatique, vers la cage de l'escalier cependant que Chloé me criait :

« Attends-moi! Ne sois pas idiot! Où vas-tu comme ça? Je t'ai dit que je m'excusais! »

11. Une bouderie terroriste bien structurée en vue de la réussite doit s'allumer au contact de quelque méfait, fût-il bénin, imputable au provocateur de la fâcherie, et elle se caractérise par une disproportion marquée entre l'insulte infligée et la brouille consécutive car elle entraîne une punition n'ayant que peu de rapport avec la gravité de l'offense originale, laquelle aurait aisément pu se voir palliée par des voies, disons normales. Il y avait longtemps que je projetais de faire la tête à Chloé mais recourir à

un tel procédé alors que l'on n'a pas été vraiment insulté de manière flagrante peut très bien se retourner contre soi, car on s'expose au risque que le partenaire n'y attache pas d'importance et que sa culpabilité ne saute pas aux yeux.

12. J'aurais pu, sans m'y attarder, crier un peu contre Chloé, laquelle m'aurait rendu la pareille – sur quoi notre dispute à propos de la clef de la chambre d'hôtel se serait éteinte d'elle-même. À la base de toute bouderie se trouve un grief qui pourrait être examiné et liquidé sur-le-champ mais le partenaire offensé s'en empare et le met en réserve à des fins ultérieures, notamment au bénéfice d'une explosion plus douloureuse. Les délais confèrent aux doléances une pesanteur qui leur aurait fait défaut si l'affaire avait été traitée dès le début. Exhiber sa colère le plus rapidement possible après l'affront est de loin la réaction la plus généreuse car elle épargne à l'offensé le bourgeonnement de sa culpabilité et la démangeaison de chasser l'adversaire hors de son fortin. Je ne souhaitais pas faire une fleur à Chloé et c'est pourquoi je sortis seul de l'hôtel et me dirigeai vers Saint-Germain-des-Prés où je passai deux heures à bouquiner dans toute une série de librairies. Après quoi, au lieu de retourner rue Jacob pour y laisser un message, je déjeunai seul dans un restaurant puis allai voir deux films de suite et, finalement, ne rentrai à l'hôtel que vers sept heures du soir.

13. La vérité à propos du terrorisme est qu'il est essentiellement destiné à attirer l'attention. C'est une forme de guerre psychologique avec des objectifs (par exemple la création d'un État palestinien) sans rapport apparent avec les techniques militaires (ouvrir le feu à l'aéroport de Lod). Il y a un hiatus entre la fin et les moyens – la

bouderie étant utilisée pour mettre en valeur un élément qui ne la concerne qu'imparfaitement : *Je t'en veux de m'avoir accusé de perdre la clef* devenant le symbole du message plus vaste (mais indicible) *Je t'en veux d'avoir cessé de m'aimer.*

14. Chloé n'était pas stupide et, en dépit de tous mes griefs, elle avait une propension généreuse à l'autocritique. Elle avait essayé de me suivre jusqu'à Saint-Germain mais m'avait perdu dans la foule. Elle était revenue à l'hôtel, m'y avait attendu un moment puis s'était rendue au musée d'Orsay. Quand je regagnai enfin la chambre, elle était en train de se reposer sur le lit mais, sans lui dire un mot, je me rendis à la salle de bains et y pris une longue douche.

15. Le boudeur est une créature compliquée émettant des signaux d'une profonde ambivalence, implorant l'aide et l'attention d'autrui tout en se préparant à les rejeter si on les lui offre *et qui souhaite être comprise sans avoir besoin de recourir à la parole.* Chloé me demanda si je voulais bien lui pardonner, m'expliquant qu'elle avait horreur de laisser en suspens les malentendus et qu'elle avait la ferme intention de nous voir passer cette soirée d'anniversaire le plus agréablement possible. Je ne lui répondis pas. Incapable de donner libre cours à une colère (qui n'avait plus rien à voir avec une histoire de clef) j'étais comme privé de raison. Pourquoi avais-je tant de mal à dire ce que j'aurais voulu dire ? À cause, bien évidemment, de mon grief véritable, à savoir que Chloé avait cessé de m'aimer. Ma peine était si inexprimable, elle avait si peu de rapport avec une clef introuvable que j'aurais eu l'air d'un imbécile si je m'en étais ouvert tout à coup. Ma colère était donc

refoulée. Dans l'impossibilité où j'étais de n
j'avais recours à des propos lourds de symbole
et redoutant tout à la fois de les voir décoder.

16. Après ma douche, Chloé et moi décidâmes
un trait sur l'incident et on alla dîner dans un rest
de l'île de la Cité. Nous étions, l'un et l'autre, sur le
vive, prenant bien soin d'éviter les tensions, bavardan
terrain neutre à propos de bouquins, de films et de divers
grandes capitales. On aurait pu croire (du point de vu
du serveur) que le couple attablé devant lui était parfaitement heureux et que le terrorisme romantique venait
de remporter une victoire signalée.

17. Les terroristes ordinaires, cependant, ont une supériorité manifeste sur les terroristes romantiques, en ce sens
que leurs exigences (et même les plus exorbitantes) n'in-
cluent pas l'exigence la plus démesurée de toutes : l'exigence d'*être aimé*. Je savais que le bonheur que nous
connaissions, ce soir-là à Paris, était illusoire, car l'amour
dont témoignait Chloé manquait de spontanéité. C'était
l'amour d'une femme qui se sent coupable d'avoir cessé
d'éprouver de l'affection mais qui n'en essaie pas moins
de faire preuve de loyauté (autant pour se convaincre, elle,
que pour convaincre son partenaire). C'est pourquoi cette
soirée ne me rendait pas heureux. Ma bouderie avait eu
de l'effet mais son succès restait vain.

18. Bien que les terroristes ordinaires parviennent parfois à obtenir des concessions de la part des gouvernements
en faisant exploser des édifices ou des écoliers, les terroristes
romantiques sont voués, eux, à la déception par suite
d'incohérences fondamentales dans leur manière d'agir.

...te romantique, *je te forcerai*
...*loin ou en te rendant jalouse,*
... le paradoxe car, si l'amour
...st à l'instant même entaché de
...iste romantique n'a plus qu'à se
... *seulement contraint(e) à m'aimer, alors*
... *er ton amour car il ne m'a pas été rendu*
...Le terrorisme romantique est une exigence
...ctrice en raison de la nature même de son
...s. Il amène le terroriste à buter contre le mur
...déplaisante réalité : la mort de l'amour est irréver-
...ble.

19. Sur le chemin du retour à l'hôtel, Chloé glissa sa main dans la poche de mon manteau et me donna un baiser sur la joue. Je ne le lui rendis pas, non parce qu'un baiser ne me semblait pas apporter la conclusion la plus adéquate à une journée aussi déplaisante mais parce qu'il m'était devenu impossible de croire à la sincérité de Chloé. J'avais perdu la volonté de contraindre à l'amour la récalcitrante créature à qui il était destiné.

CHAPITRE DIX-NEUF

Au-delà du bien et du mal

1. En début de soirée, le dimanche, nous étions, Chl
et moi, assis en classe « économique » d'un avion de
British Airways à destination de Londres. Nous venior
de survoler la côte normande au sortir d'une épaisse couche
de nuages d'hiver pour apercevoir, en dessous de nous, une
suite ininterrompue de flots ténébreux. Tendu et incapable
de me concentrer, je m'agitais sur mon siège. Il y avait
quelque chose de menaçant dans ce vol, dans la morne
palpitation en sourdine des réacteurs, dans la décoration
intérieure d'un gris éteint, dans les sourires sucrés des
employées de la compagnie. Un chariot trimbalant des
boissons et des sandwiches se propulsait dans notre direction
et malgré ma faim et ma soif, j'éprouvai la vague nausée
qui accompagne parfois un repas pris en avion.

2. Chloé avait écouté son walkman tout en somnolant
mais voici qu'elle enlevait ses écouteurs et fixait de ses
grands yeux limpides le fauteuil placé devant elle.
« Ça va? » lui demandai-je.

'avait pas entendu.

elle.

pour moi. "

oi?

ça, Chloé?

, je présenterai les choses à l'envers.
première à essayer de résoudre un
dénigres exprès pour...

je t'en prie, tais-toi! dit Chloé, tournant
utre côté.

pourquoi?

ce que j'ai vu Will.

u as quoi?

J'ai vu Will, O.K.?

— Comment ça? Qu'est-ce que ça veut dire? Qu'est-ce que ça signifie, ça : *j'ai vu* Will?

— Oh, pour l'amour du ciel, j'ai couché avec Will.

— Madame désire-t-elle quelque chose à boire? Ou un sandwich? demanda l'hôtesse, arrivant sur ces entrefaites avec son chariot.

— Non, merci.

— Vraiment, rien du tout?

— Non, c'est bien comme ça.

— Et vous, monsieur?

— Rien non plus. Merci. »

3. Chloé s'était mise à pleurer.

« Je n'arrive pas à le croire. Non vraiment, c'est incroyable! Dis-moi que c'est une blague. Une terrible,

une horrible plaisanterie. Alors, tu as couché avec Will?
Quand ça? Où ça? Comment as-tu pu...?

– Oh, mon Dieu, si tu savais comme je suis désolée!
Je suis tellement honteuse, je te le jure! Mais je... je...
oh, je suis désolée! »

Elle pleurait si fort qu'elle était incapable de dire le
moindre mot. Les larmes ruisselaient tout au long de son
visage, son nez coulait, son corps entier était convulsé de
spasmes. Elle haletait, elle suffoquait. Elle donnait l'impression de tellement souffrir que, l'espace d'un instant,
j'oubliai ce qu'elle venait de m'avouer pour m'employer
uniquement à tarir la fontaine de ses pleurs.

« Chloé, je t'en prie, arrête! Ce n'est rien. On reparlera
de tout ça plus tard. Tidge, je t'en supplie, prends mon
mouchoir. Tout ira bien, je te le promets.

– Oh, mon Dieu, je regrette tellement. Si tu savais
combien je regrette! Tu ne méritais pas ça. Non, tu ne
le méritais pas! »

La désolation de Chloé allégea un instant le poids de
sa trahison. Ses larmes étaient comme un bref sursis pour
les miennes. L'ironie de la situation ne m'échappait pas :
l'amant s'efforçant d'arracher sa bien-aimée à la détresse
où l'a plongée le tort qu'elle lui a causé.

4. Les pleurs de Chloé auraient fini par noyer tous les
passagers et immerger l'avion si le commandant de bord
n'avait amorcé sa descente peu après qu'elles eurent
commencé à jaillir. On aurait pu se croire revenu au
Déluge, à un mascaret de désolation dû, d'un côté comme
de l'autre, à l'inéluctable cruauté de la situation. Tout
allait de travers; il fallait se séparer. Notre solitude s'ag-
gravait à chaque seconde, elle devenait de plus en plus
vulnérable en raison de notre environnement matériel, de

l'aménagement technique de l'intérieur de l'appareil, des attentions quasiment cliniques des hôtesses, de l'intérêt de nos compagnons de voyage qui, avec l'égoïste soulagement qu'on éprouve en présence des crises émotionnelles d'autrui, nous dévoraient des yeux.

5. Tandis que l'avion traversait la couche de nuages, je m'efforçai d'imaginer quel allait être l'avenir. Une période de ma vie venait de s'écrouler brutalement et je ne voyais rien d'autre, pour lui succéder, qu'un vide dévastateur. *Nous vous souhaitons un agréable séjour à Londres et espérons que nous vous reverrons bientôt à nouveau sur nos lignes.* Voyager encore bientôt! Mais serais-je en état de *revivre* bientôt? Je me pris à envier ceux qui étaient en mesure de faire des projets, de mener une existence bien réglée et de former des plans de redécollages imminents. A quoi ressemblerait ma vie à partir de ce jour? Bien que nos mains fussent encore enlacées, je savais que Chloé et moi regarderions nos corps se transformer en étrangers. Des murs se dresseraient, la séparation serait officialisée, je la reverrais par hasard dans quelques mois ou dans quelques années, nous serions d'humeur folâtre, pleins de jovialité à l'abri de notre masque, déguisés pour l'occasion, commandant une salade dans un restaurant — incapables de toucher du doigt ce qui, actuellement, commençait seulement à s'esquisser, le simple drame humain, le dénuement, la dépendance, l'irréparable perte. Nous serions comme des spectateurs sortant de la représentation d'une pièce à fendre le cœur mais dans l'impossibilité de communiquer quoi que ce soit des émotions qu'ils ont ressenties dans la salle, tout juste bons à aller boire un verre au bar, conscients d'être dépassés mais ne comprenant pas pourquoi. Bien que le moment présent me mît à

l'agonie, je le préférais par avance à tous ceux qui lui succéderaient, à ces heures que je passerais, seul, à revivre ce qui s'était produit, à nous blâmer, elle et moi, à essayer de construire un futur, un scénario de rechange, tel un dramaturge égaré qui ne sait plus quoi faire de ses personnages (sauf les occire pour en finir une bonne fois). Tout cela pendant que le train d'atterrissage touchait le tarmac à Heathrow, que l'avion roulait lentement jusqu'au terminal pour y décharger sa cargaison. Le temps que nous récupérions nos bagages, Chloé et moi, et que nous nous acquittions des formalités de douane, nos rapports appartiendraient officiellement au passé. Nous nous efforcerions de rester bons amis, de ne pas pleurer, de ne pas nous considérer comme des victimes ou des bourreaux.

6. Deux jours s'écoulèrent, sans réactions. Avoir encaissé un coup pareil, et ne rien sentir!... Dans le jargon moderne ç'aurait signifié que ça avait dû être un sacré sale coup! Et puis, un matin, je reçus — déposée chez moi — une lettre de Chloé, sa noire écriture familière étalée sur deux pages de papier couleur crème.

« Je regrette de t'avoir offert le spectacle de mon chagrin, je regrette d'avoir saccagé notre séjour à Paris, je regrette l'inévitable mélodrame qui en a découlé. Je crois que je ne pleurerai plus jamais comme je l'ai fait à bord de ce malheureux avion et que je ne serai jamais aussi déchirée par mes émotions. Tu as été si gentil avec moi ! C'est ça qui redoublait ma peine. D'autres m'auraient dit d'aller me faire voir mais toi, non, et c'est ça qui rendait les choses si difficiles.

Tu m'as demandé à l'aéroport comment je pouvais pleurer à ce point et cependant être aussi sûre de ma décision. Il faut que tu comprennes que, si je pleurais, c'était parce que je savais que nous ne pouvions plus, toi et moi, vivre ensemble et, pourtant, je t'étais encore tellement attachée! Je me rends compte que je ne peux pas continuer à te refuser l'amour que tu mérites mais qu'il m'est devenu impossible, aujourd'hui, de te le donner. Ce serait injuste, ça nous détruirait tous les deux.

Je ne parviendrai jamais à écrire la lettre que je voulais réellement t'écrire. Celle-ci n'est pas celle que je t'ai écrite dans ma tête tous ces derniers jours. Je voudrais être capable de t'envoyer une image, un dessin: je n'ai jamais été très douée pour la plume. C'est comme si j'étais incapable de transcrire ce que je ressens. J'espère simplement que tu rempliras les blancs.

Tu vas me manquer. Rien ne pourra effacer ce que nous avons vécu tous les deux. J'ai aimé ces mois que nous avons passés ensemble. Ils m'apparaissent comme une combinaison tellement surréaliste de choses et d'autres, de déjeuners le matin, à midi, de coups de téléphone en plein milieu de la journée, de soirées prolongées à l'Electric, de promenades dans Kensington Gardens. Je ne veux pas gâcher tout ça. Quand on a aimé quelqu'un, ce n'est pas la durée de la liaison qui compte, c'est tout ce qu'on a ressenti ou fait, et qui ressort de là, intensifié. Pour moi, c'est une des rares périodes où la vie ne se disperse pas ailleurs. A mes yeux tu resteras toujours beau. Je n'oublierai jamais combien j'adorais me réveiller et te découvrir à côté de moi. Mon vœu le plus cher est de ne pas continuer à te faire du mal. Je ne pourrais supporter de voir tout cela mourir à petit feu.

Je ne sais pas trop ce que je vais devenir. Je passerai peut-être les fêtes de Noël toute seule, à moins que je n'aille chez mes parents. Will doit bientôt partir pour la Californie, alors on va voir. Ne sois pas injuste, ne le blâme pas. Il a beaucoup d'amitié pour toi et te respecte immensément. Il n'a été qu'un symptôme, et non la cause, de ce qui s'est produit. Pardonne-moi cette lettre sans queue ni tête, sa confusion t'aidera peut-être à te rappeler la manière dont je me comportais avec toi. Pardonne-moi. Tu étais trop bien pour moi. J'espère que nous resterons de bons amis. Toute mon affection... »

7. Cette lettre ne m'apporta pas de soulagement. Simplement une brassée de souvenirs. Je reconnaissais les cadences et l'accent des paroles de Chloé avec, aussi, l'image de ses traits, l'odeur de sa peau, et la blessure qu'elle m'avait infligée. Je pleurai le caractère définitif de son adieu, la manière dont elle confirmait la situation, l'analysait, la mettait au passé. Je sentais les doutes et les ambivalences de sa syntaxe mais la conclusion était sans appel. C'était fini. Elle regrettait qu'il en fût ainsi, mais l'amour s'était retiré. J'étais submergé par un sentiment de trahison. De trahison parce qu'une transaction où j'avais investi tant de moi-même venait (contrairement à ce que, moi, je pensais) d'être déclarée en faillite. Chloé ne m'avait laissé aucune chance, me dis-je, discutant avec moi-même et persuadé par avance du caractère impitoyable de ces tribunaux à huis clos qui rendent un verdict sans consistance à quatre heures et demie du matin. Nous n'avions pas, c'est vrai, signé de contrat — hormis le contrat du cœur — mais je n'en étais pas moins ulcéré par la déloyauté de Chloé, par son hérésie, par cette nuit passée avec un autre homme. Comment était-il moralement possible qu'une chose pareille ait pu avoir lieu ?

8. Il est surprenant de constater combien de fois le rejet de l'amour s'exprime dans un langage moral — le langage du bien et du mal — comme si le fait de rejeter

ou de ne pas rejeter, d'aimer ou de ne pas aimer, appartenait légitimement à une branche de l'éthique. Oui, il est surprenant de constater combien de fois celui (celle) qui rejette est jugé(e) coupable et celui (celle) qui est rejeté(e) en vient à incarner le bien. Il y avait un peu de cette attitude morale dans la conduite, tant de Chloé que de moi-même. A voir la façon dont elle avait défini son rejet, je m'apercevais qu'elle avait classé son incapacité à m'aimer dans la catégorie du mal et considéré mon amour pour elle comme un symbole du bien. D'où sa conclusion (uniquement fondée sur la persistance de mon désir) que j'étais « trop bien » pour elle. Compte tenu de la probabilité de la sincérité de Chloé (elle n'avait pas pu dire cela par simple politesse!), elle avait, sur le plan de l'éthique, abouti à une telle conclusion simplement en raison de la cessation de son amour pour moi – défaillance qui, avait-elle considéré, faisait d'elle une personne moins estimable que moi – moi, un homme qui, dans la bonté de son cœur, se sentait capable de l'aimer encore.

9. Mais, quelque infortuné que puisse être un phénomène de rejet, peut-on vraiment mettre sur le même plan l'amour et l'altruisme, le rejet et la cruauté; oui vraiment, peut-on mettre sur le même plan l'amour et le bien, l'indifférence et le mal? Mon amour pour Chloé était-il moral, et son refus de moi immoral? La culpabilité attribuée à Chloé pour son rejet dépendait au premier chef des limites à l'intérieur desquelles on pouvait considérer que mon offrande d'amour n'était pas entachée d'égoïsme car, si des motifs égoïstes entraient en ligne de compte dans ladite offrande, dans ce cas alors Chloé était assurément en droit de rompre avec moi pour des motifs également égoïstes. Considérée de ce point de vue, la fin

de l'amour ne peut apparaître que comme un conflit entre deux pulsions fondamentalement égoïstes plutôt qu'entre l'altruisme et l'égoïsme, entre la moralité et l'immoralité.

10. Si l'on en croit Emmanuel Kant, un acte moral s'oppose à un acte immoral en ce qu'il est accompli en fonction d'un sens du devoir et en dehors de toute considération de la souffrance ou du plaisir qu'il peut procurer. Je ne me conduis moralement que si j'écarte de ma conduite toute pensée de ce que je peux obtenir en contrepartie, que si je ne suis guidé que par mon sens du devoir. « Pour que tout acte soit moralement bon, il ne suffit pas qu'il soit conforme à la loi morale, il faut encore qu'il soit accompli par amour de la loi morale [1]. » Les actes accomplis par suite d'une inclination spontanée ne peuvent être considérés comme moraux — ce qui revient à une négation de toute conception utilitaire de la morale fondée sur une simple prédisposition. L'essence de la théorie de Kant est que la moralité ne peut se trouver que dans le *motif* qui a justifié l'acte. Aimer quelqu'un n'est moral que si l'amour est donné en dehors de toute considération de réciprocité, s'il est donné uniquement à titre d'offrande.

11. Je qualifiais Chloé d'immorale simplement parce qu'elle avait rejeté les prévenances de quelqu'un qui, jour après jour, lui apportait réconfort, encouragement, soutien et affection. Mais avais-je le droit de la blâmer, *moralement,* de mépriser mes attentions? Le blâme est assurément légitime si l'on refuse au donateur une offrande qui lui a coûté beaucoup d'efforts et de sacrifices, mais si celui-

---

1. *Fondements de la métaphysique des mœurs* (1785). *(N. d. T.)*

ci a éprouvé autant de plaisir à donner que l'objet de son amour à recevoir, dans ce cas y a-t-il vraiment lieu de s'exprimer en termes de morale? Si l'amour a été dispensé pour des motifs égoïstes (autrement dit pour un profit personnel, et même si ce geste a été agréable au receveur), alors ce ne saurait être, aux yeux de Kant du moins, un don moral. Valais-je mieux que Chloé par le seul fait que je l'aimais? Assurément non, car si mon amour pour elle avait comporté des sacrifices, je les avais consentis parce qu'ils me rendaient heureux. Je ne m'étais nullement martyrisé, j'avais simplement agi en parfait accord avec mes inclinations, et précisément parce que ce n'était pas un *devoir*.

12. Nous passons notre temps à aimer conformément aux vues de l'utilitarisme. Au lit, nous nous conduisons en disciples de Hobbes et de Bentham, non de Platon et de Kant. Nous portons des jugements moraux en vertu de préférences personnelles et non point de valeurs transcendantales, ainsi que Hobbes le signale dans ses *Éléments de la loi* :

> « Chacun de nous qualifie ce qui lui plaît et lui est délectable de " bien " et ce qui lui déplaît de " mal ", de telle sorte que, si nous différons tous les uns des autres par notre constitution, nous en différons aussi en ce qui touche à la commune distinction entre le bien et le mal. Il n'existe, d'ailleurs, rien qui puisse être comparé à un *agathon haplos*, c'est-à-dire quelque chose de purement et simplement bien [1]. »

---

1. *Elements of Law, Natural and Politic* (1640). (*N. d. T.*)

13. J'avais perçu le mal en Chloé parce qu'elle me « déplaisait » (au sens de Hobbes) et non pas parce que au fond d'elle-même elle l'incarnait. Mon système de valeurs était la *justification* d'un état de fait plutôt qu'une interprétation des offenses de Chloé conformément à un standard absolu. J'avais commis l'erreur des moralistes classiques, telle que, succinctement, la définit Nietzsche :

> « Remarquons d'abord que nous qualifions des actes individuels de bons ou de mauvais, non pas en fonction de leurs motivations mais uniquement de leurs conséquences, utiles ou nuisibles. Très vite, cependant, nous oublions l'origine de ces appellations et en venons à nous persuader que la qualité de bien ou de mal est inhérente aux actes eux-mêmes en dehors de leurs conséquences [1]. »

Ce qui me donnait du plaisir ou de la peine déterminait la nature des étiquettes morales que je décidais d'apposer à Chloé. Je me conduisais en moraliste égocentrique. Je jugeais le monde et les obligations de Chloé envers lui en fonction de mes propres intérêts. Mon code moral n'était que la sublimation de mes désirs − un outrage au platonisme, si jamais il en fut.

14. Au comble de mon désespoir pharisaïque je me demandais : *« N'ai-je pas le droit d'être aimé et n'est-ce point son devoir, à elle, de m'aimer ? »* L'amour de Chloé m'était indispensable; sa présence dans le lit à côté de moi m'apparaissait comme aussi importante que la liberté ou le droit à l'existence. Puisque le gouvernement m'as-

---

1. *Humain, trop humain* (1878). *(N. d. T.)*

surait ces deux prérogatives, pourquoi ne m'aurait-il pas
également assuré mon droit à l'amour? Pourquoi accor-
dait-il une telle importance au droit à une vie et à une
liberté d'expression dont je me fichais éperdument si je
n'avais pas à côté de moi quelqu'un qui donnait un sens
à cette vie? A quoi bon vivre sans amour, sans quelqu'un
pour m'écouter? Qu'était-ce que la liberté si elle se réduisait à la liberté d'être abandonné?

15. Mais comment eût-il été possible d'étendre le langage du droit à celui de l'amour? De forcer les gens à
aimer par devoir? N'était-ce pas là une nouvelle manifestation de terrorisme romantique? De fascisme romantique? La moralité doit avoir ses frontières. C'est une
affaire relevant des Cours suprêmes et non des larmes
amères de la nuit non plus que des pitoyables séparations
de sentimentalistes bien nourris, bien logés, trop lettrés,
trop gratinés. Je n'avais, jusqu'à ce jour, aimé qu'à la
manière égoïste et spontanée des utilitaristes. Et, dans la
mesure où l'utilitarisme affirme qu'un acte n'est justifié
que s'il apporte le plus de bonheur au plus grand nombre,
la souffrance que j'éprouvais à aimer Chloé et celle qu'elle
ressentait à être aimée de moi prouvaient surabondamment
que notre liaison n'était pas seulement devenue amorale,
mais immorale.

16. Il était regrettable que la colère ne pût se marier
au blâme. Mes souffrances me portaient à rechercher un
coupable mais je ne pouvais en conscience accuser Chloé.
Je venais d'apprendre que les humains entretenaient entre
eux des relations de liberté négative, tenus qu'ils étaient,
sans doute, de ne pas porter préjudice à leurs semblables,
mais qu'ils étaient certainement libres de ne pas s'aimer

les uns les autres s'ils ne le désiraient point. Une croyance primitive et, au total, peu tragique m'inclinait à penser que ma colère m'autorisait à jeter le blâme sur autrui, mais je reconnaissais que ce blâme ne pouvait porter que sur une possibilité de choix. On ne se met pas en rage contre un bourricot parce qu'il ne sait pas chanter car sa constitution ne lui a jamais permis autre chose que de braire. De la même façon on ne peut reprocher à un amant d'aimer ou de ne pas aimer car c'est là une affaire qui dépasse ses possibilités de choix et, partant, sa responsabilité. Il n'empêche que ce qui rend le rejet du partenaire plus difficile à admettre que l'impossibilité de chanter des bourricots tient au fait que, précédemment, l'amant(e) aimait. Il est donc plus facile de ne pas blâmer le bourricot parce que, de sa vie entière, il n'a jamais su chanter alors que l'être aimé nous aimait il n'y a pas longtemps encore – ce qui rend la véracité du plaidoyer *Je ne t'aime plus* d'autant plus dure à avaler.

17. Le caractère outrecuidant de mon désir d'être aimé venait seulement de m'apparaître à présent qu'il n'était plus payé de retour. Je restais seul avec mon désir, sans défense, sans droits, tel un hors-la-loi, et outrageusement brutal dans mes exigences. *Aime-moi*! Et pourquoi cela? Je n'avais à mon actif que l'habituelle et fort piètre excuse : *Parce que je t'aime*.

CHAPITRE VINGT

Du psycho-fatalisme

1. Chaque fois que s'abat sur nous une calamité, nous sommes amenés à explorer les confins du domaine des causes habituelles de nos soucis afin de comprendre pourquoi nous avons été choisis pour recevoir une punition aussi terrible et intolérable. Et plus le châtiment a été cruel, plus nous sommes enclins à lui attribuer une signification qu'objectivement il ne saurait avoir, à sombrer en fait dans une espèce de psycho-fatalisme. Étourdi et épuisé par mon affliction, je suffoquais sur des points d'interrogation, des symboles de l'effort de mon esprit pour interpréter un tel chaos. *Pourquoi moi ? Pourquoi ça ? Pourquoi maintenant ?* J'analysais le passé pour y déceler des origines, des augures, des offenses, tout ce qui aurait pu me fournir une raison de la déraison qui m'entourait, un semblant de baume sur la blessure que j'avais reçue, un lien entre des événements dépareillés, un plan cohérent que je pourrais superposer à la pagaille des points et des tirets de mon existence.

2. Je me vis contraint de renoncer au technocratique optimisme des temps modernes. Je me glissai à travers les mailles du filet enserrant les peurs primitives. J'abjurai la lecture de quotidiens et la confiance en la télévision. J'abjurai la foi en la météo et les recensements économiques. Mes pensées se tournaient maintenant vers les désastres millénaires – les tremblements de terre, les inondations, les dévastations, la peste. Je me rapprochai de l'univers des dieux, de l'univers des forces ancestrales qui régissent notre destin. Je m'ouvrais à l'évanescence du tout et du reste, aux illusions sur lesquelles se bâtissent les gratte-ciel, les ponts, les théories, les lance-fusées, les élections et les *fast-food*. Je perçus dans le bonheur et le repos un déni brutal de la réalité. Je dévisageai les voyageurs des trains de banlieue et m'étonnai qu'ils n'aient rien prévu. J'imaginai des explosions cosmiques, des océans de lave, le pillage et la destruction. Je compris les souffrances accumulées au cours de l'histoire : ce tableau de carnages baignant dans une nauséeuse nostalgie. Je me pénétrai de l'arrogance des hommes de science et des politiciens, des propagateurs d'informations et des employés des stations-service, du ronron béat des comptables et des jardiniers. Je m'associai aux grands parias, je m'inscrivis dans le sillage de Caliban et de Dionysos, de tous ceux qu'on avait mis plus bas que terre pour avoir regardé en face les verrues purulentes de la vérité. En bref, je ne tardai pas à perdre la raison.

3. Mais avais-je le choix ? Le départ de Chloé avait ébranlé l'idée que j'étais maître chez moi, elle m'avait rappelé ma faiblesse neuronale, tout ce qu'il y a dans la conscience claire d'impuissant et d'inadéquat. J'avais perdu mon contrôle de la pesanteur, j'étais désintégré, comme

pénétré de l'étrange lucidité qui naît d'une totale déses-
pérance. Je me rendais compte de mon incapacité à me
raconter ma propre histoire; j'avais laissé s'en charger un
démon, un puéril et pétulant démon qui se plaisait à
brandir ses personnages pour ensuite les fracasser sur les
rochers sous-jacents. J'avais l'impression d'être une
marionnette actionnée par des ficelles qui s'élevaient jusqu'aux cieux ou s'enfonçaient jusqu'au tréfonds de ma
psyché. Je jouais un rôle dans une intrigue dont je ne
pouvais en rien altérer le dessein supérieur. J'étais l'acteur,
non le dramaturge, j'avalais aveuglément un scénario écrit
par un autre, prédestiné que j'étais à une conclusion qui
me précipiterait sans ménagement vers une fin inconnue
mais sûrement douloureuse. Je me confessais, je battais
ma coulpe pour l'arrogance de mes anciens optimismes,
de ma croyance que la réponse dépendait de la pensée.
Je me rendais compte que les pédales de la voiture
n'avaient rien à voir avec ses déplacements. Je pouvais
toujours appuyer sur le frein ou l'accélérateur, le véhicule
n'obéissait qu'à son élan propre. Ma croyance fugitive en
l'efficacité des pédales était erronée. Mes certitudes passées
n'avaient été qu'une coïncidence fortuite entre les pédales
et le mouvement, les théories conscientes et le destin.

4. Si mon cerveau n'était qu'un pâle imitateur et non
l'initiateur, c'est donc que le cerveau réel était ailleurs,
quelque part dans la coulisse, sous le plateau ou en haut
des portants, en tout cas pas dans ma tête. Une fois de
plus je me pris à réfléchir au destin, une fois de plus je
ressentis la divine nature des origines de l'amour. Son
apparition puis son départ (la première si belle, le second
si affreux) étaient là pour me rappeler que j'étais un
simple hochet dans les jeux de Cupidon et Aphrodite.

Abominablement puni, je cherchais les causes de ma culpabilité. J'avais été un criminel sans le savoir. Je m'étais aventuré sur un terrain dont je ne pouvais soupçonner les dangers, tuant à l'aveuglette, responsable d'un meurtre qui n'avait droit à aucune indulgence parce que je l'avais commis sans intention préconçue. Je désirais la survie de l'amour et, pourtant, je l'avais tué. Je m'étais rendu coupable d'un crime sans me rendre compte que je l'avais perpétré et, à présent que j'essayais de découvrir l'offense qui l'avait engendré, et mal assuré de ce que j'avais pu commettre, je m'avouais responsable de tout. Je me déchirais en m'échinant à retrouver l'arme du crime, chaque insolence se retournait contre moi pour me hanter, escortée de tous ces petits actes triviaux de cruauté et d'étourderie dont aucun n'avait échappé aux dieux qui, à présent, me poursuivaient de leur inexorable vengeance. Je ne supportais plus le reflet de mon visage dans une glace, je m'arrachais les yeux, j'attendais que des oiseaux vinssent me déchirer le foie, et je hissais le poids de mes péchés jusqu'en haut des montagnes.

5. Les mythes de l'Antiquité étaient morts, bien entendu. Ils étaient trop immenses pour l'ère des calculatrices de poche. L'Olympe était une station de ski; l'Oracle de Delphes une taverne près de Queensway, mais les dieux étaient toujours là. Ils avaient assumé une forme nouvelle, ils s'étaient vêtus et modernisés. Ils s'étaient miniaturisés, ils n'évoluaient plus dans l'espace à travers les nuages, mais se dissimulaient dans notre psyché. Je vivais un drame sur la scène de l'esprit, là où l'individu était le champ privilégié des luttes entre les divinités. Avec, au centre de l'arène, Zeus/Freud dirigeant la représentation, distribuant les motivations, les coups de ton-

nerre, les éclairs, les malédictions. Je me débattais sous les coups funestes du destin – un destin non pas extérieur, mais un psycho-destin, un destin intérieur.

6. A une époque scientifique, la psychanalyse venait offrir des noms à mes démons. Bien qu'étant elle-même une science, elle conservait la dynamique (sinon la substance) des superstitions, la croyance que la plus grande partie de notre vie se déroule en dehors du contrôle de la raison. Dans ces histoires de manies et de motivations inconscientes, de compulsions et de visitations, je reconnaissais l'univers de Zeus et de ses collègues, cette Méditerranée transportée dans la Vienne de la fin du XIXe siècle, une interprétation sécularisée, aseptisée, de *grosso modo* la même imagerie. Complétant la révolution de Galilée et de Darwin, Freud renvoyait l'homme à l'humilité initiale de ses ancêtres grecs : non point tellement des acteurs que des êtres soumis aux actes. Le monde de Freud était constitué de pièces de monnaie à double face dont l'un des côtés échappait totalement à notre vision, un monde où la haine pouvait dissimuler un grand amour et un grand amour la haine; où un homme pouvait essayer d'aimer une femme mais, en réalité, tout faire inconsciemment pour la jeter dans les bras d'un autre. Partant d'une base scientifique en vertu de laquelle on prônait, depuis si longtemps, le libre arbitre, Freud se faisait le héraut d'un genre de déterminisme psychique. C'était une pichenette ironique à l'histoire de la science : les freudiens mettaient en doute, au nom de cette science elle-même, la domination du « Je » pensant. Le *« Je pense, donc je suis »* s'était métamorphosé en la formule de Lacan, *je pense là où je ne suis pas et je suis là où je ne pense pas.*

7. Il n'y a pas de point de vue transcendantal d'où nous puissions observer le passé : celui-ci se construit toujours à partir du présent et se modèle sur ses mouvements. De même que nous n'observons pas le passé en tant que tel mais bien plutôt pour nous aider à comprendre l'instant que nous sommes en train de vivre, le rôle que mon amour pour Chloé avait joué dans mon existence me semblait très différent maintenant qu'il avait connu une fin si peu heureuse. Au cours des phases de notre liaison où je m'étais senti le plus optimiste, j'avais inséré l'amour dans la narration d'une existence sans cesse améliorée d'où il ressortait qu'en fin de compte j'apprenais à vivre et à me rendre heureux. Cela me faisait penser à une de mes tantes, une mystique à temps partiel, qui m'avait prédit jadis que je trouverais le bonheur dans l'amour avec, presque certainement, une femme ayant des goûts artistiques. Je m'étais rappelé cette tante un jour où je regardais Chloé en train de peindre, ravi de constater que, même sur un point de détail, elle entrait dans le cadre de la prédiction de ma parente. Me promenant avec elle, bras dessus bras dessous, dans la rue, j'avais parfois le sentiment que les dieux m'avaient béni et que la félicité qui m'était accordée était la preuve de la présence d'un halo planant en haut des cieux.

8. Pour peu que nous nous mettions en quête d'augures, bons ou mauvais, nous ne serons jamais en peine d'en découvrir. A présent que Chloé m'avait quitté, une autre histoire d'amour me revenait à l'esprit, une histoire d'amour elle aussi condamnée à l'échec et qui avait été voulue parce qu'elle était précisément vouée à l'échec et que sa faillite serait la perpétuation d'un cas classique de névrose familiale. Quand mes parents avaient divorcé,

je me rappelle que ma mère m'avait mis en garde contre un piège du même ordre car sa propre mère y avait succombé, et la mère de sa mère elle aussi. Ne souffrais-je donc pas d'une maladie héréditaire, d'une malédiction qui pesait sur notre famille par suite de notre constitution génétique et psychologique?... Une fille que j'avais fréquentée deux ans avant Chloé m'avait prédit au cours d'une violente dispute que je ne serais jamais heureux en amour parce que « je pensais trop ». Et c'était vrai : je pensais trop (mes présentes ruminations en étaient suffisamment la preuve!). Mon esprit s'était révélé être autant un instrument de torture qu'un auxiliaire bénéfique. Peut-être, à force de penser, avais-je sans m'en rendre compte éloigné de moi Chloé dont l'esprit s'opposait si nettement à ma tendance à l'aridité des analyses. Le souvenir me poursuivait de la lecture d'un horoscope alors que j'attendais chez le dentiste et où j'avais appris que plus j'essaierais de réussir en amour et plus je rencontrerais de difficultés. La rupture avec Chloé m'apparaissait maintenant comme partie intégrante d'un schéma selon lequel les efforts que je déploierais auprès d'une femme ne me mèneraient qu'à leur destruction, et cela en vertu d'un destin psychologique encore obscur à mes yeux. Je ne pouvais rien faire de bon. J'avais offensé les dieux. La malédiction d'Aphrodite était sur moi.

9. Le psycho-fatalisme qui avait remplacé chez moi un fatalisme romantique à présent dépassé n'était qu'un aspect comparable d'une structure cérébrale identique. Ils étaient, l'un et l'autre, des modes narratifs, des points de repère alignés dans une succession d'événements s'étalant très au-delà des simples séquences temporelles, et cela parce

qu'ils valorisaient l'itinéraire en fonction d'une échelle (bonne/mauvaise) soit « héros » soit « héros tragique ». Consigné sur un graphique (*cf.* la figure 20.1), le premier et heureux écrit aurait ressemblé à une flèche se déplaçant vers le haut de l'échelle cependant que j'apprenais à dominer l'univers et à comprendre l'amour.

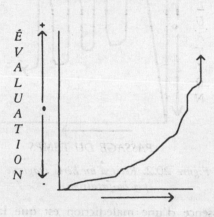

PASSAGE DU TEMPS

Figure 20.1. Récit d'un héros
(fatalisme romantique)

10. Mais le refus de Chloé avait gâché l'esquisse en me rappelant que son passé était assez complexe pour inclure une histoire toute différente au cours de laquelle le bonheur serait immanquablement suivi d'une chute brutale. Reporté sur un autre graphique (*cf.* figure 20.2) le déroulement de mon existence serait susceptible de se présenter comme une suite de pics entrecoupés de creux de plus en plus profonds – une existence de héros tragique

dont le succès s'achèterait au terrible prix de la rançon
de sa propre vie :

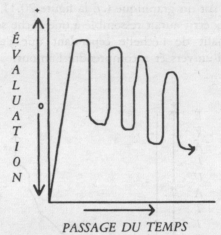

Figure 20.2. Récit d'un héros tragique
(psycho-fatalisme)

11. L'essence d'une malédiction est que la personne
qui en est frappée est dans l'incapacité de la mesurer.
C'est un code secret tapi à l'intérieur de l'individu et qui
se développe au cours d'une vie mais sans jamais acquérir
une articulation rationnelle et catégorique. L'oracle apprend
à Œdipe qu'il tuera son père et épousera sa mère, mais
ces avertissements en clair ne servent à rien, ils n'alertent
que le « Je » pensant et ne parviennent pas à désamorcer
la malédiction chiffrée. Œdipe s'enfuit pour échapper au
présage de l'oracle mais il n'en finit pas moins par épouser
Jocaste. Son histoire est racontée pour lui, non par lui. Il
connaît le résultat éventuel. Il sait les dangers qui
l'attendent mais il ne peut rien y changer. La malédiction
est hors de sa portée.

12. Mais de quelle malédiction étais-je la proie? De rien d'autre, en fait, que d'une impuissance à établir des rapports heureux avec autrui — cet insigne malheur si répandu dans les sociétés modernes. Expulsé du bosquet ombreux de l'amour, je me verrais contraint d'errer à la surface de la terre jusqu'à la fin de mes jours, incapable de me délivrer de ma propension à éloigner de moi ceux que j'aimais. Je cherchais un nom pour qualifier ce fléau quand je le découvris dans la description psychanalytique de la *compulsion de répétition* que voici :

« ... au niveau de la psycho-pathologie concrète, un processus incoercible et d'origine inconsciente par lequel le sujet se place activement dans des situations pénibles, répétant ainsi des expériences anciennes sans se soucier du prototype et avec, au contraire, l'impression très vive qu'il s'agit de quelque chose qui est pleinement motivé dans l'actuel [1] ».

13. Le côté réconfortant de la psychanalyse (s'il est permis de s'exprimer avec d'autant d'optimisme) tient au monde *signifiant* dans lequel elle suggère que nous vivons. Aucune philosophie n'est plus éloignée de l'idée que la vie est un conte dit par un idiot et ne signifiant rien (le seul fait de nier la signification est significatif). La signification, cependant, n'est jamais frivole. Le tour de passe-passe du psycho-fataliste s'ingéniait à remplacer subtilement le *et puis* par un *afin que,* donnant ainsi de la réalité à un lien causal générateur de paralysie. Je n'avais pas aimé Chloé... *et puis* elle m'avait quitté. J'avais aimé

1. J. Laplanche et J.-B. Pontalis, *Le Langage de la psychanalyse* (1967). *(N. d. T.)*

Chloé *afin qu*'elle me quittât. La douloureuse histoire de mon amour apparaissait ainsi comme un palimpseste à l'ombre duquel on avait écrit une autre histoire. Enfoui au plus profond de l'inconscient un autre schéma avait, au cours des semaines ou des années initiales, été conçu. Le bébé avait éloigné la mère ou bien la mère avait quitté le bébé et, à présent, le bébé/homme recréait le même scénario avec des acteurs différents mais une intrigue identique — Chloé se drapant dans les vêtements de quelqu'un d'autre. Pourquoi, d'ailleurs, l'avais-je choisie? Non pas à cause de la forme de son sourire ou de la vivacité de son esprit mais, bel et bien, parce que l'inconscient, ce répartiteur des rôles dans le drame intérieur, avait reconnu en elle une nature adéquate pour le personnage de la mère/enfant de l'intrigue, quelqu'un qui rendait service à l'auteur de la pièce en disparaissant de la scène juste à point après l'indispensable accumulation de ruines et de désolations.

14. A la différence des malédictions des dieux grecs, le psycho-fatalisme offrait du moins la promesse d'une éventualité d'échappatoire. Là où était le *ça* ne pouvait être le *moi*. Pour peu, bien entendu, que le moi ne fût pas anéanti par la souffrance, meurtri, ruisselant de sang, crevé, incapable de prévoir le jour suivant et encore moins la vie à venir. Mon moi avait perdu tout pouvoir de récupération, il avait été dévasté par un ouragan et ne luttait plus que pour rétablir le fonctionnement des services courants. A supposer que j'aie eu la force de me lever de mon lit, j'aurais pu me déplacer jusqu'au divan et, là, tel Œdipe à Colone, commencer à organiser la fin de mes souffrances. Mais je n'étais même pas capable du bon sens indispensable pour quitter la maison et aller

chercher de l'aide. Je n'avais même plus la force de parler ou de mimer. Je ne pouvais partager mes souffrances avec qui que ce fût et elles me ravageaient. Je restais lové dans mon lit, les rideaux tirés, irrité par le moindre bruit, par la moindre lueur, indûment bouleversé si le lait dans le réfrigérateur avait perdu sa fraîcheur ou si un malheureux tiroir refusait de s'ouvrir du premier coup. Constatant que mes mains ne se refermaient plus sur rien, j'aboutis à la conclusion que la seule façon de retrouver un minimum de souveraineté était de me suicider.

CHAPITRE VINGT ET UN

Du suicide

1. Noël revint, apportant avec lui des chanteurs de cantiques, des cartes de bons vœux et les premières chutes de neige. Chloé et moi avions projeté de passer le week-end de Noël dans un petit hôtel du Yorkshire. La brochure était encore sur mon bureau : *Le Cottage de l'Abbaye offre à ses hôtes la chaude hospitalité du Yorkshire dans un décor naturel exquis. Relaxez-vous près du feu de bois dans le salon aux poutres de chêne apparentes, promenez-vous à travers la lande ou, tout simplement, laissez-nous prendre soin de vous. Des vacances au Cottage de l'Abbaye vous apporteront tout ce que, depuis toujours, vous attendez d'un hôtel — et plus encore.*

2. Deux jours avant Noël et quelques heures avant ma mort, sur le coup de cinq heures du soir d'un sombre vendredi, Will Knott me téléphona.

« Je me suis dit que j'allais t'appeler pour te dire au revoir. Je dois retourner à San Francisco ce week-end.

— Ah, je vois.

— Dis-moi, comment ça marche pour toi?

— Je te demande pardon?

— Est-ce que tout va bien?

— Bien? Oh oui, on peut voir les choses sous cet angle-là.

— Ça m'a fait de la peine d'apprendre ce qui t'était arrivé avec Chloé. Ce n'est vraiment pas de chance.

— Ça m'a fait plaisir d'apprendre ce qui t'était arrivé avec Chloé.

— Ah, tu es au courant? Oui, c'est tombé à pic. Tu sais certainement combien je l'appréciais, et depuis toujours. Et quand elle m'a téléphoné qu'elle et toi aviez rompu, à partir de là les choses n'ont pas traîné.

— Eh bien, c'est fantastique, Will!

— Ça me fait plaisir de t'entendre dire ça. Je ne voudrais pas que tout ceci puisse créer une gêne entre nous car, vois-tu, une grande amitié est quelque chose dont je n'aimerais pas avoir à me passer. J'espérais toujours que vous vous raccommoderiez, je suis sûr que vous auriez fait un couple du tonnerre. C'est vraiment dommage mais, hein, c'est comme ça! Qu'est-ce que tu fais pour Noël?

— Je pense que je vais rester chez moi.

— On dirait qu'il va y avoir de la neige pour de bon dans le coin. Peut-être assez pour penser au ski.

— Chloé est-elle avec toi en ce moment?

— Est-elle avec moi en ce moment? Oui, ou plutôt non. Je veux dire qu'elle n'est pas avec moi à cet instant précis. Elle était là, mais elle vient de sortir pour faire quelques courses. Nous parlions de " crackers " de Noël et elle m'a dit qu'elle aimait beaucoup ça, ce qui fait qu'elle est partie en acheter.

— Épatant! Ne manque pas de lui transmettre mon bon souvenir.

– Elle sera ravie que nous ayons bavardé un moment. Sais-tu qu'elle vient passer Noël avec moi en Californie?

– Ah vraiment?

– Oui, ça l'intéresse énormément de découvrir mon pays. Nous resterons deux jours chez mes parents à Santa Barbara. Après quoi nous irons sans doute un peu dans le désert ou je ne sais où.

– Elle adore les déserts.

– En effet, c'est ce qu'elle m'a dit. Bon, eh bien, je ne veux pas te retenir plus longtemps. Je te souhaite d'heureuses vacances. Je vais essayer de mettre un peu d'ordre ici dans mon barda. Je serai peut-être de retour en Europe l'automne prochain. Mais de toute façon, je te donnerai un coup de fil pour prendre de tes nouvelles. »

3. J'allai dans la salle de bains et sortis toutes les pilules que j'avais en ma possession. Puis je les étalai sur la table de la cuisine. Avec un mélange d'aspirine, de vitamines, de somnifères, plusieurs verres de sirop pour la toux et du whisky, j'aurais largement de quoi mettre un point final à toute cette charade. Quelle réaction plus sensée que de se supprimer, une fois privé d'amour? Si Chloé était vraiment toute ma vie, n'était-il pas normal que je mette fin à cette vie pour lui prouver que, sans elle, elle était impossible? Ne serait-il pas malhonnête de continuer à m'éveiller chaque matin si la personne dont je prétendais qu'elle était le sel même de mon existence était en train, à ce moment précis, d'acheter des « crackers » de Noël pour un architecte californien disposant d'une maison sur les hauteurs de Santa Barbara?

4. Ma rupture avec Chloé m'avait valu, de la part d'un certain nombre d'amis et de relations, mille et une

banales démonstrations de sympathie. Ç'aurait pu être réconfortant : les destins divergent, la passion n'est pas éternelle, mieux vaut encore avoir vécu et aimé, le temps guérit toutes les plaies. Will lui-même s'était efforcé d'enlever à l'événement tout caractère exceptionnel, comme s'il s'était agi tout bonnement d'un tremblement de terre ou d'une avalanche : quelque chose d'inéluctable que la nature nous envoie pour nous mettre à l'épreuve et dont il ne saurait être question de contrecarrer l'inéluctabilité. Eh bien, ma mort serait un violent déni de la platitude, elle serait là pour rappeler que je n'acceptais pas, moi, d'oublier, comme le faisaient les autres. Je voulais échapper à l'érosion et aux apaisements dispensés par le passage du temps, je voulais que ma souffrance s'éternisât, ne fût-ce que pour rester en contact avec Chloé par la brûlure de ses nerfs à vif. Seule ma mort serait à même d'affirmer l'importance et l'immortalité de mon amour; seule l'autodestruction me permettrait de démontrer à un monde las de tant de tragédies que l'amour était un sujet sérieux, un sujet mortel.

5. Celui qui lira ces lignes sera en vie mais leur auteur sera mort. Il était sept heures du soir et la neige, qui ne cessait de tomber, commençait à étendre une couverture sur la cité : mon linceul. « C'était la seule façon dont je pouvais te dire que je t'aimais. Je suis suffisamment adulte pour ne pas te demander de te sentir coupable, tu sais ce que je pense de la culpabilité. J'espère que tu te plairas en Californie. Je crois savoir que les montagnes y sont très belles. Je sais que tu ne pouvais pas m'aimer, comprends donc, je te prie, qu'il m'était impossible de vivre sans ton amour... » Ce document suicidaire (l'écriture étant toujours une forme de suicide retardé) avait subi de

nombreuses modifications. Une pile de feuillets froissés s'entassait à côté de moi. Vêtu d'un manteau gris, je m'assis à la table de la cuisine avec pour seule compagnie le bourdonnement du réfrigérateur. Soudainement, je saisis un tube et avalai ce qui – je ne le sus que par la suite – représentait une vingtaine de comprimés de vitamine C effervescents.

6. Je m'imaginai Chloé recevant la visite d'un policier peu après la découverte de mon corps inanimé. Il n'était pas difficile de se représenter l'expression d'égarement sur son visage, non plus que Will Knott sortant de la chambre, drapé dans un linge chiffonné, demandant « *Il y a quelque chose qui ne va pas, chérie?* » et elle lui répondant « *Ça, oui, oh mon Dieu, ça oui!* » avant de s'effondrer en sanglots. Un regret et un remords affreux ne manqueraient pas de suivre – elle se reprocherait de ne pas m'avoir compris, de s'être montrée si cruelle, si peu clairvoyante. Avait-elle jamais connu un homme épris d'elle pour lui sacrifier sa vie?

7. Une incapacité notoire à exprimer leurs émotions fait des êtres humains les seuls animaux susceptibles de se suicider. Un chien en colère ne se suicide pas, il mord la personne ou l'objet qui l'a irrité, mais un humain courroucé boude dans sa chambre et ultérieurement se tire un coup de revolver. L'homme est une créature allégorique et métaphorique. Incapable de communiquer ma révolte, j'avais choisi de la symboliser par ma propre disparition. Je préférais me nuire à moi-même plutôt qu'à Chloé, je portais à la scène en me tuant la suggestion du mal qu'elle m'avait fait.

8. J'avais de l'écume à la bouche maintenant, des bulles orange se formaient dans la cavité intérieure et venaient exploser au contact de l'air, projetant une pellicule orange sur la table et sur le col de ma chemise. Tandis que j'observais cet acide spectacle chimique, je fus frappé par l'incohérence du phénomène du suicide car je n'avais pas voulu *choisir* entre la vie et la mort. J'avais seulement voulu montrer à Chloé qu'il m'était impossible – métaphoriquement parlant – de vivre sans elle. L'ironie de la situation tenait à ce que cette mort était un acte trop littéral pour me laisser une chance que soit perçue la métaphore. J'étais frustré par l'impuissance des morts (dans un contexte séculier du moins) à regarder les vivants regarder les morts. A quoi bon avoir monté un tel scénario si je ne pouvais être là pour observer d'autres que moi en train de l'observer? En me représentant ma mort je m'étais imaginé dans le rôle d'un spectateur assistant à sa propre extinction – occasion qui n'avait aucune chance de se produire effectivement puisque je serais tout bonnement mort et, donc, dépourvu de mon vœu ultime : *être à la fois mort et vivant*. Mort de manière à montrer au monde en général et à Chloé en particulier l'étendue de mon courroux, et vivant afin de pouvoir noter l'effet produit sur Chloé par cet événement et me soulager ainsi de ma colère. Ce n'était pas une question d'être ou ne pas être. Ma réponse à Hamlet était à la fois être *et* ne pas être.

9. Ceux qui commettent un certain genre de suicide oublient peut-être la seconde partie de l'équation. Ils considèrent la mort comme une extension de la vie (une forme d'après-vie au cours de laquelle nous serions à même d'observer les conséquences de nos actes). Je me

déplaçai en trébuchant jusqu'à l'évier, où mon estomac se déchargea par saccades du poison effervescent. Le plaisir du suicide ne pouvait se localiser dans une lugubre entreprise de destruction de l'organisme, mais dans les réactions d'autrui à ma disparition : Chloé pleurant sur ma tombe, Will détournant les yeux, tous deux éparpillant un peu de terre sur mon cercueil en noyer. M'être tué aurait signifié que j'avais oublié que je serais trop mort pour tirer le moindre plaisir du mélodrame de ma propre extinction.

CHAPITRE VINGT-DEUX

Le complexe de Jésus

1. S'il y a un quelconque profit à escompter des affres de l'agonie, il est possible qu'il se trouve dans la capacité de certaines victimes à considérer cette tragédie comme le témoignage (pour pervers qu'il soit) de leur caractère particulier. Pourquoi auraient-ils été choisis pour endurer des tourments aussi titanesques sinon pour prouver qu'ils sont différents des autres *et donc vraisemblablement supérieurs* à ceux qui ne souffrent pas?

2. Je ne supportais pas l'idée de rester seul dans mon appartement pour les fêtes de Noël et c'est pourquoi je réservai une chambre dans un petit hôtel près de Bayswater Road. J'emportai avec moi une mallette et un assortiment de bouquins et de vêtements, mais en fait je n'en lus aucun, pas plus que je n'utilisai ma garde-robe. Je passai des journées entières drapé dans un peignoir de bain blanc allongé sur le lit, zappant d'une chaîne de télévision à l'autre, lisant les menus du room-service et prêtant l'oreille aux bruits divers qui montaient de la rue.

3. J'eus quelque peine d'abord à isoler ce bruit particulier dans le gémissement général de la circulation ronronnant sous ma fenêtre. Des portières de voitures claquaient à tout casser, des camions grinçants passaient en première vitesse, un marteau piqueur ébranlait le trottoir. Et cependant, dominant le tout, j'avais commencé à identifier un bruit totalement différent qui cascadait à travers la paroi ténue de ma chambre, d'un endroit proche de mon visage à cet instant pressé contre un numéro de *Time Magazine,* enfoui sous un appuie-tête sébacé. Il était de plus en plus évident, en dépit de tous les efforts que je faisais pour ne pas y croire (et Dieu sait que je m'y employais!), que les échos qui s'échappaient de la chambre d'à côté n'étaient autres que ceux du rite nuptial de l'espèce humaine. « Ils baisent, me dis-je, oui, ils sont en train de baiser! »

4. Quand un homme entend d'autres individus se livrer à ce genre d'activité, on peut raisonnablement l'imaginer hésitant entre diverses attitudes. S'il est jeune et inventif, il n'est pas exclu qu'il se plaise à s'identifier avec le mâle à côté de lui et à construire dans son cerveau de poète une vision idéale de l'heureuse créature – Béatrice, Juliette, Charlotte, Tess – dont il se flatte alors de provoquer, lui, les gémissements. Ou, inversement, si cet enregistrement objectif de libido lui porte sur les nerfs, il lui est toujours loisible de se détourner de la scène, et de hausser le volume de la télévision.

5. Mais ma réaction ne brilla que par sa passivité. Ou, pour mieux dire, je n'allai pas jusqu'à pousser ma réaction au-delà des limites de la constatation. Depuis le départ de Chloé je m'étais, au total, borné à constater. J'étais

devenu quelqu'un qui, dans tous les sens du mot, était à l'abri des surprises. La surprise, nous expliquent les psychologues, est une réaction à l'inattendu mais j'en étais arrivé à m'attendre à tout et, en conséquence, ne pouvais plus être surpris par rien.

6. Que me passait-il par la tête ? Rien si ce n'est une vague rengaine entendue jadis à la radio dans la voiture de Chloé alors que le soleil se couchait à l'horizon de l'autoroute :

Je t'aime, mon tendre amour
Écoute-moi appeler ton nom, je n'en ai point de honte
Je t'aime, mon tendre amour
Ne me quitte jamais, tout sera toujours comme en ce jour.

Je me grisais à présent de ma propre tristesse, j'avais atteint la stratosphère de la souffrance, le moment où la douleur se hausse au niveau de la valeur et bascule dans le complexe de Jésus. Les chuchotements du couple en train de copuler et la mélodie des jours heureux d'antan se fondaient dans les gigantesques larmes qui s'étaient mises à couler de mes yeux à la pensée des malheurs de mon existence. Mais, pour la première fois, ce n'étaient pas de brûlantes larmes de colère, elles avaient plutôt la saveur douce-amère d'un brassement d'ondes teintées de la conviction que ce n'était pas moi qui étais aveugle mais ceux qui m'avaient infligé un tel calvaire. J'avais l'impression d'être élevé au-dessus de moi-même, parvenu au pinacle où la souffrance vous fait entrer dans la vallée de la joie, la joie du martyre, la joie du complexe de Jésus. Je m'imaginais Chloé et Will parcourant ensemble la Californie, j'écoutais les supplications haletantes : « Encore,

encore », « Plus fort, plus fort! » s'échappant de la chambre
d'à côté et je m'enivrais de l'alcool du chagrin.

7. Jusqu'où peut aller la grandeur si l'on est compris
de tout le monde? me demandai-je, réfléchissant au destin
du fils de Dieu. Pouvais-je vraiment continuer à m'accuser
de l'incompréhension de Chloé à mon égard? Son rejet
de mon amour était plutôt le signe de sa myopie que
d'une carence de ma part. Je n'étais plus nécessairement,
moi, la vermine, et elle l'ange. Elle m'avait préféré un
Le Corbusier californien de troisième ordre parce que son
pouvoir de compréhension sonnait trop creux. J'entrepris
de réévaluer son caractère sous un jour nouveau en me
concentrant sur les traits que j'estimais être les moins
heureux. Elle était, à vrai dire, très égoïste, ses charmes
ne s'ornaient que d'un vernis superficiel sous lequel se
dissimulait une nature beaucoup moins attrayante. Si elle
parvenait, à force de séduction, à persuader les gens qu'elle
était adorable, c'était beaucoup plus grâce au piquant de
ses propos et à son aimable sourire que pour des motifs
plus sérieusement dignes de susciter l'amour. Les autres
ne la connaissaient pas aussi bien que moi et il était clair
(bien que je ne m'en fusse pas aperçu alors) qu'elle était
foncièrement égocentrique, passablement caustique, parfois inconsidérée, souvent frivole, à l'occasion désagréable
quand elle était à bout de patience, quand elle voulait
imposer ses opinions dogmatiques et (lorsqu'elle avait
décidé de m'abandonner) tout ensemble irréfléchie et sans
égards.

8. Ayant, à force de gémir, acquis une infinie sagesse,
il m'était naturellement possible de lui pardonner, de la
prendre en pitié et de la placer sous ma tutelle en raison,

précisément, de son manque caractérisé de jugement — et je dois dire que c'était là une pensée qui me procurait un infini soulagement. Je pouvais me permettre de me détendre dans une chambre d'hôtel verte et lilas, de me gonfler du sentiment de ma vertu et de ma magnanimité. Je plaignais Chloé d'être si peu compréhensive, moi le mage infiniment sagace qui observait le comportement des hommes et des femmes avec, au coin des lèvres, un sourire averti et mélancolique.

9. Pour quelle raison étais-je enclin à faire appel au nom de Jésus pour qualifier ce tour de passe-passe psychologique et pervers qui transformait en victoires chaque défaite et chaque humiliation? J'aurais pu identifier mes souffrances avec celles du jeune Werther, de Madame Bovary ou de Swann, mais aucun de ces amants meurtris ne soutenait la comparaison avec la vertu immaculée de Jésus et son irréfutable bonté par opposition au mal que perpétraient ceux qu'il s'efforçait d'aimer. Ce n'étaient pas seulement les yeux pleins de larmes et le visage blême que lui avaient attribués les artistes de la Renaissance qui faisaient de lui un être aussi attachant; la vérité était que Jésus était un homme bon, intégralement juste *et* trahi. Le côté pathétique du Nouveau Testament, comme celui de ma propre liaison, venait de la mélancolie de l'histoire d'un homme vertueux mais mal compris qui prêchait l'amour de tout être pour son prochain, mais qui avait vu se retourner contre lui la générosité de son message.

10. Il est difficile d'imaginer que la Chrétienté aurait pu connaître un tel succès sans avoir à sa tête un martyr. Si Jésus s'était contenté de mener une existence paisible en Galilée à fabriquer des commodes et des tables de

salle à manger et à publier, sur le tard, un petit volume intitulé *Ma philosophie de la vie* avant de succomber à une crise cardiaque, il n'aurait pas acquis la renommée qui est la sienne. Son agonie sur la croix, la cruauté et la corruption des autorités romaines, la trahison de ses amis, tout cela a fourni les éléments indispensables (plus sur le plan psychologique que dans le domaine de l'histoire) pour prouver que cet homme avait Dieu de son côté.

11. Les sentiments vertueux germent spontanément dans l'humus fertile de la souffrance. Plus on souffre et plus on doit être vertueux. Le complexe de Jésus s'emmêlait dans des sentiments de supériorité : la supériorité du chien battu qui fait appel à une plus grande vertu face à la tyrannie et à l'aveuglement irrésistibles de ses oppresseurs. Évincé par la femme que j'aimais, je sublimais ma douleur en une qualité (effondré sur mon lit à trois heures de l'après-midi, transformé en un Jésus sur sa croix) et par là même me protégeais contre une interprétation de mes malheurs réduite aux conséquences de ce qui n'était, en mettant les choses au mieux, qu'une rupture romantique très courante en ce bas monde. Le départ de Chloé m'avait sans doute tué mais il m'avait, au moins, laissé la glorieuse possession d'un standing moral élevé. Condamné à mort mais martyr au regard de l'histoire.

12. Le complexe de Jésus se situait à l'extrême opposé du spectre du marxisme. Né de la haine de soi-même, le marxisme m'interdisait d'adhérer à tout club qui eût souhaité m'avoir pour membre. Le complexe de Jésus m'empêchait, lui aussi, de franchir les portes d'un club mais, parce qu'un excès d'égoïsme était en cause, il se

justifiait en expliquant que mon exclusion tenait uniquement à l'extrême singularité de ma personne. La plupart des clubs, étant des affaires assez frustes, se montraient naturellement peu enclins à accepter les grands, les sages et les sensitifs. Ils les évinçaient, et leurs petites amies les laissaient tomber. Ma supériorité en cette affaire provenait au premier chef de mon isolement et de mes tortures. *Je souffre donc je suis singulier. Je suis incompris mais précisément pour cette raison je dois bénéficier d'une plus grande compréhension.*

13. Dans la mesure où elle évite la haine de soi-même, on ne peut avoir que de la sympathie pour l'espèce d'alchimie qui transforme la faiblesse en vertu – et l'évolution de ma souffrance vers le complexe de Jésus impliquait, à coup sûr, une certaine dose de bonne santé. Elle indiquait que, dans la lutte interne et délicate entre la haine de soi et l'amour de soi, celui-ci était en train de prendre le dessus. Ma réaction initiale au rejet de Chloé avait procédé de la haine de soi car j'avais continué à l'aimer tout en me haïssant pour mon incapacité à maintenir à flot notre liaison. Mais mon complexe de Jésus avait inversé la situation en me permettant d'interpréter désormais ce rejet comme étant un signe du caractère méprisable ou, au mieux, pitoyable (la pitié, ce parangon des vertus chrétiennes!) de l'infidèle. Le complexe de Jésus n'était rien de plus qu'un mécanisme d'autodéfense. Je n'avais pas souhaité que Chloé m'abandonnât, je l'avais aimée comme jamais aucune autre avant elle mais, à présent qu'elle s'était envolée vers la Californie, ma réaction à cette perte irréparable m'amenait à réinventer la valeur inégalable du passé. Ce n'était, à l'évidence, qu'un mensonge, mais

l'honnêteté est parfois au-delà de nos forces surtout
lorsque – délaissé et désespéré – on passe seul les fêtes
de Noël dans un petit hôtel à écouter le cantique de
l'orgasme s'échappant de la chambre d'à côté.

CHAPITRE VINGT-TROIS

Ellipse

1. Si l'on en croit un dicton arabe, l'âme voyage à la vitesse d'un chameau. Tandis que nous nous lançons en avant, entraînés par l'inexorable dynamique des horaires du présent, notre âme, siège de notre cœur, se traîne à la suite, pleine de nostalgie et ployant sous le faix de la mémoire. Si chaque liaison amoureuse ajoute un certain poids à la charge du chameau, on peut alors s'attendre à ce que l'âme ralentisse le pas selon la signification du fardeau de la passion. Quand, enfin, le temps fut venu de flanquer par terre l'écrasante charge des souvenirs qu'elle me laissait, Chloé avait pratiquement tué mon chameau.

2. Son départ m'avait enlevé tout désir de me maintenir à la hauteur du présent. La vie que je menais désormais n'était plus qu'une vie nostalgique, j'entends par là qu'elle se situait en un rapport constant avec celle que j'avais connue auprès de Chloé. Mes yeux n'étaient jamais vraiment ouverts, ils regardaient derrière eux, tournés vers les tréfonds d'autrefois. J'aurais voulu passer le reste

de mes jours à suivre le chameau, à errer dans les dunes de la mémoire, faisant halte dans de charmantes oasis pour y feuilleter les images de jours moins infortunés. Le présent n'avait plus aucun charme, le passé m'était devenu le seul temps habitable. Que pouvait être, par comparaison, le présent sinon un ironique souvenir de celle qui avait disparu? Que pouvait m'offrir le futur en dehors d'une absence encore plus affligeante?

3. Quand je parvenais à me noyer dans la mémoire il m'arrivait parfois de perdre de vue ce présent sans Chloé, me figurant, comme si j'avais été l'objet d'une hallucination, que la rupture n'avait pas eu lieu, que nous étions toujours ensemble et que je pouvais à tout instant lui téléphoner pour lui proposer un film à l'Odéon ou une promenade dans le parc. J'avais décidé de ne tenir aucun compte du séjour de Chloé avec Will en Californie; mon esprit s'écartait de la réalité pratique pour se transporter dans une féerie de journées idylliques faites d'allégresse, d'amour, d'éclats de rire. Et puis, tout à coup, quelque chose me rejetait violemment dans le présent-sans-Chloé. Le téléphone sonnait et, alors que je me dirigeais vers l'appareil, je notais (comme si c'était la première fois où je plongeais dans la douleur en le remarquant) que l'endroit où Chloé avait l'habitude de mettre sa brosse à cheveux dans la salle de bains était vide. Et l'absence de cette brosse à cheveux, souvenir insupportable de son abandon, me poignardait le cœur.

4. L'impossibilité d'oublier Chloé s'accompagnait de la survie d'une multitude de souvenirs du monde extérieur que nous avions eus en partage et dans les mailles desquels elle était encore prise. Alors que je me trouvais dans la

cuisine, la bouilloire se mettait à projeter l'image de
l'absente en train de la remplir; un tube de concentré de
tomate sur un rayon de supermarché me rappelait soudain,
par une curieuse espèce d'association d'idées, une similaire
course aux emplettes effectuée avec elle plusieurs mois
auparavant. Franchissant en voiture, tard un soir, l'échan-
geur de Hammersmith, je m'étais surpris à rêver à une
expérience identique, au même endroit, par une journée
également pluvieuse mais avec, cette fois, Chloé assise à
côté de moi. La disposition des coussins sur mon canapé
me rappelait la façon dont elle s'y appuyait dans ses
moments de lassitude. Le dictionnaire sur une étagère de
ma bibliothèque évoquait soudain sa passion pour la
découverte des mots qu'elle ne connaissait pas. A certains
moments de la semaine où nous avions coutume d'organiser ensemble des sorties en ville, j'étais confronté à
un abominable parallèle entre le passé et le présent. Les
samedis matin ramenaient à la surface nos expéditions
dans les musées, les soirées du vendredi telle ou telle
boîte, les fins d'après-midi du lundi certain programme
de télévision.

5. L'univers physique se refusait à me permettre d'oublier. La vie est plus cruelle que l'art car ce dernier,
d'habitude, s'emploie à ce que le décor physique soit en
harmonie avec l'état mental des personnages. Si quelqu'un,
dans une pièce de Lorca, remarque que le ciel s'est assom-
bri, qu'il est maintenant gris et bas, ce n'est plus là une
innocente observation de caractère météorologique mais
un symbole de manifestations de la psyché. La vie, hélas,
ne nous fournit pas des points de repère aussi commodes.
Un orage éclate mais, en dépit de ce qui aurait pu être
un présage, de ruine et de mort, quelqu'un, au cours de

cette même période, découvre l'amour et la vérité, la beauté et le bonheur alors que la pluie s'acharne à crépiter sur les carreaux des fenêtres. De la même façon, par une chaude et belle journée d'été, une voiture perd le contrôle de sa direction sur une route en lacet, percute un arbre et blesse mortellement ses passagers.

6. Mais le décor extérieur ne s'adaptait pas à mes humeurs personnelles. Les édifices qui avaient constitué l'arrière-plan de mon rêve d'amour et que j'avais animés de sentiments correspondants se refusaient catégoriquement à changer d'aspect pour se mettre en accord avec mes dispositions nouvelles. Les mêmes arbres bordaient les approches de Buckingham Palace, les mêmes façades en stuc s'alignaient le long des rues des quartiers résidentiels, la même Serpentine sinuait à travers Hyde Park, le même ciel étalait la même lisière bleu porcelaine, les mêmes voitures circulaient dans les mêmes artères, les mêmes magasins vendaient quasiment les mêmes marchandises à quasiment les mêmes clients.

7. Un tel refus de changement était là pour me rappeler que le monde n'était pas le reflet de mon âme mais une entité indépendante qui continuerait de suivre son chemin, que je fusse comblé d'amour ou non, heureux ou malheureux, vivant ou mort. Je ne pouvais escompter un changement d'expression de l'univers en fonction de mes humeurs, ni un intérêt subit des grands blocs de pierre qui encadraient les rues de la cité en faveur de mes amours, même s'il devait rester lointain. En admettant qu'ils eussent pris quelque plaisir à observer ma félicité, ils avaient beaucoup mieux à faire que de s'écrouler à présent que Chloé était partie.

8. Et puis, inévitablement, je commençai à oublier. Quelques mois après notre rupture je me trouvais dans le quartier de Londres où elle avait habité et je remarquai que le fait de penser à elle avait perdu une grande partie de sa douloureuse acuité. Je notai même que je ne pensais pas tellement à elle (bien que je fusse exactement dans ses parages) qu'au rendez-vous que je me trouvais avoir avec quelqu'un dans un restaurant non loin de là. Je me rendis compte alors que le souvenir de Chloé s'était neutralisé au point de devenir un élément du cours des choses. La culpabilité, cependant, accompagnait encore ce début d'oubli. Ce n'était plus l'absence de Chloé qui me blessait mais mon indifférence naissante à cette disparition. L'oubli était là pour me rappeler la perte, la mort, l'infidélité à ce qui, jadis, m'avait paru si précieux.

9. Je recouvris graduellement mon ego, de nouvelles habitudes s'ébauchèrent, une identité sans Chloé s'édifia. Mon identité s'était depuis si longtemps concentrée autour d'un « nous » que le retour à un « je » impliquait une réinvention presque totale de mon moi. Il me fallut beaucoup de temps avant de voir s'estomper les centaines d'associations accumulées entre nous deux. Il me fallut vivre des mois entiers avec mon canapé avant de m'apercevoir que l'image de ma bien-aimée allongée dessus en chemise de nuit avait cédé la place à une autre image : celle d'un ami, assis là à lire un livre ou de mon manteau jeté en travers. Il me fallut parcourir Islington d'innombrables fois avant de me sentir en mesure d'oublier qu'Islington n'était pas seulement le fief de Chloé mais un quartier commode pour faire ses courses et pour dîner. Il me fallut passer en revue presque chaque endroit familier, récrire chaque sujet de conversation, rejouer chaque chan-

son et réinterpréter chaque activité que nous avions pu partager afin de les reconquérir à l'usage du présent et d'être ainsi à même de rendre vaines leurs implications. Mais, peu à peu, c'est un fait, je parviens à oublier.

10. Le temps se rapetissa, tel un accordéon qui est vécu en extension mais dont on ne se souvient qu'en contraction. Ma vie avec Chloé était comme un bloc de glace qui fondait graduellement à mesure que je le reportais sur le présent. Un peu comme un événement courant qui se fige en simple élément de l'histoire et, ce faisant, se recroqueville en un petit nombre d'éléments essentiels. Le processus me faisait penser à une caméra qui enregistre des milliers de vues à la minute mais qui en élimine la plupart pour finalement fixer son choix selon de mystérieux caprices, se décidant pour telle ou telle d'entre elles parce qu'une inclination émotive s'y est fondue. Semblable en cela à un siècle qui se réduit puis s'assimile à un certain pape ou à un monarque ou à une bataille, ma liaison se réduisait à quelques détails iconiques (plus hasardeux que ceux des historiens mais aussi sélectifs) : l'expression du visage de Chloé lors de notre premier baiser, le léger duvet sur son bras, une vision d'elle m'attendant, debout, à l'entrée de la station de Liverpool Street, son pull blanc, son rire quand je lui avais raconté l'histoire de ce Russe dans un train en France, sa façon de se passer la main dans les cheveux.

11. Le chameau devenait de plus en plus léger à mesure qu'il voyageait à travers l'espace. Il ne cessait de se débarrasser des souvenirs et des photos, les balançant sur le sol désertique et laissant le vent les ensevelir dans le sable. Et graduellement le chameau avait retrouvé une

telle légèreté qu'il lui était désormais possible de trotter et même de galoper – à sa manière fort curieuse – jusqu'au jour où, dans une petite oasis qui avait pour nom le présent, l'animal épuisé parvint enfin à rattraper ce qui restait de moi.

CHAPITRE VINGT-QUATRE

Les leçons de l'amour

1. Il nous faut admettre que certaines leçons peuvent
être tirées de l'amour, faute de quoi nous devrions nous
contenter béatement de ressasser nos erreurs indéfiniment
comme ces mouches qui deviennent folles à force de se
fracasser la tête contre les vitres, incapables qu'elles sont
de comprendre que, bien que le verre leur paraisse trans-
lucide, il leur est impossible de passer à travers. N'y a-
t-il pas certaines vérités de base à puiser dans cette aventure, quelques lambeaux de sagesse qui nous permettraient
d'échapper à un enthousiasme démesuré, à la souffrance
et à une amère déception? N'est-ce point une ambition
légitime que d'apprendre à se mesurer avec l'amour,
comme on le fait avec un régime alimentaire, avec la
mort, avec l'argent?

2. Nous commençons déjà à nous y exercer lorsque
nous comprenons que nous ne sommes pas nés avec l'art
de vivre, mais que la vie est une sagesse qu'il nous faut
acquérir, comme on fait ses études ou qu'on va à bicy-

clette ou qu'on joue du piano. Mais à quoi nous invite cette sagesse? Elle nous recommande d'aspirer à la tranquillité et à la paix intérieure. A nous garder de l'inquiétude, de la peur, de l'idolâtrie et des passions délétères. Elle nous apprend que nos impulsions spontanées ne correspondent pas toujours à la vérité et que nos appétits nous égareront si nous n'avons pas entraîné notre raison à discriminer les besoins superficiels et les besoins essentiels. Elle nous apprend le contrôle de notre imagination, sans lequel nous serions enclins à déformer la réalité, à transmuer les montagnes en taupinières et les grenouilles en princesses. Elle nous apprend à maîtriser nos craintes de telle manière que, s'il est légitime de redouter ce qui peut nous faire du mal, nous n'allions point gaspiller notre énergie à détaler devant des ombres sur un mur. Elle nous apprend à ne pas avoir peur de la mort et à admettre que la seule peur que nous puissions redouter est la peur de la peur.

3. Mais que nous apprend cette sagesse au sujet de l'amour? Est-ce quelque chose à quoi il nous faille renoncer comme, par exemple, le café ou les cigarettes, ou qui nous soit permis, à l'occasion, comme un verre de vin ou une barre de chocolat? L'amour s'oppose-t-il directement à tout ce que représente la sagesse? Les esprits sagaces perdent-ils la tête, ou seulement les enfants qui ont grandi trop vite?

4. Si certains esprits sagaces ont accordé quelque encouragement à l'amour, ils ont pris grand soin d'établir une distinction entre ses diverses manifestations comme, à vrai dire, ces médecins qui déconseillent la mayonnaise mais en acceptent la consommation quand elle est préparée avec

des ingrédients peu propices au cholestérol. Ils se gardent de confondre l'impétueux amour de Roméo et Juliette avec, chez Socrate, l'adoration contemplative du Bien. Ils opposent les excès d'un Werther au pacifique et fraternel amour proposé par Jésus.

5. La différence pourrait se répartir en deux catégories : l'amour *mûr* et l'amour *immature*. Préférable en tous points, ou presque, la philosophie de l'amour mûr se reconnaît à une appréciation militante du bien et du mal inhérents à tout être, elle déborde de tempérance, elle résiste à l'idéalisation, elle est exempte de jalousie, de masochisme ou d'obsession. C'est une forme d'amitié avec, en plus, une dimension sexuelle; elle est plaisante, pacifique et payée de retour (ce qui explique peut-être pourquoi la plupart de ceux qui ont connu l'ardeur du désir refusent à son absence de douleur l'appellation d'*amour*). L'amour immature, en revanche, bien qu'il ait peu à voir avec l'âge, est une succession de chaotiques embardées entre l'idéalisation et la déception, un état instable dans lequel des sentiments d'extase et de béatitude se mêlent à des sensations de noyade et de nausée aux portes de la mort, et où l'impression d'avoir enfin trouvé *la réponse* se perd dans celle de n'avoir jamais été à ce point égaré. L'apogée logique de l'amour immature (parce que *absolu*) se situe au niveau de la mort, symbolique ou réelle, alors que l'apogée de l'amour mûr s'épanouit dans le mariage et dans une tentative pour échapper à la mort par les chemins de la routine (la presse du dimanche, le repassage des pantalons, les appareils ménagers télécommandés) car l'amour immature ne tolère aucun compromis et, si on n'accepte pas de compromis, on s'engage sur le chemin de la mort. Pour quelqu'un qui a connu le summum de

l'amour immature, s'installer dans le mariage revient à payer un prix insupportable — mieux vaudrait encore en finir en précipitant sa voiture du haut d'une falaise.

6. Avec le naïf bon sens que font parfois naître les problèmes complexes, il m'arrivait de me demander (comme si la réponse avait pu s'inscrire au dos d'une enveloppe) : pourquoi, tout simplement, ne pas nous aimer les uns les autres? Assiégé de toutes parts par les souffrances de l'amour, par les plaintes des mères, des pères, des frères, des sœurs, des amis, des vedettes des feuilletons de la télé et de leurs coiffeurs, je gardais l'espoir que, puisque tout le monde s'infligeait et partageait pratiquement les mêmes souffrances, il ne serait pas impossible de trouver une réponse commune — une solution métaphysique aux problèmes romantiques du monde qui se hausserait à la hauteur grandiose de la réplique communiste aux iniquités du capital international.

7. Je n'étais pas le seul à entretenir l'utopie de mon rêve éveillé car j'avais de mon côté un certain nombre de personnes (permettez-moi de les qualifier de *positivistes romantiques*) lesquelles estimaient qu'à force de réflexion et de thérapie on pouvait transformer l'amour en une expérience moins pénible, pour ne pas dire quasiment porteuse de santé. Cet assortiment d'analystes, de prédicateurs, de gourous, de thérapeutes et d'écrivains, tout en reconnaissant que l'amour abonde en problèmes, s'imaginait que tout problème authentique doit finir par trouver une solution authentique. Confrontés à la détresse de la plupart des vies émotionnelles, les positivistes romantiques s'employaient à identifier les causes — complexe d'amour de soi, complexe du père, complexe de la mère, complexe

de complexes — et à suggérer des remèdes (thérapie de régression, lecture de *La Cité de Dieu*, un peu de jardinage et de méditation). Le destin d'Hamlet aurait pu être évité grâce au concours d'un bon psy façon Jung ; Othello aurait pu se débarrasser de son agressivité sur le divan d'un psychothérapeute ; Roméo aurait pu se trouver quelqu'un de mieux adapté par l'entremise d'une agence matrimoniale ; Œdipe aurait pu partager ses problèmes de famille grâce à une thérapie de groupe.

8. Alors que l'art souffrait d'une obsession morbide pour ce qui est des problèmes attenant à l'amour, les positivistes romantiques concentraient la lumière sur les mesures pratiques les plus aptes à désamorcer les causes les plus fréquentes de l'angoisse et des peines de cœur. Après les penseurs pessimistes d'une grande partie de la littérature romantique occidentale, les positivistes romantiques apparaissaient comme les courageux champions d'une approche plus éclairée et plus optimiste de toute une fraction de l'expérience humaine traditionnellement abandonnée à l'imagination morose d'artistes dégénérés et de poètes psychotiques.

9. Peu après le départ de Chloé je tombai, dans une bibliothèque de gare, sur un classique de la littérature positiviste romantique : l'ouvrage d'une certaine Dr Peggy Nearly intitulé *Le Cœur saignant* [1]. Bien que pressé de regagner mon bureau, je n'en achetai pas moins le volume, séduit par la notice, au dos de la jaquette rose, qui posait la question : « Être amoureux veut-il nécessairement dire : être malheureux ? » Qui était donc cette Dr Peggy Nearly,

1. *The Bleeding Heart*, Peggy Nearly, Capulet Books, 1987.

une femme qui avait la prétention d'élucider une énigme de cette envergure? Je le sus dès la première ligne :

> ...diplômée de l'Institut de l'Amour et des Relations
> Humaines de l'Oregon, résidant dans la région de
> San Francisco, elle est psychanalyste, pédopsychiatre
> et conseillère conjugale. Elle est l'auteur de nombreux
> ouvrages sur la dépendance émotionnelle, l'envie de
> pénis, la dynamique de groupe et l'agoraphobie.

10. Mais de quoi parlait ce *Cœur saignant*? Il racontait l'infortunée et cependant optimiste histoire d'hommes et de femmes tombés amoureux de partenaires mal assortis qui les traitaient avec cruauté ou bien les laissaient sur leur faim émotionnelle ou encore se mettaient à boire et devenaient violents. Ces mal-lotis avaient établi un lien inconscient entre l'amour et la souffrance et ils ne pouvaient s'empêcher d'entretenir l'espoir que leurs compagnons si mal assortis avec eux finiraient par changer de comportement et les aimer vraiment. Leur existence allait être gâchée par l'illusion qu'ils pourraient réformer des individus qui, par nature, étaient dans l'incapacité de répondre à leurs besoins émotionnels. Au troisième chapitre, le Dr Nearly identifiait les racines du problème comme étant le fait de parents incompétents qui avaient donné à ces infortunés romantiques une vision déformée du processus affectif. Si ces malchanceux n'étaient jamais aptes à aimer des gens susceptibles de les traiter correctement, c'était parce que leurs attachements affectifs initiaux leur avaient appris que l'amour était cruel et non payé de retour. Mais, grâce à la thérapie et en se reportant vers leur enfance, ils seraient peut-être en mesure de déceler les sources de leur masochisme et de

comprendre que leur désir de changer de partenaire n'était que la survivance d'une puérile envie fantasmatique de transformer leurs parents de façon qu'ils soient à la hauteur de leur tâche.

11. Peut-être parce que j'avais fini de le lire à peine quelques jours plus tôt, j'eus la tentation d'esquisser un parallèle assez inattendu entre l'infortune des personnes évoquées par le Dr Nearly et Emma Bovary, mariée à un époux en adoration devant elle et qu'elle détestait parce qu'elle en était venue à associer l'amour et la souffrance. Après quoi elle s'était lancée dans des adultères avec des hommes très mal choisis qui la traitaient cruellement et sur qui elle ne pouvait pas compter pour combler ses aspirations romantiques. Emma Bovary souffrait parce qu'elle ne cessait d'espérer que ces hommes changeraient et l'aimeraient comme elle le souhaitait — alors qu'à l'évidence Rodolphe et Léon ne voyaient en elle qu'un agréable passe-temps. Emma, malheureusement, ne pouvait bénéficier d'une thérapie qui lui eût permis d'être assez consciente pour identifier les origines de son comportement masochiste. Elle négligea son époux et sa petite fille, gaspilla l'argent du ménage et finit par se suicider à l'arsenic, laissant derrière elle une jeune enfant et un mari fou de douleur.

12. Il est parfois intéressant de se demander comment les événements auraient pu évoluer si certaines solutions courantes à notre époque avaient pu être utilisées. Que serait-il arrivé si Madame Bovary avait eu la possibilité de discuter de son cas avec le Dr Nearly? Oui, que se serait-il passé si le positivisme romantique avait pu intervenir dans l'une des histoires d'amour les plus tragiques

de la littérarure? N'est-il pas permis de se demander quel
aurait été le déroulement de la conversation si Emma était
entrée, à San Francisco, dans le cabinet du Dr Nearly :

Bovary, sanglotant sur le divan...

NEARLY : Emma, si vous voulez que je vous aide,
il faut que vous m'expliquiez ce qui vous tourmente.

*Sans lever les yeux, Emma se mouche dans un mou-
choir brodé.*

NEARLY : Pleurer est une expérience positive, mais
je ne pense pas que nous puissions lui consacrer la
totalité de nos cinquante minutes.

BOVARY *(parlant à travers ses larmes)* : Il n'a pas
écrit. Il n'a pas... écrit.

NEARLY : Qui n'a pas écrit, Emma?

BOVARY : Rodolphe. Il n'a pas écrit, il n'a pas
écrit. Il ne m'aime pas, je suis une femme perdue.
Je suis perdue, fichue, je suis incapable de me
comporter en adulte.

NEARLY : Emma, ne parlez pas ainsi. Je vous ai
déjà dit que c'est vous que vous devez apprendre à
aimer. *Vous*!

BOVARY : Pourquoi faut-il que je m'abaisse à
aimer quelqu'un d'aussi stupide?

NEARLY : Parce que vous êtes belle et que vous
ne vous en rendez pas compte. Et c'est pour cela
que vous vous consacrez à des hommes qui vous
infligent une souffrance émotionnelle.

BOVARY : Mais c'était si bon sur le moment!

NEARLY : Qu'est-ce qui était si bon?

BOVARY : D'être là, avec lui à côté de moi, de
faire l'amour avec lui, de sentir sa peau contre la
mienne, d'aller me promener dans les bois. Je me

sentais si réelle, si vivante et, à présent, ma vie est fichue.

NEARLY : Peut-être vous sentiez-vous vivante mais c'était simplement parce que vous saviez que ça ne pouvait pas durer et que cet homme ne vous aimait pas vraiment. Vous détestez votre mari parce qu'il écoute tout ce que vous lui racontez mais vous ne pouvez vous empêcher de tomber amoureuse du genre d'homme qui met deux semaines à répondre à une lettre. En toute franchise, Emma, votre conception de l'amour porte témoignage de contrainte et de masochisme.

BOVARY : Vous croyez? Que voulez-vous que je vous dise? Ça m'est égal si je souffre d'une maladie. Tout ce que je veux, c'est l'embrasser encore, le serrer dans mes bras, sentir l'odeur de sa peau.

NEARLY : Il faut absolument que vous commenciez à faire un effort d'introspection et que vous réfléchissiez après avoir rassemblé vos souvenirs de l'époque où vous étiez une enfant. Alors peut-être comprendrez-vous que vous ne méritez pas toute cette souffrance. C'est simplement parce que vous avez grandi dans une famille en état de dysfonctionnement, où rien ne répondait à votre nature émotionnelle, que vous êtes prisonnière aujourd'hui de ce schéma.

BOVARY : Mon père était un simple paysan.

NEARLY : Peut-être mais, sur le plan émotionnel, il n'était pas possible de se fier à lui. De telle sorte que vous réagissez aujourd'hui à un besoin qui reste sans réponse en vous éprenant d'un homme incapable de vous donner ce que vous attendez réellement.

BOVARY : Mais c'est Charles, le problème, pas Rodolphe.

NEARLY : Eh bien, ma chère, nous poursuivrons cet examen la semaine prochaine. Nous touchons au terme de cet entretien.

BOVARY : Au fait, Dr Nearly, je voulais vous en parler plus tôt, mais je ne pourrai pas vous payer cette semaine.

NEARLY : Mais c'est la troisième fois que vous me dites ça !

BOVARY : Je vous demande pardon mais l'argent me cause tant de soucis en ce moment ! Je suis si malheureuse que je dépense tout ce que j'ai dans les magasins. Encore aujourd'hui je me suis acheté trois robes neuves, un dé ouvragé et un service à thé en porcelaine.

13. Il est difficile d'imaginer une thérapie se terminant bien pour Madame Bovary ou, plus encore, une fin heureuse pour sa vie. Il faudrait être un positiviste romantique d'une rare ferveur pour croire que le Dr Nearly (si jamais elle fut payée) aurait pu transformer Emma en une épouse bien à sa place, rebelle à la coercition et pleine de tendresse, qui aurait fait du livre de Flaubert le récit optimiste d'une rédemption par la connaissance de soi-même. Le Dr Nearly avait sûrement une *interprétation* à elle du problème de Madame Bovary mais il y a une grande différence entre l'identification d'un problème et sa solution, entre le bon sens et une vie sensée. Nous sommes, tous tant que nous sommes, plus intelligents qu'efficaces et le fait de connaître l'insanité de l'amour n'a jamais protégé quiconque contre cette maladie. Peut-être le concept d'un amour avisé ou totalement indolore est-il aussi incohérent que celui d'une

bataille sans effusion de sang. Toutes conventions de Genève mises à part, c'est strictement impossible. La confrontation entre Madame Bovary et Peggy Nearly n'est rien d'autre que la confrontation entre la tragédie romantique et le positivisme romantique. C'est la confrontation entre la sagesse et un opposé de la sagesse qui n'est pas l'ignorance de la sagesse (il serait alors aisé d'y remédier) mais l'inaptitude à agir conformément à ce que nous savons être le bien. Savoir l'irréalité de notre amour ne nous avait nullement soutenus, Chloé et moi. Savoir que nous risquions de nous conduire comme des imbéciles ne nous avait en rien inculqué la sagesse.

14. Rendu pessimiste par les intraitables souffrances de l'amour, je décidai de m'en détourner totalement. Puisque le positivisme romantique ne m'avait été d'aucun secours, la seule sagesse valable résidait dans une stoïque invitation à ne jamais plus retomber amoureux. En conséquence de quoi je me retirerais dans un monastère symbolique, ne verrais plus personne, vivrais frugalement et me plongerais dans d'austères études. Je lus avec admiration des histoires d'hommes et de femmes qui s'étaient arrachés aux biens de ce monde, qui avaient prononcé des vœux de chasteté et vécu le reste de leurs jours dans un couvent. On racontait que des ermites avaient passé quarante ou cinquante ans dans des grottes en plein désert, se nourrissant exclusivement de baies et de racines, ayant renoncé à tout jamais à voir des êtres humains et à leur parler.

15. Mais, invité un soir à un dîner, perdu dans les yeux de Rachel tandis qu'elle esquissait à mon intention les grandes lignes du genre de travail qu'elle faisait dans son bureau, j'éprouvai un choc en constatant avec quelle

aisance je pourrais renoncer à une philosophie stoïque afin de répéter toutes les erreurs que j'avais commises avec Chloé. Si je persistais à regarder les cheveux de Rachel noués avec tant d'élégance en chignon ou la grâce avec laquelle elle maniait son couteau et sa fourchette ou la richesse de ses yeux bleus, je savais que je ne sortirais pas de ce dîner intact.

16. La vue de Rachel m'alerta jusqu'aux limites de la démarche stoïque. L'amour avait beau être voué à la douleur et manquer à coup sûr de sagesse, on ne pouvait en faire fi. Il était aussi inévitable qu'irrationnel, mais son irrationalité ne suffisait malheureusement pas à vous en protéger. N'était-il pas absurde de faire retraite dans les collines de Judée pour y manger des racines et des pousses? Si je voulais me montrer courageux, n'y avait-il pas de plus éclatantes possibilités d'héroïsme dans la pratique de l'amour? D'autre part, en dépit de tous les sacrifices exigés par le stoïcisme, ne s'y dissimulait-il point une forme de lâcheté? Au cœur du stoïcisme se cachait le *désir de se décevoir avant que quelqu'un d'autre n'ait l'occasion de s'en charger*. Le stoïcisme était une âpre défense contre les dangers de l'affection extérieure, dangers qu'une vie entière dans le désert suffirait à peine à contrebalancer. En revendiquant une existence monastique à l'abri des tumultes émotionnels, il essayait tout bonnement de nier la légitimité de certains besoins humains, potentiellement pénibles et cependant essentiels. Quelle que fût sa bravoure, le stoïque, en fin de compte, n'était qu'un lâche face à, sans doute, la plus éminente de toutes les réalités : l'heure de l'amour.

17. Il est toujours possible de fermer les yeux devant les complexités de tel ou tel problème en proposant des solutions qui en réduisent l'issue au plus petit commun dénominateur. Le positivisme romantique et le stoïcisme étaient, tous deux, des réponses inadéquates aux problèmes posés par les affres de l'amour en ceci que l'un et l'autre minimisaient la question au lieu de s'appliquer à jongler avec ses contradictions. Les stoïques avaient réduit les souffrances et l'irréalité de l'amour à un argument aboutissant à son désaveu. Par là même ils avaient omis de contrebalancer l'indiscutable trauma issu de nos appétits par l'irréductibilité de nos besoins émotionnels. De leur côté, les positivistes romantiques étaient coupables d'avoir réduit une certaine et relativement facile maîtrise de la sagesse psychologique à un postulat en vertu duquel on pouvait rendre l'amour indolore pour tous, à condition qu'on apprît à s'aimer un peu plus soi-même – ce qui revenait à faire cadrer par un tour de passe-passe notre besoin de sagesse avec les difficultés inhérentes au respect des préceptes de celle-ci. A réduire la tragédie de Madame Bovary à une illustration des trop évidentes théories du Dr Nearly.

18. J'avais fini par me rendre compte qu'il convenait de tirer une morale plus complexe de toute cette histoire, une morale qui serait à même de jouer avec les incompatibilités de l'amour, à agiter dans le même sac à malice notre besoin de sagesse et notre probable impuissance à y parvenir, de même que l'ineptie de la passion amoureuse et son inéluctabilité. L'amour devrait s'apprécier sans que l'on tombe dans un optimisme ou un pessimisme dogmatiques, sans que l'on en vienne à bâtir toute une philosophie sur nos propres craintes ou une éthique sur

nos propres déceptions. L'amour est là pour fournir à l'esprit analytique une certaine humilité et le convaincre que, quelque effort qu'il puisse faire pour atteindre des certitudes immuables (aux conclusions numérotées et bien classées par catégories) l'analyse est toujours entachée d'erreurs — et donc toujours aux confins de l'ironie.

19. De telles leçons m'apparurent encore plus pertinentes le soir où, la semaine suivante, Rachel accepta mon invitation à dîner et où cette simple perspective commença à éveiller des frissons dans la région du corps que les poètes ont appelée le cœur, des frissons qui ne pouvaient signifier qu'une chose — à savoir que j'avais, une fois encore, amorcé ma chute.

ÉGALEMENT CHEZ POCKET
LITTÉRATURE « GÉNÉRALE »

ALBERONI FRANCESCO
Le choc amoureux
L'érotisme
L'amitié
Le vol nuptial
Les envieux
La morale
Je t'aime

ARNAUD GEORGES
Le salaire de la peur

BARJAVEL RENÉ
Les chemins de Katmandou
Les dames à la licorne
Le grand secret
La nuit des temps
Une rose au paradis

BERBEROVA NINA
Histoire de la baronne Boudberg
Tchaïkovski

BERNANOS GEORGES
Journal d'un curé de campagne
Nouvelle histoire de Mouchette
Un crime

BESSON PATRICK
Le dîner de filles

BLANC HENRI-FRÉDÉRIC
Combats de fauves au crépuscule
Jeu de massacre

BOULGAKOV MIKHAÏL
Le maître et Marguerite
La garde blanche

BOULLE PIERRE
La baleine des Malouines
L'épreuve des hommes blancs
La planète des singes
Le pont de la rivière Kwaï
William Conrad

BOYLE T. C.
Water Music

BRAGANCE ANNE
Anibal
Le voyageur de noces
Le chagrin des Resslingen

BRONTË CHARLOTTE
Jane Eyre

BURGESS ANTHONY
L'orange mécanique
Le testament de l'orange

BUZZATI DINO
Le désert des Tartares
Le K
Nouvelles (Bilingue)
Un amour

CARRIÈRE JEAN
L'épervier de Maheux
Achigan

CARRIÈRE JEAN-CLAUDE
La controverse de Valladolid
Le Mahabharata
La paix des braves
Simon le mage

CESBRON GILBERT
Il est minuit, Docteur Schweitzer

CHANDERNAGOR FRANÇOISE
L'allée du roi

CHANG JUNG
Les cygnes sauvages

CHATEAUREYNAUD G.-O.
Le congrès de fantomologie
Le château de verre
La faculté des songes

CHOLODENKO MARC
Le roi des fées

CLAVEL BERNARD
Le carcajou
Les colonnes du ciel
  1. La saison des loups
  2. La lumière du lac
  3. La femme de guerre
  4. Marie Bon pain
  5. Compagnons du Nouveau Monde
La grande patience
  1. La maison des autres
  2. Celui qui voulait voir la mer
  3. Le cœur des vivants
  4. Les fruits de l'hiver
Jésus le fils du charpentier

COURRIÈRE YVES
Joseph Kessel

DAVID-NÉEL ALEXANDRA
Au pays des brigands gentils-
  hommes
Le bouddhisme du Bouddha
Immortalité et réincarnation
L'Inde où j'ai vécu
Journal, tome 1 et tome 2
Le Lama aux cinq sagesses
Magie d'amour et magie noire
Mystiques et magiciens du Tibet
La puissance du néant
Le sortilège du mystère
Sous une nuée d'orages
Voyage d'une Parisienne à Lhassa
La lampe de sagesse
La vie surhumaine de Guésar de
  Ling

DENIAU JEAN-FRANÇOIS
La Désirade
L'empire nocturne
Le secret du roi des serpents
Un héros très discret
Mémoires de 7 vies

FERNANDEZ DOMINIQUE
Le promeneur amoureux

FITZGERALD SCOTT
Un diamant gros comme le Ritz

FORESTER CECIL SCOTT
Aspirant de marine
Lieutenant de marine
Seul maître à bord
Trésor de guerre
Retour à bon port
Le vaisseau de ligne
Pavillon haut
Le seigneur de la mer
Lord Hornblower
Mission aux Antilles

FRANCE ANATOLE
Crainquebille
L'île des pingouins

FRANCK DAN/VAUTRIN JEAN
La dame de Berlin
Le temps des cerises
Les noces de Guernica
Mademoiselle Chat

GENEVOIX MAURICE
Beau François
Bestiaire enchanté
Bestiaire sans oubli
La forêt perdue
Le jardin dans l'île
La Loire, Agnès et les garçons
Le roman de Renard
Tendre bestiaire

GIROUD FRANÇOISE
Alma Mahler
Jenny Marx
Cœur de tigre
Cosima la sublime

GRÈCE MICHEL DE
Le dernier sultan
L'envers du soleil – Louis XIV
La femme sacrée
Le palais des larmes
La Bouboulina

HERMARY-VIEILLE CATHERINE
Un amour fou
Lola

INOUÉ YASUSHI
Le geste des Sanada

JACQ CHRISTIAN
L'affaire Toutankhamon
Champollion l'Egyptien
Maître Hiram et le roi Salomon
Pour l'amour de Philae
Le Juge d'Egypte
   1. La pyramide assassinée
   2. La loi du désert
   3. La justice du Vizir
La reine soleil
Barrage sur le Nil
Le moine et le vénérable
Sagesse égyptienne
Ramsès
   1. Le fils de la lumière
   2. Le temple des millions d'années
   3. La bataille de Kadesh
   4. La dame d'Abou Simbel
   5. Sous l'acacia d'Occident
Les Egyptiennes

JOYCE JAMES
Les gens de Dublin

KAFKA FRANZ
Le château
Le procès

KAZANTZAKI NIKOS
Alexis Zorba
Le Christ recrucifié
La dernière tentation du Christ
Lettre au Greco
Le pauvre d'Assise

KESSEL JOSEPH
Les amants du Tage
L'armée des ombres
Le coup de grâce
Fortune carrée
Pour l'honneur

LAINÉ PASCAL
Elena

LAPIERRE ALEXANDRA
L'absent
La lionne du boulevard
Fanny Stevenson

LAPIERRE DOMINIQUE
La cité de la joie

**LAPIERRE DOMINIQUE
et COLLINS LARRY**
Cette nuit la liberté
Le cinquième cavalier
Ô Jérusalem
... ou tu porteras mon deuil
Paris brûle-t-il ?

LAWRENCE D.H.
L'amant de Lady Chatterley

LÉAUTAUD PAUL
Le petit ouvrage inachevé

LEVI PRIMO
Si c'est un homme

LEWIS ROY
Le dernier roi socialiste
Pourquoi j'ai mangé mon père

LOTI PIERRE
Pêcheur d'Islande

MALLET-JORIS FRANÇOISE
La maison dont le chien est fou
Le Rempart des Béguines

MAURIAC FRANÇOIS
Le romancier et ses personnages
Le sagouin

MESSINA ANNA
La maison dans l'impasse

MICHENER JAMES A.
Alaska
   1. La citadelle de glace
   2. La ceinture de feu
Caraïbes (2 tomes)
Hawaii (2 tomes)
Mexique
Docteur Zorn

MITTERAND FRÉDÉRIC
Les aigles foudroyés

MILOVANOFF JEAN-PIERRE
La spendeur d'Antonia
Le maître des paons

MIMOUNI RACHID
De la barbarie en général et de
l'intégrisme en particulier
Le fleuve détourné
Une peine à vivre
Tombéza
La malédiction
Le printemps n'en sera que plus
beau
Chroniques de Tanger

MIQUEL PIERRE
Le chemin des Dames

MITTERAND FRÉDÉRIC
Les aigles foudroyés

MONTEILHET HUBERT
Néropolis

MONTUPET JANINE
La dentellière d'Alençon
La jeune amante
Un goût de miel et de bonheur
sauvage

MORGIÈVRE RICHARD
Fausto
Andrée
Cueille le jour

NAKAGAMI KENJI
La mer aux arbres morts
Mille ans de plaisir

NASR EDDIN HODJA
Sublimes paroles et idioties

NIN ANAÏS
Henry et June (Carnets secrets)

PEREC GEORGES
Les choses

PURVES LIBBY
Comment ne pas élever des
enfants parfaits
Comment ne pas être une mère
parfaite
Comment ne pas être une famille
parfaite

QUEFFELEC YANN
La femme sous l'horizon
Le maître des chimères
Prends garde au loup
La menace

RADIGUET RAYMOND
Le diable au corps

RAMUZ C.F.
La pensée remonte les fleuves

REY FRANÇOISE
La femme de papier
La rencontre
Nuits d'encre
Marcel facteur

ROUANET MARIE
Nous les filles
La marche lente des glaciers

SAGAN FRANÇOISE
Aimez-vous Brahms..
… et toute ma sympathie
Bonjour tristesse
La chamade
Le chien couchant
Dans un mois, dans un an
Les faux-fuyants
Le garde du cœur
La laisse
Les merveilleux nuages
Musiques de scènes
Répliques
Sarah Bernhardt
Un certain sourire
Un orage immobile
Un piano dans l'herbe
Un profil perdu
Un chagrin de passage
Les violons parfois
Le lit défait
Un peu de soleil dans l'eau froide
Des bleus à l'âme
Le miroir égaré

SALINGER JEROME-DAVID
L'attrape-cœur
Nouvelles

SARRAUTE CLAUDE
Des hommes en général et des
femmes en particulier

STOCKER BRAM
Dracula

TARTT DONNA
Le maître des illusions

TROYAT HENRI
Faux jour
La fosse commune
Grandeur nature
Le mort saisit le vif
Les semailles et les moissons
  1. Les semailles et les mois-
     sons
  2. Amélie
  3. La Grive
  4. Tendre et violente Elisabeth
  5. La rencontre
La tête sur les épaules

VIALATTE ALEXANDRE
Antiquité du grand chosier
Badonce et les créatures
Les bananes de Königsberg
Les champignons du détroit de
  Behring
Chronique des grands micmacs
Dernières nouvelles de l'homme
L'éléphant est irréfutable
L'éloge du homard et autres
  insectes utiles
Et c'est ainsi qu'Allah est grand
La porte de Bath Rahbim

WALLACE LEWIS
Ben-Hur

WALTARI MIKA
Les amants de Byzance
Jean le Pérégrin

ROMAN

ADLER ELIZABETH
Secrets en héritage
Le secret de la villa Mimosa

ASHLEY SHELLEY V.
L'enfant de l'autre rive
L'enfant en héritage

BEAUMAN SALLY
Destinée

BENNETT LYDIA
L'héritier des Farleton
L'homme aux yeux d'or
Le secret d'Anna

BENZONI JULIETTE
Les dames du Méditerranée-Express
  1 - La jeune mariée
  2 - La fière Américaine
  3 - La princesse mandchoue
Fiora
  1 - Fiora et le Magnifique
  2 - Fiora et le Téméraire
  3 - Fiora et le pape
  4 - Fiora et le roi de France
Les loups de Lauzargues
  1 - Jean de la nuit
  2 - Hortense au point du jour
  3 - Félicia au soleil couchant
Les Treize Vents
  1 - Le voyageur
  2 - Le réfugié
  3 - L'intrus
  4 - L'exilé
Le boiteux de Varsovie
  1 - L'étoile bleue
  2 - La rose d'York
  3 - L'opale de Sissi
  4 - Le rubis de Jeanne la folle

Un aussi long chemin
Secret d'état
  1 - La chambre de la reine

BINCHY MAEVE
Le cercle des amies
Noces irlandaises
Retour en Irlande
Les secrets de Shancarrig
Portraits de femmes

BLAIR LEONA
Les demoiselles de Brandon Hall

BRADSHAW GILLIAN
Le phare d'Alexandrie
Pourpre impérial

BRIGHT FREDA
La bague au doigt

BRUCE DEBRA
La maîtresse du Loch Leven

CASH SPELLMANN CATHY
La fille du vent
L'Irlandaise

CHAMBERLAIN DIANE
Vies secrètes
Que la lumière soit
Le faiseur de pluie

CHASE LINDSAY
Un amour de soie

COLLINS JACKIE
Les amants de Beverly Hills
Le grand boss
Lady boss
Lucky
Ne dis jamais jamais
Rock star
Les enfants oubliés

COLLINS JOAN
Love
Saga

COURTILLE ANNE
Les dames de Clermont
  1 - Les dames de Clermont
  2 - Florine

COUSTURE ARLETTE
Emilie
Blanche

CRANE TERESA
Demain le bonheur
Promesses d'amour

DAILEY JANET
L'héritière
Mascarade
L'or des Trembles
Rivaux
Les vendanges de l'amour

DELINSKY BARBARA
La confidente

DENKER HENRY
Le choix du docteur Duncan
La clinique de l'espoir
L'enfant qui voulait mourir
Hôpital de la montagne
Le procès du docteur Forrester
Elvira
L'infirmière

DERVIN SYLVIE
Les amants de la nuit

DEVERAUX JUDE
La princesse de feu
La princesse de glace

FALCONER COLIN
Les nuits de Topkapi

GAGE ELIZABETH
Un parfum de scandale

GALLOIS SOPHIE
Diamants

GOUDGE EILEEN
Le jardin des mensonges
Rivales

GREER LUANSHYA
Bonne Espérance
Retour à Bonne Espérance

GREGORY PHILIPPA
Sous le signe du feu
Les enchaînés

HARAN MAEVE
Le bonheur en partage

JAHAM MARIE-REINE DE
La grande Béké
Le maître-savane
L'or des îles T. 1
Le sang du volcan T. 2

JONES ALEXANDRA
La dame de Mandalay
La princesse de Siam
Samsara

KRANTZ JUDITH
Flash
Scrupules 1
Scrupules 2

KRENTZ JAYNE ANN
Coup de folie

LAKER ROSALIND
Aux marches du palais
Les tisseurs d'or
La tulipe d'or
Le masque de Venise
Le pavillon de sucre

LANCAR CHARLES
Adélaïde
Adrien

LANSBURY CORAL
La mariée de l'exil

MC NAUGHT JUDITH
L'amour en fuite

PHILIPPS SUSAN ELIZABETH
La belle de Dallas

PILCHER ROSAMUND
Retour en Cornouailles

PLAIN BELVA
A l'aube l'espoir se lève aussi
Et soudain le silence
Promesse

PURCELL DEIRDRE
Passion irlandaise
L'été de nos seize ans
Une saison de lumière

RAINER DART IRIS
Le cœur sur la main
Une nouvelle vie

RIVERS SIDDONS ANNE
La Géorgienne
La jeune fille du Sud
La maison d'à côté
La plantation
Quartiers d'été
Vent du sud
La maison des dunes
Ballade italienne

ROBERTS ANNE VICTORIA
Possessions

RYMAN REBECCA
Le trident de Shiva
Le voile de l'illusion

SHELBY PHILIP
L'indomptable

SIMONS PAULLINA
Le silence d'une femme

SPENCER JOANNA
Les feux de l'amour
  1 - Le secret de Jill
  2 - La passion d'Ashley

STEEL DANIELLE
Accident
Coups de cœur
Disparu
Joyaux
Le cadeau
Naissances
Un si grand amour
Plein ciel
Cinq jours à Paris
La foudre
Malveillance
La maison des jours heureux
Au nom du cœur

TAYLOR BRADFORD BARBARA
Les femmes de sa vie

TORQUET ALEXANDRE
Ombre de soie

TROLLOPE JOHANNA
Un amant espagnol
Trop jeune pour toi
La femme du pasteur
De si bonnes amies

VAREL BRIGITTE
L'enfant du Trièves

VICTOR BARBARA
Coriandre

WALKER ELIZABETH
L'aube de la fortune

WESTIN JANE
Amour et gloire

WILDE JENNIFER
Secrets de femme

WOOD BARBARA
African Lady
Australian Lady
Séléné
Les vierges du paradis
La prophétesse

Cet ouvrage reproduit par procédé photomécanique
a été achevé d'imprimer en janvier 1999
sur les presses de l'Imprimerie Bussière
à Saint-Amand (Cher)

POCKET - 12, avenue d'Italie - 75627 Paris Cedex 13
Tél. : 01-44-16-05-00

— N° d'imp. 2702. —
Dépôt légal : février 1997.

Imprimé en France